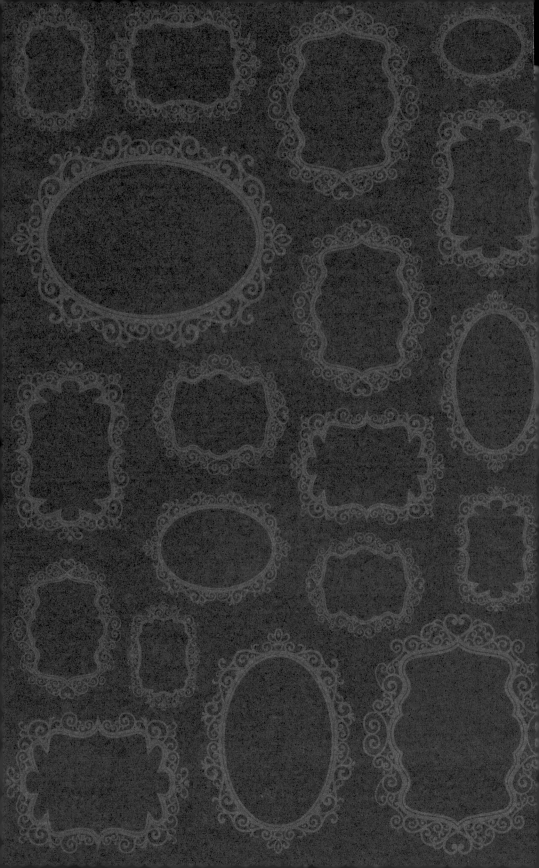

O retrato de Dorian Gray

Oscar Wilde

São Paulo
2021

The Picture of Dorian Gray (1890)

© 2021 by Book One
Todos os direitos de tradução reservados e protegidos pela Lei 9.610 de 19/02/1998. Nenhuma parte desta publicação, sem autorização prévia por escrito da editora, poderá ser reproduzida ou transmitida sejam quais forem os meios empregados: eletrônicos, mecânicos, fotográficos, gravação ou quaisquer outros.

Tradução	*Gabriela Peres Gomes*
Preparação	*Tássia Carvalho*
Revisão	*Letícia Nakamura*
	Tainá Fabrin
Capa	*Giovanna Pauperio*
Arte, projeto gráfico e diagramação	*Francine C. Silva*

W662r Wilde, Oscar, 1854-1900
   O retrato de Dorian Gray / Oscar Wilde; tradução de Gabriela Peres Gomes. – São Paulo: Excelsior, 2021.
   256 p.
   ISBN 978-65-87435-50-3
   Título original: *The Picture of Dorian Gray*
   1. Ficção inglesa I. Título II. Gomes, Gabriela Peres
21-3758   CDD 823

Tipografia	*Adobe Garamond Pro*
Impressão	*COAN*

SIGA NAS REDES SOCIAIS:
- @editoraexcelsior
- @editoraexcelsior
- @edexcelsior
- @editoraexcelsior

editoraexcelsior.com.br

Prefácio

O artista é o criador de coisas belas. Revelar a arte e ocultar o artista é o propósito da arte. O crítico é aquele que consegue traduzir, de outra forma ou por um novo meio, a própria impressão sobre as coisas belas.

A mais elevada forma de crítica, assim como a mais inferior, é uma modalidade de autobiografia. Aqueles que encontram significados feios em coisas belas são corruptos e não encantam. Isso é um defeito.

Aqueles que desvendam significados belos em coisas belas são cultos. Para eles, há esperança. São os eleitos para os quais as coisas belas significam apenas beleza.

Não existe livro moral ou imoral; apenas bem ou mal escrito. Nada mais, nada menos.

A aversão do século XIX ao Realismo é a fúria de Caliban[1] por vislumbrar o próprio rosto em um espelho.

A aversão do século XIX ao Romantismo é a fúria de Caliban por não vislumbrar o próprio rosto em um espelho. A vida moral de um homem constitui parte do tema do artista, mas a moralidade da arte se traduz no uso perfeito de um meio imperfeito.

---

1 Personagem da peça *A tempestade*, de William Shakespeare. Trata-se de um homem selvagem de aparência grotesca. (N. T.)

Nenhum artista deseja provar alguma coisa. E mesmo as verdadeiras podem ser provadas. Nenhum artista tem inclinações éticas. Em um artista, a inclinação ética é um maneirismo estilístico imperdoável. Nenhum artista jamais é mórbido. O artista pode expressar tudo. Para o artista, o pensamento e a linguagem são instrumentos de uma arte. O vício e a virtude são para o artista materiais para uma arte. Do ponto de vista da forma, a arte ideal é a do músico. Do ponto de vista do sentimento, a arte ideal é a do ator. Toda arte é ao mesmo tempo superfície e símbolo. Aqueles que vão além da superfície o fazem por sua conta e risco. Aqueles que leem o símbolo o fazem por sua conta e risco. É o espectador, e não a vida, que a arte realmente espelha. A diversidade de opinião a respeito de uma obra de arte demonstra que ela é nova, complexa e vital. Quando os críticos discordam, o artista está de acordo consigo mesmo. Podemos perdoar um homem por fazer alguma coisa útil, desde que ele não a admire. A única desculpa para fazer uma coisa inútil é que a admiremos intensamente.

Toda arte é extremamente inútil.

OSCAR WILDE

Capítulo um

O ateliê estava inundado pela fragrância pungente de rosas e, quando a brisa leve de verão serpenteava por entre as árvores do jardim, entrava pela porta aberta o aroma intenso do lilás, ou o perfume mais delicado das flores róseas do espinheiro.

Da ponta do divã de alforjes persas em que estava deitado, fumando, como de costume, lorde Henry Wotton tinha apenas um vislumbre das flores coloridas e mélicas do laburno, cujos ramos trêmulos pareciam quase incapazes de suportar o fardo de uma beleza tão flamejante quanto aquela. Vez ou outra, as sombras fantásticas de pássaros em revoada drapejavam pelas longas cortinas de seda tussor estendidas diante da enorme janela, produzindo-lhes uma espécie de efeito japonês tênue e despertando em Wotton a lembrança daqueles pintores pálidos de rosto de jade de Tóquio, os quais, por meio de uma arte necessariamente imóvel, tentavam transmitir a sensação de celeridade e movimento. A quietude do local parecia ainda mais sufocante em razão do zumbido taciturno das abelhas abrindo caminho pela grama não aparada, ou circulando com uma insistência monótona ao redor dos chifres dourados e pulverulentos das madressilvas dispersas. O clamor indistinto de Londres se assemelhava a uma nota do bordão de um órgão distante.

No meio do cômodo, fixado em um cavalete armado, despontava o retrato de corpo inteiro de um jovem de beleza extraordinária e, em frente a ele, a uma pequena distância, estava o próprio artista, Basil Hallward, cujo súbito desaparecimento alguns anos antes causara uma grande comoção popular e suscitara diversas especulações estranhas.

Enquanto o pintor fitava a imagem graciosa e agradável que reproduzira tão habilmente em sua arte, um sorriso de prazer lhe perpassou o rosto, prestes a se deter por ali. De súbito, no entanto, depois de um sobressalto, ele fechou os olhos e cobriu as pálpebras com os dedos, como se tentasse aprisionar no cérebro algum sonho curioso do qual temia acordar.

– É a sua melhor obra, Basil, a melhor coisa que já fez – disse lorde Henry languidamente. – Sem dúvida deve enviá-la à Grosvenor Gallery no ano que vem. A Academia é muito grande e também popular. Todas as vezes em que estive lá, ou havia tantas pessoas que eu não conseguia ver os quadros, o que foi terrível, ou havia tantos quadros que eu não conseguia ver as pessoas, o que foi ainda pior. A Grosvenor Gallery é de fato o único lugar possível.

– Não creio que eu vá mandá-lo para algum lugar – retrucou ele, inclinando a cabeça para trás daquele jeito estranho que provocava risos entre seus amigos em Oxford. – Não, não vou mandá-lo para lugar nenhum.

Lorde Henry arqueou as sobrancelhas e o fitou com espanto através das finas espirais de fumaça azulada que se desprendiam em círculos extravagantes do cigarro pesado e temperado de ópio.

– Não vai mandá-lo para lugar nenhum? Meu caro amigo, por quê? Qual o motivo? Que sujeitos estranhos são vocês, pintores! Fazem qualquer coisa para alcançar notoriedade, mas, assim que a conquistam, parecem querer jogá-la fora. É uma decisão bem tola, pois neste mundo só existe uma coisa pior do que ser alvo de conversas: não falarem sobre nós. Um retrato como esse o colocaria em um patamar bem superior a todos os jovens da Inglaterra, e encheria os mais velhos de inveja, se é que os velhos são capazes de sentir qualquer emoção.

– Sei que você vai rir de mim – replicou o pintor –, mas realmente não vou exibir o retrato. Coloquei muito de mim nele.

Lorde Henry se esticou no divã e riu.

– Sim, eu sabia que você zombaria de mim, mas continua verdade.

– Muito de você nele! Ora, Basil, eu nem sequer imaginava que era tão presunçoso; realmente não vejo semelhança alguma entre você, com o seu rosto forte e rude, e seu cabelo preto como carvão, e esse jovem Adônis, que parece talhado em marfim e pétalas de rosas. Ora, meu caro Basil, ele é um Narciso, e você... bem, não há como negar sua aparência intelectual e tudo mais. Mas a beleza, a verdadeira beleza, termina onde a aparência intelectual começa. O intelecto é, em si, uma forma de exagero, e destrói a harmonia de qualquer rosto. No instante que a pessoa se senta para pensar, só se enxerga o nariz, ou a testa, ou algo horrível. Veja os homens bem-sucedidos em qualquer profissão erudita. São horripilantes! Exceto na Igreja, é claro. Mas, no fim das contas, na Igreja não se pensa. Aos oitenta anos, um bispo continua dizendo o que lhe ensinaram quando era um rapazote de dezoito e, como consequência natural, sempre parece absolutamente encantador. O seu jovem amigo misterioso, cujo nome você nunca me revelou, mas cujo retrato me fascina, nunca pensa. Tenho certeza disso. É uma criatura bela e desmiolada, que deveria estar sempre aqui no inverno, quando não temos flores para admirar, e também no verão, quando queremos algo que descanse nosso intelecto. Não se iluda, Basil: você não se parece nada com ele.

– Você não me entende, Harry – rebateu o artista. – Sei muito bem que não me pareço com ele. Na verdade, eu até lamentaria se isso fosse verdade. Você dá de ombros? Estou sendo bastante sincero. Todas as distinções físicas e intelectuais são marcadas por um tipo de fatalidade que parece perseguir os passos vacilantes dos reis ao longo da História. É melhor não sermos diferentes de nossos companheiros. Reserva-se o melhor deste mundo aos feios e aos estúpidos. Eles podem se sentar à vontade e assistir à peça boquiabertos. Se desconhecem a vitória, ao menos são poupados de conhecer a derrota. Vivem como todos nós deveríamos viver: serenos, indiferentes, desprovidos de inquietações. Não levam a ruína a outros, nem são arruinados por mãos alheias. A sua posição social e riqueza, Harry, meu cérebro, tal como é... a minha arte, seja qual for seu valor, a boa aparência de Dorian Gray... todos nós sofreremos pelo que os deuses nos ofertaram, e sofreremos terrivelmente.

– Dorian Gray? É esse o nome dele? – perguntou lorde Henry, atravessando o ateliê na direção de Basil Hallward.

– Sim, é. Eu não pretendia dizer-lhe.

– Mas por que não?

– Ah, não sei explicar. Quando gosto muito de uma pessoa, nunca revelo seu nome a ninguém. Seria como abrir mão de uma parte dela. Passei a amar os segredos. Parecem a única coisa capaz de tornar a vida moderna misteriosa ou fantástica para nós. Até mesmo o detalhe mais banal se torna encantador se o escondermos. Quando saio da cidade hoje em dia, nunca digo a ninguém aonde estou indo. Se dissesse, eliminaria todo o prazer. Um hábito bobo, confesso, mas que de alguma forma parece incorporar um bocado de romance à nossa vida. Imagino que me ache um baita de um tolo por isso.

– De forma alguma – afirmou lorde Henry –, de forma alguma, meu caro Basil. Você parece ter se esquecido de que sou casado, e o único encanto do casamento se assenta em fazer uma vida de enganos absolutamente necessária para ambos os lados. Nunca sei onde está minha esposa, e ela nunca sabe o que estou fazendo. Quando nos encontramos... quando nos encontramos ocasionalmente para um jantar fora ou em uma visita ao duque, contamos um ao outro as histórias mais absurdas com o mais sério dos semblantes. Minha esposa é muito boa nisso... muito melhor do que eu, a bem da verdade. Nunca se confunde com as datas, e eu sempre. Nas ocasiões em que me desmascara, porém, nunca faz caso. Às vezes eu gostaria que ela o fizesse; mas apenas se limita a rir de mim.

– Odeio como você fala da sua vida de casado, Harry – declarou Basil, caminhando para a porta que se abria ao jardim. – Tenho plena convicção de que é um excelente marido, mas parece bem envergonhado das próprias virtudes. Você é um sujeito extraordinário. Nunca se vale de moralismo e nunca age errado. O seu cinismo não passa de pose.

– Portar-me com naturalidade é que não passa de pose, aliás, a mais irritante que conheço! – exclamou lorde Henry, aos risos, e os dois jovens saíram juntos para o jardim e se acomodaram em um longo banco de bambu à sombra de um alto loureiro. A luz do sol se esgueirava pelas folhas lustrosas. No gramado, margaridas brancas tremulavam.

Depois de uma pausa, lorde Henry tirou o relógio do bolso.

– Preciso ir embora, Basil – murmurou –, mas, antes de ir, insisto que responda à minha pergunta.

– Qual? – quis saber o pintor, os olhos fixos no chão.

– Você sabe muito bem.

– Não sei, Harry.

– Pois bem, então vou lhe dizer. Explique-me por que não vai expor o retrato de Dorian Gray. Quero saber o verdadeiro motivo.

– Eu já lhe contei o verdadeiro motivo.

– Não, não contou. Apenas afirmou que havia muito de você nele. Ora, isso é infantil.

– Harry – começou Basil Hallward, encarando o amigo –, todo retrato pintado com sentimento é obra do artista, não do modelo, que não passa de um acidente, um pretexto. O pintor não o revela a ele; o artista, na tela colorida, revela a si mesmo. Não vou expor esse retrato porque receio ter incorporado nele o segredo de minha alma.

Lorde Henry riu.

– E qual seria? – perguntou.

– Vou lhe contar – declarou Hallward, no rosto, uma expressão de perplexidade.

– Sou todo ouvidos, Basil – disse o companheiro fitando-o.

– Ah, na verdade não há muito o que dizer, Harry – continuou o pintor –, e temo que não entenda. Talvez nem acredite.

Lorde Henry sorriu e, curvando-se, arrancou uma margarida com pétalas cor-de-rosa da grama e a examinou.

– Tenho certeza de que entenderei – afirmou ele, observando atentamente o disquinho dourado de plumas brancas –, e, quanto a acreditar ou não, acredito em qualquer coisa, desde que seja suficientemente incrível.

O vento agitou algumas flores das árvores e os pesados botões de lilases, em cachos estrelados, tremularam de um lado para o outro no ar lânguido. Um gafanhoto começou a cricrilar junto à parede e, como um fio azulado, uma libélula longa e esguia passou flutuando com as asas finas e amarronzadas. Lorde Henry teve a impressão de que ouvia o coração de Basil Hallward bater e se perguntou o que aconteceria.

– É uma história simples – disse o pintor algum tempo depois. – Dois meses atrás, fui a uma festa na casa de lady Brandon. Você sabe que nós, pobres artistas, temos de frequentar a sociedade de tempos em tempos, só para lembrar ao público que não somos selvagens. Com um paletó e uma gravata branca, como você mesmo me disse certa vez, qualquer pessoa, mesmo um corretor da Bolsa de Valores, consegue conquistar a reputação de civilizado. Bem, depois de uns dez minutos no aposento, conversando com viúvas em trajes espalhafatosos e acadêmicos maçantes, de repente me dei conta de que alguém olhava para mim. Virei-me para trás e vi pela primeira vez Dorian Gray. Quando nossos olhares se encontraram, senti que empalidecia, invadido por uma sensação curiosa de terror. Sabia que diante de mim estava alguém de personalidade tão fascinante que, se eu permitisse, absorveria toda a minha natureza, toda a minha alma, toda a minha arte. Eu não queria qualquer influência externa na minha vida. Como bem sabe, Harry, sou independente por natureza. Sempre fui senhor de mim mesmo, ou sempre fora, até conhecer Dorian Gray. Naquele momento, não sei como lhe explicar, alguma coisa parecia me dizer que eu logo enfrentaria uma crise vivencial terrível. Tive a estranha sensação de que o destino havia me reservado alegrias e tristezas extraordinárias.

Com medo, dei meia-volta e saí do salão. Não fui incitado pela consciência, mas por uma espécie de covardia. Minha tentativa de fuga não teve mérito algum.

– Consciência e covardia são, na realidade, a mesma coisa, Basil. Consciência é o nome comercial da firma. Só isso.

– Não acredito nisso, Harry, e acho que nem você. Ainda assim, seja lá o que me motivou... talvez o orgulho, pois sou muito orgulhoso... definitivamente tentei chegar à porta. Lá, é claro, dei de cara com lady Brandon. "Não vá me dizer que já está tentando fugir, senhor Hallward?", gritou. Sabe aquela voz estridente dela?

– Sei. A mulher é um verdadeiro pavão em tudo, menos na beleza – declarou lorde Henry, despedaçando a margarida com os dedos longos e agitados.

– Não consegui me livrar dela. Fui apresentado a alguns nobres e a pessoas condecoradas com estrelas e jarreteiras, e a damas idosas com tiaras gigantescas e narizes de papagaio. Ela falou de mim como se eu fosse o mais querido dos amigos. Eu só a tinha encontrado uma vez antes, mas pôs na cabeça que deveria me glorificar. Acho que um de meus quadros fizera grande sucesso na época, mencionado nos jornais populares, o que representa o critério de imortalidade no século XIX. De súbito me vi frente a frente com o jovem cuja personalidade me instigara de forma tão estranha. Estávamos muito próximos, quase nos tocando. Nossos olhares se entrecruzaram de novo. Em uma decisão imprudente, pedi a lady Brandon que me apresentasse a ele. Talvez, no fim das contas, não tenha sido tão imprudente, pois seria mesmo inevitável. Acabaríamos nos falando mesmo sem apresentação. Estou certo disso, e Dorian me disse o mesmo posteriormente. Ele também sentiu que estávamos predestinados a nos conhecer.

– E como lady Brandon descreveu o belo jovem? – perguntou o amigo. – Sei que ela costuma dar um breve *précis* de cada um de seus convidados. Lembro-me de que, certa vez, ela me conduziu até um cavalheiro idoso, truculento, faces vermelhas, todo coberto de medalhas e fitas, e sibilou em meu ouvido, em um sussurro trágico talvez audível para todos no cômodo, os detalhes mais espantosos. Simplesmente fugi. Gosto de desvendar as pessoas por mim mesmo. Mas lady Brandon trata os convidados como um leiloeiro trata as suas mercadorias: ou os explica por inteiro, ou então conta tudo sobre eles, menos o que queremos de fato saber.

– Pobre lady Brandon! Não seja duro com ela, Harry! – comentou Hallward com indiferença.

– Meu caro amigo, ela tentou inaugurar um *salon*, mas só conseguiu abrir um restaurante. Como eu poderia admirá-la? Mas conte-me, o que ela disse sobre o senhor Dorian Gray?

– Ah, alguma coisa como "um rapaz encantador... sua pobre mãe e eu éramos inseparáveis. Não me lembro bem do que ele faz... receio que nada. Ah, sim, toca piano... ou será que é violino, meu caro senhor Gray?". Nenhum de nós conseguiu conter o riso, e nos tornamos amigos de imediato.

– O riso não é um mau jeito de começar uma amizade, e é de longe o melhor modo de terminá-la – disse o jovem lorde, colhendo outra margarida.

Hallward meneou a cabeça.

– Você não entende nada de amizade, Harry – murmurou –, nem de inimizade, para ser sincero. Você gosta de todo mundo, ou seja, todos lhe são indiferentes.

– Que tremenda injustiça! – exclamou lorde Henry, afastando o chapéu para trás e olhando para as nuvenzinhas que, como novelos emaranhados de seda branca e lustrosa, flutuavam através do vazio turquesa do céu de verão. – Sim, é extremamente injusto de sua parte. Estabeleço grandes distinções entre as pessoas. Escolho os amigos pela boa aparência, os conhecidos pelo bom caráter e os inimigos pelo bom intelecto. Todo cuidado é pouco na hora de escolher os próprios inimigos, e nos meus inexistem tolos. São todos homens com certa capacidade intelectual e, consequentemente, nutrem apreço por mim. É muita presunção minha? Creio que sim.

– Concordo, Harry. De acordo com sua categorização, porém, devo ser um mero conhecido.

– Meu caro Basil, você é muito mais que um mero conhecido.
– E muito menos que um amigo. Uma espécie de irmão, imagino?
– Ora, irmãos! Não ligo para irmãos. Meu irmão mais velho não quer saber de bater as botas, e os mais novos parecem não saber fazer outra coisa.
– Harry! – exclamou Hallward, franzindo o cenho.
– Meu caro amigo, não estou falando sério. Mas detesto meus parentes. Suponho que não suportamos enxergar nas outras pessoas nossos próprios defeitos. Simpatizo bastante com a revolta dos democratas ingleses contra o que chamam de vícios das classes superiores. As massas acham a embriaguez, a estupidez e a imoralidade exclusividade delas, e se algum de nós faz papel de idiota, sentem que estamos roubando algo que lhes pertence. Quando o pobre Southwark compareceu ao tribunal de divórcio, manifestaram uma indignação grandiosa. E, no entanto, não acho que dez por cento do proletariado viva corretamente.
– Discordo de todas as suas palavras e, além do mais, Harry, tenho certeza de que nem você acredita nelas.
Lorde Henry afagou a barba castanha afunilada e bateu na ponta da bota de couro envernizado com a bengala entalhada de ébano.
– Como você é inglês, Basil! É a segunda vez que faz esse comentário. Quando alguém apresenta uma ideia a um inglês legítimo, uma atitude temerária, ele nem sonha em considerar se é certa ou errada. Importa-se tão-somente com o fato de a pessoa acreditar no que disse. Ora, o valor de uma ideia não se relaciona à sinceridade do homem que a expressa. Na verdade, é mais provável que, quanto menos sincero alguém for, mais puramente intelectual será a ideia, pois, nesse caso, não se revestirá de suas necessidades, seus desejos ou seus preconceitos. No entanto, não me proponho a discutir política, sociologia ou metafísica com você. Gosto mais de pessoas do que de princípios, e gosto mais de pessoas sem princípios do que de qualquer outra coisa no mundo. Conte-me mais sobre o senhor Dorian Gray. Com que frequência o vê?

– Todos os dias. Eu não seria feliz se não o visse todos os dias. Ele é fundamental para mim.

– Que curioso! Achei que nada mais lhe importasse, além da sua arte.

– Ele representa toda a minha arte agora – declarou o pintor com seriedade. – Às vezes, Harry, acho que existem apenas duas eras importantes na história do mundo. A primeira, o surgimento de um novo meio para a arte, e a segunda, o surgimento de uma nova personalidade, também para a arte. O que a invenção da pintura a óleo representou para os venezianos, a face de Antínoo representou para a escultura grega antiga, e o rosto de Dorian Gray um dia representará para mim. Não se trata meramente de pintá--lo, desenhá-lo e fazer esboços a partir dele. Já fiz tudo isso, é claro. Mas para mim ele significa mais do que um modelo ou uma inspiração. Não vou lhe dizer que estou insatisfeito com minha obra, ou que ele seja tão belo que inviabilize a expressão pela arte. Não há nada que a arte não possa expressar, e sei que as minhas obras, desde que conheci Dorian Gray, são as melhores que já produzi. Mas por alguma razão curiosa... será que você vai me entender?... a personalidade dele me sugeriu uma forma artística inteiramente nova, um estilo inteiramente novo. Vejo as coisas de um jeito diferente, penso nelas de outro modo. Sinto-me capaz de recriar a vida de uma maneira antes oculta para mim. "Uma forma de sonho em dias de reflexão"... Quem disse isso? Não me lembro, mas é o que Dorian Gray tem me representado. A mera presença visível daquele rapaz... ele me parece pouco mais do que um rapaz, embora na verdade tenha mais de vinte anos... a mera presença visível dele... Ah! Será que você consegue compreender toda a extensão de seu significado? Inconscientemente, ele define as linhas de uma nova escola artística, que abarcará toda a paixão do espírito romântico, toda a perfeição do espírito grego. A harmonia da alma e do corpo... e isso é muito! Em nossa loucura, separamos as duas coisas e inventamos um realismo vulgar, um idealismo vazio. Ah, Harry! Se você soubesse o que Dorian Gray significa para mim!

Lembra-se daquela paisagem que pintei, pela qual Agnew me ofereceu um valor muito alto, mas não aceitei? É uma das melhores obras que já fiz. E sabe por quê? Porque, enquanto eu a pintava, Dorian Gray ficou sentado ao meu lado. Alguma influência sutil se deslocou dele para mim e, pela primeira vez na vida, vislumbrei em um bosque qualquer a maravilha que sempre procurei e nunca havia encontrado.

– Basil, que extraordinário! Preciso conhecer Dorian Gray.

Hallward levantou-se do banco e andou de um lado para o outro no jardim. Um tempo depois, voltou.

– Harry – disse –, Dorian Gray é para mim apenas uma razão para a arte. Talvez você não veja nada nele. Eu vejo tudo. E se faz ainda mais presente em meu trabalho quando não está representado ali. Incorpora uma sugestão, como eu disse, de uma nova forma. Eu o encontro nas curvas de certas linhas, na beleza e nas sutilezas de certas cores. Isso é tudo.

– Sendo assim, por que não expõe o retrato? – perguntou lorde Henry.

– Porque, sem intenção, coloquei nele um toque da expressão dessa curiosa idolatria artística, que, naturalmente, nunca contei a ele. Dorian desconhece isso tudo. E jamais saberá. O mundo, no entanto, talvez adivinhe, e não desnudarei a minha alma a olhares rasos e bisbilhoteiros. Meu coração nunca passará pelo escrutínio desse microscópio. Há muito de mim nisso, Harry... muito de mim!

– Os poetas não são tão escrupulosos quanto você. Eles sabem como a paixão é benéfica à publicação. Hoje, um coração partido renderá diversas edições.

– Eu os odeio por isso! – exclamou Hallward. – Cabe a um artista criar coisas belas, mas sem colocar nada da própria vida nelas. Os homens, entretanto, tratam a arte como se tivesse de ser uma forma de autobiografia. Perdemos o sentido abstrato do belo. Um dia, eu o mostrarei ao mundo, e por esse motivo o mundo nunca verá o meu retrato de Dorian Gray.

— Acho que você está errado, Basil, mas não vou discutir. A discussão se limita aos intelectualmente perdidos. Diga-me, Dorian Gray gosta muito de você?

O pintor refletiu por alguns instantes.

— Gosta — respondeu depois de uma pausa. — Sei que gosta. Eu o bajulo tremendamente, é claro. Sinto um prazer estranho em dizer-lhe coisas das quais me arrependerei depois. Como regra, ele me encanta, e nos sentamos no ateliê conversando sobre uma porção de coisas. Vez ou outra, porém, ele é terrivelmente insensível e parece nutrir um prazer genuíno em me magoar. Em momentos assim, Harry, invade-me a sensação de que entreguei toda a minha alma a uma pessoa que a trata como uma flor na lapela, um pequeno ornamento para satisfazer a sua vaidade, um enfeite para um dia de verão.

— Os dias de verão, Basil, tendem a se prolongar — murmurou lorde Henry. — Talvez você se canse antes dele. Com certeza um pensamento triste, mas não há dúvida de que o gênio se conserva mais do que a beleza, razão pela qual nos esforçamos tanto para nos educar. Na luta desenfreada pela existência, queremos ter algo mais duradouro e, assim, atulhamos nossa mente com bobagens e fatos, na esperança tola de manter o nosso lugar. O homem plenamente informado é o ideal moderno. E a mente desse tipo de indivíduo é aterrorizante, assemelhando-se a uma loja de bricabraque, toda apinhada de monstros e poeira, com o preço de tudo superior ao valor real. Ainda assim, creio que você vá se cansar primeiro. Certo dia, olhará para o seu amigo e ele vai lhe parecer um pouco desalinhado, ou você não gostará da tonalidade da cor de sua pele, ou algo do tipo. Em seu íntimo, vai repreendê-lo amargamente e cogitar com seriedade que ele se comportou muito mal com você. Da próxima vez que o encontrar, você será frio e indiferente, uma coisa sem dúvida lamentável, pois significará que você mudou. Você me contou um romance e tanto, um romance artístico, por assim dizer, e a pior parte de um romance de qualquer tipo é que ele elimina nosso romantismo.

— Não fale isso, Harry. Enquanto eu viver, serei dominado pela personalidade de Dorian Gray. Você não é capaz de sentir o que sinto; está sempre mudando.

— Ah, meu caro Basil, exatamente por essa razão sou capaz de sentir o mesmo que você. Os fiéis conhecem apenas o lado trivial do amor; os infiéis conhecem as suas tragédias.

Lorde Henry acendeu um fósforo em um invólucro de prata e começou a fumar um cigarro com um ar consciente e satisfeito, como se tivesse resumido o mundo em uma única frase. Ouviu-se um farfalhar chilreante de pardais nas folhas verdes da hera, e as sombras azuladas das nuvens se perseguiam pela grama como andorinhas. Que jardim agradável! E que fascinantes as emoções alheias!... Muito mais do que as ideias, ao que lhe parecia. As coisas mais arrebatadoras da vida estão em nossa própria alma e nas paixões dos amigos. Ele imaginou, em um júbilo silencioso, o almoço entediante que perdera ao passar tanto tempo com Basil Hallward. Se tivesse ido à casa da tia, certamente teria encontrado lorde Goodbody, e a conversa toda giraria em torno de dar comida aos pobres e da necessidade de construir pensões-modelo. Cada classe teria pregado a importância dessas virtudes, cuja execução não era necessária na própria vida. Os ricos conversariam sobre o valor da frugalidade, e os desocupados, com eloquência, sobre a dignidade do trabalho. Era maravilhoso ter escapado de tudo isso! Enquanto pensava na tia, uma ideia lhe ocorreu. Virou-se para Hallward e disse:

— Meu caro amigo, acabei de me lembrar.

— Lembrou-se de quê, Harry?

— De onde ouvi o nome de Dorian Gray.

— Onde foi? – perguntou Hallward, o rosto ligeiramente contraído em uma carranca.

— Não fique tão zangado, Basil. Foi na casa da minha tia, lady Agatha. Ela me contou que havia encontrado um jovem maravilhoso disposto a ajudá-la no East End, e que se chamava Dorian Gray. Preciso acrescentar que ela nunca mencionou a beleza do rapaz.

As mulheres não se importam com a boa aparência, ao menos as mulheres direitas. Disse-me que ele era muito sério e tinha boa índole. Logo imaginei uma criatura de óculos e cabelo escorrido, cheia de sardas, pés enormes. Queria ter sabido que se tratava do seu amigo.

– Fico muito feliz que não tenha sabido, Harry.

– Por quê?

– Não quero que o conheça.

– Não quer que eu o conheça?

– Não.

– O senhor Dorian Gray está no ateliê – anunciou o mordomo, despontando no jardim.

– Agora terá de me apresentar a ele! – exclamou lorde Henry, rindo.

O pintor se virou para o mordomo, que piscava para se acostumar com a luz do sol.

– Peça ao senhor Gray para esperar, Parker. Eu o encontrarei em alguns instantes.

O homem fez uma mesura e subiu pela trilha.

Em seguida, o pintor olhou para lorde Henry.

– Dorian Gray é meu amigo mais querido – declarou. – Tem uma índole simples e bela. Lady Agatha estava certa no que disse sobre ele. Não o estrague. Não tente influenciá-lo. A sua influência seria ruim. O mundo é vasto, com muita gente maravilhosa. Não tire de mim a única pessoa que proporciona encanto à minha arte: a minha vida como artista depende de Dorian Gray. Lembre-se, Harry, de que confio em você – falou muito pausadamente, as palavras parecendo fluir quase contra sua vontade.

– Quanta tolice! – retrucou lorde Henry, sorrindo. E, tomando Hallward pelo braço, quase o arrastou para dentro da casa.

Capítulo dois

Assim que entraram, avistaram Dorian Gray. Sentava-se ao piano, de costas para eles, folheando as partituras de *Forest Scenes*, de Schumann.

– Você precisa me emprestar isso, Basil! – exclamou ele. – Quero aprender a tocar. São encantadoras.

– A resposta dependerá de como você vai posar hoje, Dorian.

– Oh, estou cansado de posar, e não quero um retrato meu em tamanho real – objetou o rapaz, virando-se sobre a banqueta de um jeito obstinado e petulante. Quando avistou lorde Henry, um leve rubor lhe coloriu o rosto por um instante, e ele se pôs de pé. – Peço que me perdoe, Basil. Não sabia que estava acompanhado.

– Este é lorde Henry Wotton, Dorian, um velho amigo de Oxford. Acabei de dizer a ele que você era um modelo maravilhoso, e agora estragou tudo.

– Mas não estragou o meu prazer em conhecê-lo, senhor Gray – disse lorde Henry, dando um passo à frente e estendendo a mão. – A minha tia falou muito sobre você, com certeza um dos favoritos dela e, receio, uma de suas vítimas também.

– Estou na lista de desafetos de lady Agatha no momento – declarou Dorian, com uma expressão engraçada de penitência. – Prometi que iria com ela a um clube em Whitechapel na terça-feira passada, mas me esqueci completamente. Tínhamos combinado de apresentar um dueto juntos... três duetos, creio eu. Não sei o que ela vai me dizer. Estou com muito medo de encontrá-la.

– Oh, eu o ajudarei na reconciliação com a minha tia. Ela é bastante devotada a você. E não acho que sua ausência tenha importado muito. A plateia provavelmente achou que se tratava de um dueto. Quando tia Agatha toca piano, faz barulho por duas pessoas.

– Que coisa mais terrível de se dizer sobre ela, e não muito gentil para mim – comentou Dorian, rindo.

Lorde Henry fitou o rapaz. Sim, com certeza de uma beleza esplêndida, lábios escarlates com curvas delicadas, olhos azuis sinceros, cabelos encaracolados da cor do ouro; algo no rosto dele suscitava uma confiança imediata. Toda a franqueza da juventude resplandecia ali, assim como toda a pureza apaixonada dos jovens. Transmitia a impressão de que se mantinha imaculado em relação ao mundo. Não era de admirar que Basil Hallward o idolatrasse.

– Você é encantador demais para se envolver com filantropia, senhor Gray... demasiadamente encantador.

Lorde Henry estirou-se sobre o divã e abriu a cigarreira.

O pintor estivera ocupado misturando as cores e ajeitando os pincéis. Parecia apreensivo e, quando ouviu o último comentário de lorde Henry, virou-se para ele, hesitou por um instante e então disse:

– Harry, quero terminar este retrato hoje. Você acharia indelicado se eu lhe pedisse para ir embora?

Lorde Henry sorriu e olhou para Dorian Gray.

– Devo ir, senhor Gray? – perguntou.

– Oh, por favor, não, lorde Henry. Percebo que Basil está em uma onda de mau humor, e não o suporto nesse estado. Além disso, quero que o senhor me diga por que não devo me envolver com filantropia.

– Não sei se posso lhe dizer, senhor Gray. É um assunto tão enfadonho que teríamos de tratá-lo com seriedade. Mas por certo não vou fugir, pois me pediu que fique. Você realmente não se importa, não é, Basil? Já me disse várias vezes apreciar que os modelos tenham alguém com quem conversar.

Hallward mordeu o lábio.

– Se Dorian assim deseja, é claro que pode ficar. Os caprichos de Dorian são leis para todos, exceto para ele mesmo.

Lorde Henry apanhou o chapéu e as luvas.

– Você é muito persuasivo, Basil, mas preciso mesmo ir. Prometi encontrar uma pessoa no Orleans. Adeus, senhor Gray. Venha me visitar na Curzon Street qualquer dia. Quase sempre estou em casa às cinco da tarde. Escreva-me assim que for até lá. Ficaria chateado se nos desencontrássemos.

– Basil! – exclamou Dorian Gray. – Se lorde Henry Wotton for embora, eu também irei. Você nunca abre a boca enquanto está pintando, e é muito tedioso ficar de pé sobre um tablado tentando parecer agradável. Peça a ele que fique. Insisto.

– Fique, Harry, para agradar a Dorian e a mim – pediu Hallward, fitando o retrato com atenção. – É verdade, nunca falo enquanto trabalho, e também nunca escuto, uma situação que deve ser terrivelmente enfadonha para os meus infelizes modelos. Imploro-lhe que fique.

– Mas e quanto ao homem que me aguarda no Orleans?

O pintor riu.

– Acho que sua ausência não causará dificuldade alguma. Sente-se de novo, Harry. E agora, Dorian, suba no tablado e não se mexa muito, nem dê ouvidos ao que lorde Henry diz. Ele exerce uma influência muito negativa sobre todos os seus amigos, e sou a única exceção.

Dorian Gray acomodou-se sobre o tablado com o ar de um jovem mártir grego, e fez uma leve careta de descontentamento para lorde Henry, de quem havia gostado muito. O homem era muito diferente de Basil. Ambos representavam uma disparidade prazerosa. E ele tinha uma voz tão bela. Passados alguns instantes, Dorian lhe disse:

– Você exerce mesmo uma má influência, lorde Henry? Tão ruim quanto Basil diz?

– Boa influência não existe, senhor Gray. Toda influência é imoral... imoral do ponto de vista científico.

– Por quê?

– Porque influenciarmos uma pessoa é entregar-lhe nossa própria alma. Ela não pensa seus pensamentos instintivos, não arde com suas paixões naturais. Vive virtudes inautênticas, e pecados, se é que existe tal coisa, emprestados. A pessoa ecoa a música de outra, tornando-se o ator de um papel que não foi escrito para ela. O propósito da vida se assenta no autodesenvolvimento. Cada um de nós está aqui por uma razão: compreender perfeitamente a nossa natureza. Hoje em dia, as pessoas temem a si mesmas. Esqueceram-se do mais sublime de todos os deveres, aquele que cada um tem para consigo mesmo. Elas são caridosas, é claro. Alimentam os famintos e vestem os mendigos. Mas carregam almas esfaimadas e desnudas. A coragem abandonou a nossa espécie. Talvez nunca tenha nos pertencido. O terror da sociedade, que embasa a moral, o temor a Deus, que guarda o segredo da religião... Aí estão as duas coisas que nos governam. E, no entanto...

– Vire a cabeça um pouquinho mais para a direita, Dorian, como um bom menino – pediu o pintor, absorto no trabalho e consciente apenas de que pairava no rosto do rapaz uma expressão que ele nunca vira antes.

– E, no entanto... – continuou lorde Henry, a voz baixa e melódica, e o aceno gracioso de mão que sempre lhe fora tão característico, acompanhando-o desde que era um estudante em Eton. – Acredito que, se um homem vivesse de forma plena, se desse forma a cada sentimento, expressão a cada pensamento, realidade a cada sonho... Acredito que o mundo ganharia tamanho ímpeto de alegria que nos esqueceríamos de todas as moléstias do medievalismo e retornaríamos ao ideal helênico... a algo mais refinado, talvez mais suntuoso do que o ideal helênico. Mas até o mais corajoso dos homens teme a si mesmo. A mutilação do selvagem sobrevive de forma trágica por meio da abnegação que arruína nossa vida. Somos punidos por nossas recusas. Cada impulso que reprimimos finca raízes na mente e nos envenena. O corpo peca uma vez, e dá cabo do pecado, pois o ato implica uma forma de purificação. Nada mais resta senão a lembrança de um prazer, ou a luxúria de um arrependimento. A única maneira de se livrar de uma tentação é ceder a ela. Resista, e a sua alma adoecerá de desejo pelas coisas que ela se proibiu, pela vontade que suas leis monstruosas consideraram monstruosa e ilegal. Já disseram que os grandes acontecimentos do mundo ocorrem no cérebro. Também é no cérebro, e apenas nele, que os grandes pecados do mundo acontecem. Você, senhor Gray, você mesmo, com sua juventude rubra e rósea e com sua infância nacarada e alva, viveu paixões que o assustaram, pensamentos que o encheram de terror, devaneios e sonhos cujas meras lembranças devem tingir seu semblante de vergonha...

– Pare! – pediu Dorian Gray, esmorecido. – Pare! Você está me desnorteando. Não sei o que dizer. Existe uma resposta para o que fala, mas não a encontro. Não diga nada. Deixe-me pensar. Ou melhor, deixe-me tentar não pensar.

Por quase dez minutos, o rapaz ficou parado, imóvel, os lábios entreabertos e um brilho estranho nos olhos. Tinha uma vaga consciência de que influências totalmente novas agiam sobre si. Parecia-lhe, no entanto, que se originavam nele próprio. As poucas palavras que o amigo de Basil lhe dissera – palavras ditas ao acaso, certamente, e dotadas de um paradoxo intencional – haviam alcançado alguma corda secreta antes jamais tocada, mas a qual naquele momento ele sentia vibrar e reverberar em latejos curiosos.

A música já o impressionara da mesma forma. Perturbara-o diversas vezes. Mas a música não era articulada em palavras. Não criava um novo mundo, e sim um outro caos. Palavras! Nada mais do que palavras. Que terríveis! Que claras, vívidas e cruéis! Impossível fugir delas, e, no entanto, eram dotadas de uma magia sutil! Pareciam capazes de dar uma forma plástica a coisas amorfas, e de ter uma música própria, tão doce quanto a da viola da gamba ou do alaúde. Nada mais do que palavras! Haveria algo tão real quanto as palavras?

Sim, em sua infância, tinham ocorrido coisas que não compreendera. Ele as compreendia naquele momento. De uma hora para outra, a vida aflorava tingida da cor do fogo. E ele parecia caminhar sobre as labaredas. Por que não havia percebido isso?

Com um sorriso sutil, lorde Henry o observava. Sabia o exato momento psicológico em que devia calar-se. Profundamente interessado, surpreendeu-se com o efeito repentino de suas palavras e, lembrando-se de um livro que lera aos dezesseis anos, o qual lhe revelara muitas coisas antes desconhecidas, ele se perguntou se Dorian Gray estaria passando por uma experiência semelhante. Apenas arremessara uma flecha a esmo. Teria ela acertado o alvo? Que fascinante aquele rapaz!

Hallward continuava pintando com seu toque maravilhoso e ousado, guarnecido com o verdadeiro refinamento e a perfeita delicadeza que, na arte, seja como for, vem apenas da força. Mantinha-se alheio ao silêncio.

– Basil, estou cansado de ficar de pé! – exclamou Dorian Gray de súbito. – Preciso ir lá para fora e sentar-me no jardim. O ar aqui está sufocante.

– Meu caro amigo, peço-lhe desculpas. Quando estou pintando, não penso em mais nada. Mas você nunca posou melhor. Perfeitamente imóvel. E captei o efeito que desejava: os lábios entreabertos e o brilho nos olhos. Não sei o que Harry andou lhe dizendo, mas sem dúvida despertou uma expressão maravilhosa no seu rosto. Imagino que ele estivesse o elogiando. Não acredite em uma palavra do que meu amigo diz.

– Com certeza não andou me elogiando. Talvez por esse motivo não acredite em nada que ele me disse.

– Você sabe muito bem que acredita em tudo – declarou lorde Henry, fitando-o com olhos lânguidos e sonhadores. Eu o acompanharei até o jardim. Está muito abafado aqui no ateliê. Basil, vamos beber algo gelado, alguma coisa com morangos.

— Com certeza, Harry. Basta tocar a sineta e, quando Parker vier, direi a ele o que você quer. Preciso trabalhar neste cenário, então me juntarei a vocês mais tarde. Não mantenha Dorian ocupado por muito tempo. Nunca estive em melhor forma para pintar do que hoje. Esta será a minha obra-prima. Já é a minha obra-prima tal como está.

Lorde Henry caminhou até o jardim, onde encontrou Dorian Gray com o rosto enterrado nas grandes flores frescas de lilás, sorvendo-lhes o perfume com fervor, como se fosse vinho. Ele se aproximou do rapaz, em cujo ombro repousou a mão.

— Você está certo em fazer isso — murmurou. — Nada consegue curar a alma a não ser os sentidos, assim como nada consegue curar os sentidos a não ser a alma.

O rapaz se sobressaltou e deu um passo para trás. Estava com a cabeça descoberta, e as folhas tinham desarranjado os cachos rebeldes e emaranhado os fios dourados. Nos olhos, uma expressão amedrontada, como a das pessoas acordadas de repente. As narinas delicadamente entalhadas estremeceram, e algum nervo oculto sacudiu o escarlate dos lábios e os deixou trêmulos.

— De fato — continuou lorde Henry —, este é um dos grandes segredos da vida: curar a alma por meio dos sentidos, e os sentidos por meio da alma. Você é uma criatura maravilhosa. Sabe muito mais do que pensa que sabe, mas também menos do que deseja saber.

Dorian Gray franziu o cenho e virou a cabeça para o outro lado. Não conseguia evitar gostar do jovem alto e gracioso ao seu lado. O rosto romântico cor de oliva e a expressão cansada despertaram seu interesse, e um quê naquela voz baixa e lânguida soava absolutamente fascinante. E as mãos frias e brancas, semelhantes a flores, também eram estranhamente encantadoras. Moviam-se conforme ela falava, como música, e pareciam assumir uma linguagem própria. No entanto, sentia medo dele, e vergonha por isso. Por que teria ficado a cargo de um estranho o ato de revelá-lo a si mesmo? Ele conhecia Basil Hallward havia meses, mas a amizade entre ambos nunca o havia alterado em nada. De repente, emergia alguém que parecia lhe ter revelado o mistério da vida. E, no entanto, o que haveria para temer? Ele não era um garotinho ainda na escola ou uma menina. Portanto, o medo ecoava absurdo.

– Vamos nos sentar à sombra – sugeriu lorde Henry. – Parker trouxe as bebidas, e se você continuar debaixo desse sol, sua pele ficará tremendamente arruinada e Basil nunca mais vai pintá-lo. Evite se queimar ao sol. Não seria nada lisonjeiro.

– Que diferença isso faz? – perguntou Dorian Gray, aos risos, enquanto se sentava em um banco ao fundo do jardim.

– Deveria fazer toda a diferença do mundo para você, senhor Gray.

– Por quê?

– Porque a mais maravilhosa juventude lhe pertence, e a juventude é a única coisa que vale a pena ter.

– Não é o que sinto, lorde Henry.

– Não, não se sente isso a esta altura da vida. Um dia, quando estiver velho e feio e enrugado, quando o pensamento tiver vincado com linhas a sua testa e a paixão tiver conspurcado os seus lábios com fogos horrendos, então vai sentir, sentir profundamente. Agora, aonde quer que vá, você encanta o mundo. Será sempre assim?... Seu rosto é esplendorosamente belo, senhor Gray. Não faça careta. É mesmo. E a beleza constitui uma forma de genialidade... Na verdade, é mais elevada do que a genialidade, pois não precisa de explicação. É um dos grandes fenômenos do mundo, como a luz do sol, ou a primavera, ou o reflexo nas águas escuras daquela concha prateada que chamamos de lua. Não pode ser questionada; tem um direito divino à soberania. Aqueles que a possuem viram príncipes. Você sorri? Ah! Quando a perder, deixará de sorrir... Às vezes dizem que a beleza não passa de algo superficial. Talvez, mas ao menos não tão superficial quanto o pensamento. Para mim, a beleza significa a maravilha das maravilhas. Apenas os insipientes não julgam pelas aparências. O verdadeiro mistério do mundo é o visível, não o invisível... Sim, senhor Gray, os deuses têm sido bondosos com você. Mas tudo o que eles dão logo tiram. Restam-lhe apenas mais alguns anos para viver de verdade, de forma perfeita e plena. Quando a juventude o abandonar, a beleza irá com ela, e então repentinamente descobrirá que não lhe sobram triunfos, ou terá que se contentar com aqueles triunfos mesquinhos que a lembrança do passado tornará mais amargos do que as derrotas. Mês a mês, à medida que o tempo passa, você se aproxima de algo terrível. O tempo tem ciúmes de você, e luta contra seus lírios e suas rosas. Você ficará pálido, as faces encovadas e os olhos embotados. Sofrerá horrivelmente. Ah! Dê-se conta de sua juventude enquanto ainda a tem. Não desperdice o ouro de seus dias dando ouvido aos tediosos, tentando melhorar os fracassados inveterados, ou desperdiçando a vida com os ignorantes, os comuns e os vulgares. Esses são os anseios doentios, os ideais falsos do nosso tempo. Viva! Viva a vida maravilhosa que está em você! Não deixe nada se perder no seu interior. Busque sempre novas sensações. Não tenha medo de nada. É isto que o nosso século deseja: um novo hedonismo. Você pode ser o símbolo visível desse desejo. Com a sua personalidade, não enfrentará limites. O mundo lhe pertence por um período. No instante que o conheci, percebi que não tem consciência do que é, ou do que realmente poderia ser. Encantaram-me haver tantos atributos em você que me senti obrigado a lhe contar algo a seu respeito. Pensei na tragicidade caso se desperdiçasse. A sua juventude vai durar tão pouco tempo... tão pouco. As flores comuns das colinas murcham, mas voltam a florescer. O laburno estará tão amarelo em junho do próximo ano quanto está agora. Em um mês, surgirão estrelas roxas nas clêmatis e, ano após ano, o verde noturno de suas folhas sustentará tais estrelas. Contudo, nunca voltamos à juventude. A pulsação jubilosa e palpitante dos vinte anos torna-se morosa. Nossos membros definham, nossos sentidos se deterioram. Degeneramos em títeres hediondos, assombrados pela lembrança de paixões que temíamos e pelas tentações primorosas às quais não tivemos a coragem de ceder. Juventude! Juventude! Nada absolutamente existe no mundo além da juventude!

Dorian Gray ouvia, pensativo, os olhos arregalados. O ramalhete de lilases lhe caiu da mão e pousou no cascalho. Uma abelha felpuda se aproximou e zumbiu em volta do ramo por um instante. Em seguida, começou a se esfregar por todo o globo oval estrelado de florezinhas. Ele a observou com aquele estranho interesse por trivialidades a que recorremos quando coisas muito importantes nos assustam, ou quando somos dominados por uma nova emoção que não conseguimos expressar, ou quando um pensamento que nos aterroriza promove um cerco repentino ao nosso cérebro e nos incita a ceder. Um tempo depois, a abelha voou para longe. Ele a viu rastejando para dentro da trombeta colorida de uma convolvulácea. A flor pareceu tremular e em seguida balançou delicadamente para frente e para trás.

De súbito, o pintor surgiu à porta do ateliê e fez sinais em *staccato* para que entrassem. Eles se viraram um para o outro e sorriram.

– Estou esperando! – exclamou ele. – Entrem. A luz está perfeita, e tragam as bebidas.

Os dois se levantaram e caminharam juntos pela trilha. Duas borboletas verde e branco passaram farfalhantes ao lado deles, e um tordo começou a cantar na pereira no canto do jardim.

– Você está feliz por ter me conhecido, senhor Gray – disse lorde Henry, olhando para ele.

– Sim, estou feliz agora. Será que sempre me sentirei feliz?

– Sempre! Que palavra horrenda! Sinto um calafrio toda vez que a ouço. As mulheres gostam muito de usá-la. Arruínam todos os romances na tentativa de que durem para sempre. E, ainda por cima, é uma palavra sem sentido. A única diferença entre um capricho e uma paixão vitalícia está no fato de o capricho durar um pouco mais.

Quando entraram no ateliê, Dorian Gray levou a mão ao braço de lorde Henry.

– Nesse caso, façamos de nossa amizade um capricho – murmurou, enrubescendo com a própria ousadia, e em seguida subiu no estrado e voltou a posar.

Lorde Henry acomodou-se em uma grande poltrona de vime e ficou observando-o. Apenas o som do arrastar e salpicar do pincel sobre a tela interrompia o silêncio, exceto quando, volta e meia, Hallward recuava um pouco e fitava sua obra a certa distância. Nos feixes inclinados de luz que incidiam pela porta aberta, a poeira dançava em dourado. O aroma pungente das rosas parecia pairar sobre tudo.

Cerca de quinze minutos depois, Hallward parou de pintar e passou um longo tempo fitando Dorian Gray, e depois observou o quadro por um longo tempo, mordiscando a ponta de um dos longos pincéis e franzindo o cenho.

– Está pronto – disse por fim e, abaixando-se, escreveu seu nome em letras alongadas em tom cinábrio no canto esquerdo da tela.

Lorde Henry se aproximou e examinou o retrato. Certamente uma obra de arte estupenda, e também de incrível semelhança com o rapaz.

– Meu caro amigo, eu o felicito calorosamente – disse ele. – É o melhor retrato dos tempos modernos. Senhor Gray, venha cá e veja a si mesmo.

O rapaz estremeceu, como se tivesse despertado de um sonho.

– Está realmente pronto? – murmurou ele, descendo do estrado.

– Prontíssimo – respondeu o pintor. – E você posou esplendidamente hoje. Devo-lhe muito.

– E tudo graças a mim – interrompeu lorde Henry. – Não é, senhor Gray?

Dorian não respondeu, mas passou com indiferença diante do retrato e virou-se de frente para ele. Quando o viu, deu um passo para trás, as faces coradas de prazer por um instante. Em seus olhos despontou uma expressão jubilosa, como se tivesse se reconhecido pela primeira vez. Ficou parado ali, imóvel e maravilhado, só meio consciente de que Hallward estava falando com ele, mas sem compreender o significado das palavras. A percepção da própria beleza o assomou como uma revelação. Ele nunca a sentira antes. Os elogios de Basil Hallward tinham lhe parecido apenas lisonjas exacerbadas de amizade. Ele os escutara, rira deles, e os esquecera, sem que exercessem influência alguma sobre sua natureza. Depois viera lorde Henry Wotton com aquele estranho panegírico sobre a juventude, a terrível advertência a respeito da brevidade desse período. Ele se sensibilizara na hora, e naquele momento, enquanto contemplava a sombra de sua beleza, toda a realidade da descrição o atingiu. Sim, chegaria o dia em que o rosto estaria enrugado e macilento, os olhos turvos e descorados, a graça da silhueta esfacelada e deformada. De seus lábios fugiria o escarlate e dos cabelos se ausentaria o dourado. A vida da sua alma arruinaria o corpo. Ele se tornaria horrendo, hediondo e desajeitado.

Enquanto pensava nisso, apunhalou-o como uma faca uma pontada tão aguda de dor que fez cada fibra delicada de sua essência estremecer. Os olhos se aprofundaram em ametista, e deles irrompeu um nevoeiro lacrimoso. Sentiu uma mão de gelo pousada em seu coração.

– Você não gostou? – perguntou Hallward por fim, um pouco magoado pelo silêncio do rapaz, sem entender o que significava.

– É claro que ele gostou – declarou lorde Henry. – Quem não gostaria? É uma das melhores obras da arte moderna. Pagarei o que você quiser por ele. Preciso tê-lo.

– Não é meu, Harry.

– E de quem é?

– De Dorian, é claro – respondeu o pintor.

– Ele é um sujeito de muita sorte.

– Como é triste! – murmurou Dorian Gray, os olhos ainda fixos no próprio retrato. – Como é triste! Vou envelhecer, ficar horrendo e disforme. Mas a juventude se perpetuará neste retrato. Nunca envelhecerá um dia. Se fosse o contrário... Se eu permanecesse sempre jovem e o retrato envelhecesse! Por isso... por isso eu daria qualquer coisa! Sim, não há nada neste mundo que eu não daria! Daria a minha alma por isso!

– Você não gostaria nada desse arranjo, Basil! – exclamou lorde Henry, rindo. – Seria pouco lisonjeiro para a sua obra.

– Eu protestaria com veemência, Harry – declarou Hallward.

Dorian Gray se virou e olhou para ele.

– Imagino que protestaria, Basil. Você gosta mais da sua arte do que de seus amigos. Para você, nada sou além de uma estatueta de bronze esverdeado. Ouso dizer que talvez nem isso.

O pintor o encarou, estupefato. Não era do feitio de Dorian falar daquele jeito. O que teria acontecido? Parecia muito zangado, o rosto ruborizado e as faces ardentes.

– Sim – continuou ele. – Significo menos para você do que seu Hermes de marfim ou seu Fauno de prata. Você sempre gostará deles. Por quanto tempo gostará de mim? Até que surja minha primeira ruga, imagino. Agora entendo que, quando alguém perde a beleza, seja ela qual for, perde tudo. Seu retrato me ensinou isso. Lorde Henry Wotton está absolutamente certo. A juventude é tudo que importa. Quando descobrir que estou envelhecendo, vou me matar.

Hallward empalideceu e segurou a mão do rapaz.

– Dorian! Dorian! – exclamou. – Não diga isso. Nunca tive um amigo como você e jamais terei outro igual. Não está com ciúmes de coisas materiais, não é? Logo você, que é melhor do que qualquer uma delas!

– Tenho ciúmes de tudo em que a beleza não morre. Tenho ciúmes do retrato que você pintou. Por que ele pode eternizar o que terei de perder? Cada instante passado tira algo de mim e dá a ele. Oh, se fosse o contrário! Se o retrato pudesse mudar, se eu pudesse ser sempre o que sou agora! Por que você pintou essa imagem? Ela vai zombar de mim um dia... zombará tremendamente!

As lágrimas quentes brotaram dos olhos do rapaz, que desvencilhou a mão e, jogando-se no divã, enterrou o rosto nas almofadas, como se estivesse rezando.

— Isso é obra sua, Harry — acusou o pintor com amargura.
Lorde Henry encolheu os ombros.
— Esse é o verdadeiro Dorian Gray... só isso.
— Não é.
— Se não for, o que tenho a ver com isso?
— Você deveria ter partido quando lhe pedi — resmungou o pintor.
— Eu fiquei quando você me pediu — foi a resposta de lorde Henry.
— Harry, não posso discutir com os meus dois melhores amigos ao mesmo tempo, mas vocês dois, juntos, me levaram a odiar a melhor obra que já fiz, e vou destruí-la. O que é senão tela e tinta? Não vou permitir que ela se intrometa em nossa vida e a estrague.

Dorian ergueu a cabeça dourada das almofadas e, com o rosto pálido e os olhos marejados de lágrimas, encarou o pintor que se aproximava da mesa de trabalho de pinheiro-silvestre, localizada sob a janela alta acortinada. O que ele estaria fazendo ali? Seus dedos tateavam por entre a desordem de tubos e pincéis secos, procurando alguma coisa. Sim, a longa espátula de paleta com a lâmina fina de aço flexível. Enfim a tinha encontrado. Rasgaria a tela.

Com um soluço estrangulado, o rapaz saltou do sofá e, correndo até Hallward, arrancou-lhe a espátula da mão e a arremessou em um canto do ateliê.

— Não, Basil, não! – gritou ele. – Seria assassinato!
— Fico feliz de testemunhar que você enfim aprecia o meu trabalho, Dorian – disse o pintor friamente logo que se recuperou da surpresa. – Nunca imaginei que gostaria dele.
— Apreciá-lo? Estou apaixonado, Basil. É parte de mim. Consigo sentir.
— Bem, assim que secar, você será envernizado, emoldurado e enviado para casa. Depois disso, faça o que quiser consigo mesmo. – Ele atravessou o cômodo e tocou a sineta para pedir chá. – Você vai querer chá, não é, Dorian? E você também, Harry? Ou se opõe a prazeres simples como esse?

– Adoro prazeres simples – declarou lorde Henry. – São o último refúgio das coisas complexas. Mas não gosto de cenas, a não ser no palco. Vocês dois são sujeitos absurdos! Eu me pergunto quem definiu o homem como um animal racional, com certeza a definição mais prematura já feita. O homem é muitas coisas, mas não racional. No entanto, fico feliz que não seja, embora prefira que vocês dois não discutam por conta desse retrato. Seria muito melhor se me deixasse ficar com ele, Basil. Esse garoto tolo não o quer de verdade, mas eu quero.

– Se você deixar outra pessoa ficar com ele, Basil, jamais lhe perdoarei! – exclamou Dorian Gray. – E não permitirei que ninguém me chame de tolo.

– Bem sabe que o retrato é seu, Dorian. Eu o dei a você antes que ele existisse.

– E você sabe que tem sido um pouco tolo, senhor Gray, e que não faz nenhuma objeção por ser lembrado de que é extremamente jovem.

– Eu deveria ter feito objeções sérias esta manhã, lorde Henry.

– Ah! Esta manhã... Você está vivendo desde então.

Depois de uma batida à porta, o mordomo entrou com uma bandeja de chá e a colocou sobre uma mesinha japonesa. Ouviu-se o tilintar de xícaras e pires e o sibilar de um samovar canelado da era georgiana. Um pajem trouxe dois pratos de porcelana em forma de globo. Dorian Gray se aproximou e serviu o chá. Os dois homens se dirigiram languidamente à mesa e examinaram o conteúdo debaixo das tampas.

– Vamos ao teatro hoje à noite – sugeriu lorde Henry. – Com certeza há algo em cartaz em algum lugar. Prometi que iria jantar com o White, mas é apenas um velho amigo, então posso lhe enviar um telegrama dizendo que estou doente, ou que não comparecerei pois tenho um compromisso logo em sequência. Seria uma excelente desculpa, com toda a surpresa da sinceridade.

– É tão enfadonho ter de vestir trajes de gala – murmurou Hallward. – E, quando os vestimos, eles ficam tão horrendos.

— De fato — concordou lorde Henry, com ar sonhador. — Os trajes do século XIX são detestáveis. Muito sombrios, muito deprimentes. Na vida moderna, só restou o pecado como o único elemento colorido.

— Você não deveria dizer esse tipo de coisa na frente de Dorian, Harry.

— Na frente de qual Dorian? Do que está nos servindo chá ou daquele do retrato?

— Na frente de nenhum deles.

— Eu adoraria ir ao teatro com você, lorde Henry — disse o rapaz.

— Nesse caso, vamos, e você também se juntará a nós, não é, Basil?

— Não posso. Não mesmo. Tenho muito trabalho ainda.

— Bem, então iremos só nós dois, senhor Gray.

— Eu adoraria.

O pintor mordeu o lábio e se dirigiu, com a xícara na mão, até o quadro.

— Vou ficar com o Dorian verdadeiro — comentou tristemente.

— Ele é o Dorian verdadeiro? — gritou o original do retrato, aproximando-se. — Sou realmente assim?

— Sim, é exatamente assim.

— Que maravilha, Basil!

— Ao menos são iguais na aparência. Mas ele nunca vai mudar — disse Hallward, com um suspiro. — Isso não é pouca coisa.

— Quanta comoção a respeito da fidelidade! — exclamou lorde Henry. — Ora, até mesmo no amor tudo se resume puramente a uma questão fisiológica. Não tem nada a ver com a nossa própria vontade. Os jovens querem ser fiéis e não são; os velhos querem ser infiéis e não podem; aí está tudo.

— Não vá ao teatro hoje à noite, Dorian — pediu Hallward. — Fique e jante comigo.

— Não posso, Basil.

— Por quê?

— Porque prometi a lorde Henry Wotton que o acompanharia.

— Ele não vai gostar mais de você por cumprir suas promessas. Henry sempre quebra as dele. Eu lhe imploro que não vá.

Dorian Gray riu e meneou a cabeça.

— Eu lhe imploro.

O rapaz hesitou e virou-se para observar lorde Henry, que os contemplava da mesinha de chá com um sorriso de divertimento nos lábios.

— Eu preciso ir, Basil – afirmou ele.

— Muito bem – disse Hallward e, com alguns passos, aproximou-se da bandeja e pôs a xícara sobre ela. – Já está tarde e, como precisa ainda se vestir, é melhor não perder tempo. Adeus, Harry. Adeus, Dorian. Venha me visitar em breve. Venha amanhã.

— Certamente.

— Não vai esquecer?

— Não, é claro que não! – exclamou Dorian.

— E... Harry!

— Sim, Basil?

— Lembre-se do que lhe pedi no jardim esta manhã.

— Já esqueci.

— Confio em você.

— Eu adoraria confiar em mim mesmo – disse lorde Henry, rindo. – Venha, senhor Gray. O meu cabriolé está lá fora, e posso levá-lo até a sua casa. Adeus, Basil! Foi uma tarde muito interessante.

Quando a porta se fechou, o pintor se jogou no sofá, com uma expressão de sofrimento em seu rosto.

Capítulo três

Ao meio-dia e meia do dia seguinte, lorde Henry Wotton caminhou da Curzon Street até o Albany para visitar o tio, lorde Fermor, um solteirão cordial, ainda que de modos meio grosseiros, a quem o mundo exterior chamava de egoísta, pois não tiravam nenhum proveito específico dele, mas que era considerado generoso pela sociedade, pois alimentava as pessoas que o divertiam. O pai fora nosso embaixador em Madri quando Isabel era jovem e ninguém pensava em Prim, mas havia se aposentado do serviço diplomático em um momento de capricho e aborrecimento por não lhe terem oferecido a embaixada em Paris, um cargo ao qual julgava ter pleno direito por conta de suas origens, da indolência, do bom inglês de seus despachos, e de sua paixão desmedida pelo prazer. O filho, que atuara como secretário do pai, renunciara junto a ele, um tanto tolamente como se pensou à época, e, ao assumir o título alguns meses depois, dedicou-se seriamente ao estudo da grande arte aristocrática de não fazer absolutamente nada. Apesar de possuir duas mansões na cidade, preferia morar em aposentos porque dava menos trabalho, e fazia a maioria das refeições no clube que frequentava. Dedicava pouca atenção ao gerenciamento de suas minas de carvão nos condados das Midlands, mas justificava-se dizendo que a única vantagem de possuir carvão se assentava em permitir a um cavalheiro a decência de queimar a lenha na própria lareira. Na política, ele era um *tory* conservador, exceto quando os *tories* estavam no poder, período em que os atacava energicamente considerando-os um bando de radicais. Incorporava a figura de um herói para o seu criado, que o intimidava, e a de um terror para a maioria de seus conhecidos, que ele, por sua vez, também intimidava. Só poderia ser fruto da Inglaterra, e sempre dizia que o país estava indo por água abaixo. Prezava por princípios ultrapassados, mas havia muito a se dizer sobre seus preconceitos.

Quando lorde Henry adentrou o cômodo, avistou o tio sentado, metido em um casaco de caça áspero, fumando um charuto e resmungando sobre o *The Times*.

– Bem, Harry – disse o velho cavalheiro –, o que o traz aqui tão cedo? Pensei que vocês, dândis, não se levantassem antes das duas e não dessem as caras antes das cinco.

– Puro afeto familiar, garanto-lhe, tio George. Preciso que você me dê algo.

– Dinheiro, imagino – afirmou lorde Fermor, fazendo uma careta. – Bem, sente-se e me conte. Os jovens de hoje pensam que o dinheiro é tudo.

– Sim – murmurou lorde Henry, ajeitando a botoeira do casaco. – E, quando envelhecem, passam a ter certeza. Mas não quero dinheiro. Apenas as pessoas que pagam as próprias contas o querem, tio George, e nunca pago as minhas. O crédito é o capital de um filho mais novo, e pode-se levar uma vida encantadora com ele. Além disso, sempre negocio com os comerciantes de Dartmoor e, portanto, eles nunca me incomodam. Preciso de informações não úteis, é claro; informações inúteis.

– Bem, sou capaz de lhe contar qualquer coisa que esteja em um almanaque inglês, Harry, embora hoje em dia esses sujeitos só escrevam um monte de baboseiras. Quando eu estava na diplomacia, as coisas eram bem melhores. Mas ouvi que agora o ingresso no cargo de diplomata exige um exame. O que se pode esperar? Os exames são uma farsa do início ao fim. Se um homem for um cavalheiro, ele sabe o bastante; se não for, tudo o que sabe lhe é prejudicial.

— O senhor Dorian Gray não está nos almanaques, tio George — disse lorde Henry languidamente.

— Senhor Dorian Gray? Quem é? — quis saber lorde Fermor, crispando as sobrancelhas grossas e alvas.

— É o que vim descobrir, tio George. Melhor dizendo, eu sei quem ele é, o neto de lorde Kelso. A mãe pertencia à família Devereux, lady Margaret Devereux. Quero que me fale dela. Como era? Com quem se casou? Você conhecia quase todo mundo na sua época, então talvez também a conheça. Estou muito interessado no senhor Gray neste momento. Acabei de conhecê-lo.

— Neto de Kelso! — repetiu o velho cavalheiro. — Neto de Kelso... É claro... Conheci a mãe dele muito bem. Acho que compareci ao batizado dela. Era uma garota extraordinariamente bela, Margaret Devereux, e deixou todos os homens desesperados quando fugiu com um rapaz sem um tostão, um ninguém, um subalterno em um regimento da infantaria ou algo do tipo. Isso mesmo. Lembro-me de tudo como se tivesse acontecido ontem. O pobre sujeito foi morto em um duelo em Spa meses depois do casamento. E correu uma história terrível sobre o acontecido. Diziam que Kelso tinha arranjado um aventureiro torpe, um bárbaro belga, para insultar o genro em público, pagara-lhe para fazer isso, pagara-lhe... e o sujeito espetou a vítima como se ela não passasse de um pombo. Abafaram o caso, mas, por Deus, Kelso passou um tempo jantando sozinho no clube depois disso. Trouxe a filha de volta consigo, segundo me disseram, mas ela nunca mais falou com o pai. Ah, sim, foi terrível. A garota morreu também, um ano depois. Então deixou um filho, é? Tinha me esquecido disso. Que tipo de rapaz é? Se for como a mãe, deve ser muito bem-apessoado.

— É um jovem muito bonito — concordou lorde Henry.

— Espero que caia em boas mãos — continuou o velho. — Deve ter uma fortuna à espera dele se Kelso fez a coisa certa. A mãe também tinha dinheiro. Toda a propriedade de Selby ficou para ela, como herança do avô, um sujeito que odiava Kelso, achava que ele era cruel. E era mesmo. Foi a Madri uma vez quando eu estava lá. Por Deus, senti vergonha por ele. A rainha me perguntava quem era o nobre inglês que sempre discutia com os cocheiros por conta das tarifas. Causou uma comoção. Passei um mês sem ter coragem de dar as caras na Corte. Espero que ele tenha tratado o neto melhor do que tratava os cocheiros.

– Não sei – comentou lorde Henry. – Creio que o rapaz vá se dar bem. Ele ainda não é maior de idade. A propriedade de Selby é dele, isso eu sei. Ele me contou. E a mãe? Era muito bonita?

– Margaret Devereux foi uma das criaturas mais adoráveis que já conheci, Harry. Jamais compreendi por que diabos se comportou daquela maneira. Poderia ter se casado com qualquer um. Carlington era louco por ela. Mas era romântica, como todas as mulheres daquela família. Os homens pouco valiam, mas, por Deus! As mulheres eram uma beleza. Carlington se arrastava atrás dela; ele mesmo me contou. Margaret ria dele, e à época não existia uma garota sequer em Londres que não o quisesse. E a propósito, Harry, por falar em casamentos estúpidos, que bobagem é essa que seu pai me disse sobre Dartmoor querer se casar com uma americana? As inglesas não são boas para ele?

– Hoje em dia está na moda se casar com americanas, tio George.

– Eu vou apoiar as inglesas contra o mundo inteiro, Harry – declarou lorde Fermor, batendo com o punho na mesa.

– As apostas são favoráveis às americanas.

– Disseram-me que elas não duram muito – resmungou o tio.

– Uma corrida longa as esgota, mas elas são superiores nas corridas de obstáculos. Passam voando por eles. Não acho que Dartmoor tenha chance.

– Quem são os parentes dela? – perguntou o velho cavalheiro. – Tem algum?

Lorde Henry meneou a cabeça.

— As americanas são tão hábeis em esconder os pais como as inglesas em esconder o próprio passado – declarou, levantando-se para ir embora.

— Imagino que sejam negociantes de porcos, certo?

— Espero que sim, tio George, pelo bem de Dartmoor. Fiquei sabendo que negociar carne de porco é a profissão mais lucrativa nos Estados Unidos, depois da política.

— Ela é bonita?

— Age como se fosse. A maioria das americanas faz isso. É o segredo do charme delas.

— Por que essas americanas não ficam no próprio país? Vivem nos dizendo que lá é um paraíso para as mulheres.

— E é mesmo. Por isso elas, assim como Eva, estão ávidas por sair de lá – disse lorde Henry. – Adeus, tio George. Vou me atrasar para o almoço se ficar mais. Obrigado pelas informações. Sempre gosto de saber de tudo sobre os meus novos amigos, e nada sobre os velhos.

— Onde você vai almoçar, Harry?

— Na casa da tia Agatha. Convidei a mim mesmo e ao senhor Gray, o mais novo *protégé* dela.

— Humpf! Diga à sua tia Agatha, Harry, para não me incomodar mais com pedidos de caridade. Estou farto deles. Ora, aquela boa senhora acha que não tenho mais nada a fazer exceto preencher cheques para os seus modismos tolos.

— Pode deixar, tio George. Direi a ela, mas de nada adiantará. Os filantropos perdem todo o senso de humanidade. É o seu traço mais marcante.

O velho cavalheiro resmungou em aprovação e tocou a sineta para chamar o criado. Lorde Henry passou pela arcada baixa da Burlington Street e seguiu em direção a Berkeley Square.

Então aquela era a história das origens de Dorian Gray. Embora contada de forma grosseira, evocara nele a sugestão de um romance estranho, quase moderno. Uma bela mulher arriscando tudo por uma paixão avassaladora. Algumas semanas de felicidade desenfreada interrompidas por um crime hediondo e traiçoeiro. Meses de agonia silenciosa, e depois uma criança nascida na dor. A mãe ceifada pela morte, o menino abandonado à solidão e à tirania de um velho desalmado. Sim, uma história interessante. Apresentava o rapaz, tornava-o, por assim dizer, mais perfeito. Por trás das cenas primorosas, sempre pairava tragicidade. Mundos inteiros trabalhavam arduamente para que a mais diminuta das flores desabrochasse... E quão adorável fora Dorian Gray no jantar da noite anterior, quando, com olhar assustado e lábios entreabertos de prazer amedrontado, sentara-se diante dele no clube, as cúpulas rubras das velas tingindo de um rosa mais intenso a surpresa que lhe despontava no rosto. Conversar com ele era como tocar um violino magistral, uma resposta a cada toque e trinado do arco... Havia um toque incrivelmente cativante no ato de exercer influência. Não se assemelhava a qualquer outra atividade. Projetar a alma em uma forma graciosa e deixá-la se demorar lá por um instante; ouvir as próprias opiniões intelectuais ecoando em alguém com todo o apêndice melódico da paixão e da juventude; transmitir nosso temperamento para outro como se fosse um fluido sutil ou um aroma estranho. Que felicidade genuína – talvez a felicidade mais satisfatória que nos restava em uma época tão limitada e vulgar como a nossa, uma época cujos prazeres são grosseiramente carnais, e cujos objetivos são grosseiramente banais. O rapaz, a quem conhecera por obra de um curioso acaso no ateliê de Basil, era um tipo maravilhoso, ou poderia ser moldado em um tipo maravilhoso. Pertenciam-lhe a graça e a pureza alva da juventude, a beleza como a que os mármores gregos conservavam para nós. Não havia nada que não se pudesse fazer com ele. Poderia ser transformado em um titã ou em um brinquedo. Que pena tamanha beleza estar destinada ao desaparecimento!... E quanto a Basil? Do ponto de vista psicológico, como era interessante! O novo estilo na arte, a forma revigorada de encarar a vida, sugerida de maneira tão estranha pela presença meramente visível de alguém inconsciente daquilo tudo; o espírito silencioso, que fazia dos bosques sombrios a sua morada e caminhava invisível em campo aberto, de repente se revelava, como uma dríade, e desprovido de medo, porque em sua alma, que ansiava por ela, despertara aquela visão maravilhosa para a qual somente se revelam as coisas maravilhosas; as meras formas e padrões das coisas tornavam-se, por assim dizer, refinadas, e adquiriam uma espécie de valor simbólico, como se elas próprias fossem padrões de uma outra forma mais perfeita, cuja sombra tornavam real. Que estranho tudo isso! Ele se lembrava de algumas coisas meio parecidas na História. Não fora Platão, o artista do pensamento, quem primeiro fizera tal análise? Não fora Buonarotti quem o havia talhado nos mármores coloridos de uma sequência de sonetos? Em nosso próprio século, contudo, soava insólito. Sim, ele tentaria ser para Dorian Gray o que, sem saber, o rapaz era para o artista, o criador do maravilhoso retrato. Tentaria dominá-lo – já o tinha feito, na verdade, pela metade. Iria se apropriar daquele espírito maravilhoso. Havia fascínio nesse filho do amor e da morte.

De súbito, parou e ergueu o olhar para fitar a paisagem. Percebeu que passara pela casa da tia havia algum tempo e, sorrindo para si mesmo, deu meia-volta. Quando adentrou o vestíbulo um tanto sombrio, o mordomo lhe disse que todos já tinham se acomodado para almoçar. Ele entregou o chapéu e a bengala a um dos pajens e seguiu para a sala de refeições.

– Atrasado como sempre, Harry – declarou a tia, meneando a cabeça em desaprovação.

Ele inventou uma desculpa qualquer e, depois de se sentar na cadeira vaga ao lado dela, olhou em volta para ver quem estava ali. Da ponta da mesa, Dorian lhe fez uma mesura tímida, nas faces, um rubor de prazer. Do outro lado, estava a duquesa de Harley, uma dama de natureza bondosa e temperamento admirável, muito querida por todos que a conheciam, e com as proporções arquitetônicas amplas que, nas mulheres que não são duquesas, os historiadores contemporâneos descrevem como robustez. À direita dela, sentava-se sir Thomas Burdon, um membro radical do

Parlamento, que seguia seu líder na vida pública e, na particular, seguia os melhores cozinheiros, jantando com os *tories* e refletindo com os liberais, de acordo com uma regra sábia e bem conhecida. O lugar à esquerda da dama estava ocupado pelo senhor Erskine de Treadley, um cavalheiro velho, charmoso e culto que havia, no entanto, adotado o péssimo hábito de permanecer em silêncio, pois, conforme certa vez explicara para lady Agatha, dissera tudo o que tinha a dizer antes dos trinta anos. Ao lado dele estava a senhora Vandeleur, uma das amigas mais antigas da tia, uma santa entre as mulheres, mas tão terrivelmente deselegante que lembrava um hinário mal encadernado. Para a sorte de lorde Henry, ao lado dela se sentava lorde Faudel, um sujeito de meia-idade medíocre e bastante inteligente, tão careca quanto uma declaração ministerial na Câmara dos Comuns, com quem ela conversava mergulhada na seriedade intensa que constitui o único erro imperdoável, como ele mesmo observara certa vez, de todas as pessoas genuinamente bondosas, do qual nenhuma delas jamais consegue escapar.

– Estamos falando a respeito do pobre Dartmoor, lorde Henry – comentou a duquesa, assentindo cordialmente para ele do outro lado da mesa. – Você acha que ele vai realmente se casar com aquela jovem fascinante?

– Creio que ela decidiu pedi-lo em casamento, duquesa.

– Que horror! – exclamou lady Agatha. – Alguém deveria intervir.

– Uma pessoa bastante confiável me contou que o pai dela tem um armazém de miudezas nos Estados Unidos – declarou sir Thomas Burdon, com ar de arrogância.

– O meu tio sugeriu que são negociantes de carne de porco, sir Thomas.

– Miudezas! O que são miudezas? – quis saber a duquesa, erguendo as mãos largas em um gesto de surpresa e enfatizando o verbo.

– Romances americanos – respondeu lorde Henry, servindo-se de um pouco de codorna.

A duquesa pareceu confusa.

– Não ligue, minha querida – sussurrou lady Agatha. – Ele nunca diz nada a sério.

– Quando descobriram a América... – começou o membro do Partido Radical, e passou a discorrer sobre fatos enfadonhos. Assim como todas as pessoas que tentam esgotar um assunto, ele deixou os ouvintes esgotados. A duquesa suspirou e ativou seu privilégio de interrupção.

– Eu preferiria que nunca tivesse sido descoberta! – exclamou. – Francamente, nossas meninas não têm nenhuma chance hoje em dia. É tremendamente injusto.

– Talvez, afinal, a América nunca tenha sido descoberta – sugeriu o senhor Erskine. – Eu mesmo diria que foi meramente detectada.

– Oh, mas vi alguns de seus habitantes – respondeu a duquesa vagamente. – E confesso que a maioria deles é extremamente bonita. E também se vestem muito bem. Compram todas as roupas em Paris. Eu adoraria fazer o mesmo.

– Dizem que, quando bons americanos morrem, eles vão para Paris – comentou aos risinhos sir Thomas, detentor de um amplo estoque de provérbios obsoletos.

– É mesmo? E para onde vão os maus americanos quando morrem? – perguntou a duquesa.

– Vão para os Estados Unidos – murmurou lorde Henry.

Sir Thomas franziu o cenho.

– Receio que seu sobrinho seja preconceituoso em relação àquele grande país – disse ele a lady Agatha. – Viajei por ele todo, em carros fornecidos pelos governantes, que, nesses assuntos, são extremamente cordiais. Garanto-lhe que é uma visita instrutiva.

– Mas precisamos de fato visitar Chicago em busca de instrução? – perguntou o senhor Erskine em tom de queixa. – Não me sinto preparado para a jornada.

Sir Thomas acenou com a mão.

— O senhor Erskine de Treadley tem o mundo todo em suas estantes. Nós, homens práticos, gostamos de ver as coisas, não de ler sobre elas. Os americanos são um povo bastante interessante. Absolutamente razoáveis. Acho que esse é o seu traço mais marcante. Sim, senhor Erskine, trata-se de um povo absolutamente razoável. Asseguro-lhe que não há um pingo sequer de insensatez neles.

— Que horror! – exclamou lorde Henry. – Consigo tolerar a força bruta, mas a razão bruta é insuportável. Há uma certa injustiça em seu uso. Assemelha-se a desferir um golpe baixo no intelecto.

— Não o entendo – disse sir Thomas, a pele cada vez mais vermelha.

— Eu o entendo, lorde Henry – murmurou o senhor Erskine, com um sorriso.

— Os paradoxos trilham muito bem o próprio caminho... – comentou o baronete.

— Isso foi um paradoxo? – perguntou o senhor Erskine. – Não pensei desse modo. Talvez tenha sido. Bem, o caminho dos paradoxos é o que leva à verdade. Para testar a realidade, devemos vê-la na corda bamba. Quando as verdades se tornam acrobatas, podemos julgá-las.

— Por Deus! – exclamou lady Agatha. – Como vocês, homens, gostam de argumentar! Tenho certeza de que nunca entenderei o que estão falando. Ah, Harry, estou muito chateada com você! Por que tenta persuadir o nosso bondoso senhor Dorian Gray a desistir do East End? Garanto que ele seria inestimável. Adorariam vê-lo tocar.

— Quero que ele toque para mim! – exclamou lorde Henry, sorrindo, e, ao virar-se para a outra ponta da mesa, captou um olhar reluzente como resposta.

— Mas as pessoas são tão infelizes no Whitechapel – prosseguiu lady Agatha.

— Sou capaz de simpatizar com tudo, menos com o sofrimento – declarou lorde Henry, encolhendo os ombros. – Não consigo mesmo. É muito feio, muito horrível, muito angustiante. Há algo terrivelmente mórbido na comiseração moderna com a dor. Devemos simpatizar com a cor, a beleza, a alegria de viver. Quanto menos se falar sobre as agruras da vida, tanto melhor.

– Ainda assim, o East End é um problema de grande importância – comentou sir Thomas, meneando a cabeça com seriedade.

– Certamente – concordou o jovem lorde. – É o problema da escravidão, e nós tentamos resolvê-lo divertindo os escravos.

O político o fitou com intensidade.

– Então, qual mudança você propõe? – perguntou.

Lorde Henry riu.

– Não há nada que eu queira mudar na Inglaterra, a não ser o clima – respondeu ele. – Satisfaço-me com a contemplação filosófica. Entretanto, como o século XIX foi à falência por um dispêndio excessivo de compaixão, sugiro que apelemos à ciência para nos corrigir. A vantagem dos sentimentos é que eles nos desviam do caminho, e a vantagem da ciência é que ela não é sentimental.

– Mas temos responsabilidades tão importantes – arriscou de modo tímido a senhora Vandeleur.

– Terrivelmente importantes – ecoou lady Agatha.

Lorde Henry olhou para o senhor Erskine.

– O pecado original do mundo está no fato de a humanidade se levar muito a sério. Se o homem das cavernas soubesse rir, a história teria sido muito diferente.

– Você de fato é um alento – gorjeou a duquesa. – Sempre me senti culpada quando vinha visitar a sua querida tia, pois East End não me interessa. No futuro, serei capaz de encará-la sem ruborizar.

– O rubor é lisonjeiro, duquesa – comentou lorde Henry.

– Só nos jovens – retrucou ela. – Quando uma velha como eu fica ruborizada, é sempre um péssimo sinal. Ah, lorde Henry! Gostaria que me dissesse como recupero toda a minha juventude.

Ele ponderou por um momento.

– Você consegue se lembrar de algum grande erro que tenha cometido na juventude, duquesa? – perguntou, fitando-a do outro lado da mesa.

— Receio que de muitos! – exclamou a duquesa.

— Então os cometa de novo – afirmou ele em tom sério. – Para voltarmos a ser jovens, basta repetirmos as nossas loucuras.

— Uma teoria encantadora! – exclamou ela. – Vou colocá-la em prática.

— Uma teoria perigosa! – comentou sir Thomas com os lábios crispados. Lady Agatha meneou a cabeça, mas não pôde evitar a diversão. O senhor Erskine escutava.

— Sim – continuou lorde Henry –, aí está um dos grandes segredos da vida. Hoje em dia, a maioria das pessoas morre de uma espécie de senso comum rastejante e descobre tarde demais que nunca nos arrependemos dos nossos erros.

Uma risada reverberou pela mesa.

Ele brincou com a ideia, cada vez mais obstinado; lançou-a no ar e a transformou; deixou-a escapar e depois a recapturou; tornou-a iridescente de fantasia e lhe deu asas paradoxais. O elogio da loucura, à medida que prosseguia, elevou-se para uma filosofia, e a própria filosofia tornou-se jovem e tomou para si a música louca do prazer, vestindo, como se poderia imaginar, a túnica manchada de vinho e a coroa de louros, dançou como uma bacante sobre as colinas da vida, e zombou do lento Sileno por sua sobriedade. Os fatos fugiam dela como criaturas amedrontadas da floresta. Seus pés brancos pisaram na enorme prensa em que se sentava o sábio Omar, até que o sumo fervilhante da uva subiu em torno de seus membros nus em ondas de bolhas arroxeadas, ou se arrastou em espuma rubra por sobre as laterais pretas, gotejantes e inclinadas do barril. Era um improviso extraordinário. Sentiu os olhos de Dorian Gray fixos em si, e a consciência de que em meio à sua plateia havia alguém cujo temperamento ele desejava fascinar parecia aguçar sua sagacidade e colorir sua imaginação. Ele era brilhante, fantástico, irresponsável. Encantou os ouvintes até que saíssem de si, e eles seguiam sua flauta aos risos. Dorian Gray não desviou o olhar da direção do rapaz por um instante sequer, e sentava-se como alguém enfeitiçado, nos lábios, sorrisos sucedendo um ao outro, e, nos olhos sombrios, a admiração cada vez mais intensa e séria.

Por fim, vestida com o traje da época, a realidade adentrou o cômodo na forma de um criado, dizendo à duquesa que a carruagem estava à espera. Ela torceu as mãos, fingindo desespero.

– Que irritante! – exclamou. – Eu tenho de ir. Preciso buscar meu marido no clube para levá-lo a alguma reunião absurda que ele vai presidir no Willis's Rooms. Tenho certeza de que ficará furioso se eu me atrasar, e não posso tolerar uma discussão usando este chapéu. Ele é frágil demais. Uma única palavra ríspida o arruinaria. Não, preciso mesmo ir, querida Agatha. Adeus, lorde Henry, você é extraordinário e terrivelmente desmoralizante. Tenho certeza de que não sei o que comentar sobre suas opiniões. Apareça para jantar conosco algum dia desses. Terça? Estará livre na terça-feira?

– Pela senhora eu dispensaria qualquer pessoa, duquesa – disse lorde Henry, com uma mesura.

– Ah! Isso é muito bom, mas também muito feio de sua parte! – exclamou ela. – Então, lembre-se de vir. – E saiu da sala apressada, seguida por lady Agatha e as outras damas.

Quando lorde Henry tornou a se sentar, o senhor Erskine se aproximou e, ocupando uma cadeira ao lado dele, pôs a mão em seu braço.

– Os livros se desprendem da sua fala – disse. – Por que não escreve um?

– Gosto demais de ler livros para me preocupar em escrevê-los, senhor Erskine. Certamente adoraria escrever um romance, tão belo quanto um tapete persa, e igualmente irreal. Mas não há público literário na Inglaterra para nada exceto jornais, manuais e enciclopédias. De todos os povos do mundo, os ingleses são os que têm menos noção da beleza da literatura.

– Receio que esteja certo – concordou o senhor Erskine. – Eu mesmo já tive ambições literárias, mas desisti delas há muito tempo. E agora, meu caro e jovem amigo, se me permite chamá-lo assim, posso lhe perguntar se realmente falava sério sobre tudo o que nos disse durante o almoço?

– Já nem me lembro do que disse – declarou lorde Henry, sorrindo. – Foi muito ruim?

– De fato, muito ruim. Na verdade, eu o considero extremamente perigoso, e, se acontecer alguma coisa à nossa boa duquesa, todos nós o julgaremos o principal responsável. Mas gostaria de conversar com você sobre a vida. Nasci em uma geração enfadonha. Algum dia, quando estiver cansado de Londres, vá me visitar em Treadley e exponha-me a sua filosofia do prazer enquanto tomamos um formidável vinho de Borgonha que tenho a sorte de possuir.

– Com prazer. Uma visita a Treadley seria um grande privilégio. Tem um anfitrião perfeito e uma biblioteca perfeita.

– Você a tornará completa – rebateu o velho cavalheiro, com uma mesura cortês. – E agora vou me despedir de sua magnífica tia. Preciso ir ao Athenaeum. Esta é a hora em que dormimos por lá.

– Todos vocês, senhor Erskine?

– Quarenta de nós, em quarenta poltronas. Estamos praticando para a Academia Inglesa de Letras.

Lorde Henry riu e se levantou.

– Eu vou ao parque – disse.

Ao passar pela porta, Dorian Gray lhe tocou o braço.

– Quero ir com você – murmurou.

– Mas achei que tinha prometido a Basil Hallward que iria visitá-lo – comentou lorde Henry.

– Prefiro acompanhar você. Sim, sinto que devo ir com você. Permita-me. E prometa que vai falar comigo o tempo todo? Ninguém fala de forma tão maravilhosa como você.

– Ah! Já falei bastante por hoje – disse lorde Henry, sorrindo. – Agora quero tão-somente contemplar a vida. Se quiser, acompanhe-me e contemple-a comigo.

Capítulo quatro

Certa tarde, um mês depois, Dorian Gray estava reclinado em uma poltrona luxuosa, na pequena biblioteca da casa de lorde Henry, em Mayfair. Era, à maneira do rapaz, um cômodo muito encantador, os lambris altos de carvalho com manchas verde-oliva, o friso cor de creme, o teto de gesso em relevo e o carpete de feltro de tom arenoso com tapetes persas de seda franjados. Em uma mesinha de madeira lustrosa, havia uma estatueta de Clodion, e, ao lado dela, um exemplar de *Les Cent Nouvelles*, encadernado para Margarida de Valois por Clovis Eve, e salpicado com as margaridas douradas que a rainha tinha escolhido para seu emblema. Alguns potes grandes de porcelana azul e tulipas-papagaio estavam dispostos sobre a cornija da lareira, e, através das pequenas vidraças chumbadas da janela, fluía a luz cor de damasco de um dia de verão em Londres.

Lorde Henry ainda não tinha chegado. Por princípio, vivia sempre atrasado, pois para ele a pontualidade era a ladra do tempo. Por isso, o rapaz parecia bastante mal-humorado enquanto os dedos lânguidos folheavam as páginas de um exemplar cuidadosamente ilustrado de *Manon Lescaut* que ele encontrara em uma das estantes de livros. O tiquetaquear monótono e solene do relógio Luís XIV o incomodava. Uma ou duas vezes cogitou ir embora.

Por fim, ouviu um passo do lado de fora, e a porta se abriu.

– Como você está atrasado, Harry! – murmurou ele.

— Receio que não seja Harry, senhor Gray — respondeu uma voz estridente.

O jovem olhou ao redor rapidamente e se pôs de pé.

— Peço perdão. Pensei que...

— Pensou que fosse meu marido, mas é só a esposa dele. Permita-me que me apresente. Eu o conheço muito bem pelas fotografias. Acho que o meu marido tem dezessete delas.

— Dezessete, lady Henry?

— Bem, dezoito, então. E eu o vi com ele na ópera uma noite dessas.

Ela ria meio nervosa enquanto falava, fitando-o com olhos vagos da flor não-me-esqueças. Era uma mulher peculiar, com roupas que pareciam ter sido confeccionadas em um acesso de fúria e vestidas em uma tempestade. Quase sempre estava apaixonada por alguém e, como a paixão nunca era correspondida, preservava todas as suas desilusões. Tentava ostentar uma aparência pitoresca, mas conseguia apenas ser desalinhada. Chamava-se Victoria, e tinha a mania obsessiva de ir à igreja.

— Imagino que tenha sido no *Lohengrin*, lady Henry?

— Isso mesmo, foi durante o maravilhoso *Lohengrin*. Gosto mais da música de Wagner do que de qualquer outro. É tão alta que podemos passar o tempo todo conversando e mesmo assim as pessoas não ouvirão o que dizemos. Sem dúvida uma grande vantagem, não acha, senhor Gray?

A mesma risada nervosa em *staccato* escapou dos lábios finos da mulher, e os dedos começaram a brincar com um longo abridor de cartas de casco de tartaruga.

Dorian sorriu e meneou a cabeça.

— Acho que não compartilho esse pensamento, lady Henry. Nunca converso durante a música... pelo menos durante uma boa música. Quando ela é ruim, cabe-nos o dever de abafá-la com uma conversa.

— Ah! Essa é uma das opiniões de Harry, não é, senhor Gray? Só tomo conhecimento dos pontos de vista do meu marido pelos amigos dele. Mas não pense que não gosto de músicas boas. Eu as adoro, embora as tema. Elas me deixam muito romântica. Simplesmente venerava pianistas... às vezes dois ao mesmo tempo, como Harry me dizia. Não sei o que há neles. Talvez porque sejam estrangeiros. Todos são, não é? Mesmo aqueles nascidos na Inglaterra se tornam estrangeiros depois de um tempo, não é verdade? É tão inteligente da parte deles, e um elogio magnânimo à arte. Torna-a bastante cosmopolita, não é? Você nunca compareceu a nenhuma de minhas festas, não é, senhor Gray? Deveria vir. Não posso bancar orquídeas, mas não poupo despesas com estrangeiros, cuja presença faz nossos cômodos parecerem muito pitorescos. Ah, cá está Harry! Harry, vim até aqui para lhe perguntar uma coisa... esqueci o que era... e encontrei o senhor Gray. Conversamos sobre música e foi bem agradável. Compartilhamos exatamente as mesmas ideias. Não, na verdade acho que nossas ideias são diferentes. Mas ele foi muito agradável. Estou muito feliz por tê-lo encontrado.

– Fico encantado, meu amor, muito encantado – disse lorde Henry, arqueando as sobrancelhas escuras em forma de meia-lua e olhando para os dois com um sorriso divertido. – Peço desculpas pelo atraso, Dorian. Fui dar uma olhada em uma peça de brocado antigo na Wardour Street e perdi horas pechinchando por ela. Hoje as pessoas conhecem o preço de tudo e o valor de nada.

– Acho que já está na minha hora de ir! – exclamou lady Henry, quebrando o silêncio constrangedor com uma risadinha boba e repentina. – Prometi que sairia com a duquesa. Adeus, senhor Gray. Adeus, Harry. Você vai jantar fora? Eu também. Talvez o encontre na casa de lady Thornbury.

– Arrisco dizer que sim, minha querida – confirmou lorde Henry, fechando a porta atrás da mulher que, parecendo uma ave do paraíso a noite toda debaixo de chuva, adejou para fora do ambiente, deixando para trás um leve perfume de frangipani. Em seguida, ele acendeu um cigarro e se jogou no sofá. – Nunca se case com uma mulher com cabelos cor de palha, Dorian – declarou depois de algumas tragadas.

– Por quê, Harry?

– Porque são muito sentimentais.

– Mas gosto de pessoas sentimentais.

– Nunca se case, Dorian. Os homens se casam porque estão cansados; as mulheres, porque são curiosas: ambos se decepcionam.

– Não acho provável que me case, Harry. Estou apaixonado demais. Esse é um de seus aforismos que ando colocando em prática, pois faço tudo o que você me diz.

– Por quem está apaixonado? – perguntou lorde Henry depois de uma pausa.

– Por uma atriz – respondeu Dorian Gray, enrubescendo.

Lorde Henry deu de ombros.

– Esse é um *début* bastante comum.

– Você não diria isso se a visse, Harry.

– Quem é ela?

– Chama-se Sibyl Vane.

– Nunca ouvi falar.

– Ninguém ouviu. Mas um dia todos vão ouvir. Ela é genial.

– Meu caro, nenhuma mulher é genial. As mulheres são apenas um sexo decorativo. Nunca têm nada a dizer, embora o façam de modo encantador. Elas representam o triunfo da matéria sobre a mente, assim como os homens representam o triunfo da mente sobre a moral.

– Harry, como pode dizer uma coisa dessas?

– Meu caro Dorian, é a verdade. E sei mesmo, pois ando analisando as mulheres neste momento. O assunto não é tão obscuro quanto pensei. Acho que, em última análise, só existem dois tipos de mulheres, as comuns e as coloridas. As comuns são muito úteis. Se você quiser conquistar uma reputação respeitável, basta levá-las para jantar. As outras são muito encantadoras. Cometem um erro, no entanto. Usam pintura na tentativa de parecer mais jovens. As nossas avós a usavam para tentar falar de forma brilhante. O *rouge* e o *esprit* costumavam andar juntos. Agora tudo isso acabou. Uma mulher se sentirá plenamente satisfeita caso pareça dez anos mais jovem do que a própria filha. Quanto à conversa, existem apenas cinco mulheres em Londres com quem vale a pena conversar, e duas delas não poderiam frequentar uma sociedade que se preze. Porém, conte-me sobre a sua garota genial. Há quanto tempo a conhece?

– Ah, Harry! As suas opiniões me apavoram.

– Deixe isso para lá. Há quanto tempo a conhece?

– Cerca de três semanas.

– E como a conheceu?

– Vou lhe contar, Harry, mas trate o assunto com simpatia. Afinal, nunca a conheceria se eu não o tivesse conhecido. Você me encheu de um desejo desenfreado de aprender tudo sobre a vida. Durante dias, depois que o conheci, algo parecia pulsar em minhas veias. Enquanto descansava no parque ou caminhava pela Piccadilly, olhava para cada pessoa que passava por mim e me perguntava, com uma curiosidade desvairada, que tipo de vida ela levava. Algumas me fascinaram. Outras me encheram de terror. No ar, pairava um veneno delicioso. Sentia-me apaixonado pelas sensações. Bem, certa noite, por volta das sete horas, saí decidido em busca de alguma aventura. Percebi que a nossa Londres cinzenta e monstruosa, com sua miríade de pessoas, seus pecadores sórdidos e seus pecados esplêndidos, como você mesmo disse uma vez, devia ter reservado algo para mim. Imaginei mil coisas. A mera ideia do perigo me enchia de júbilo. Lembrei-me do que você tinha me dito naquela noite maravilhosa em que jantamos juntos pela primeira vez: o verdadeiro segredo da vida está na busca da beleza. Não sei o que eu esperava, mas saí perambulando rumo ao leste, e logo me perdi em um labirinto de ruas imundas e praças obscuras e desrelvadas. Por volta das oito e meia, passei por um teatrinho absurdo, com grandes jatos de gás chamejantes e cartazes espalhafatosos. Um judeu horrendo, trajando o colete mais espantoso que já vi na vida, estava parado na entrada, fumando um charuto asqueroso.

O cabelo pendia em cachos oleosos e um diamante enorme reluzia no plastrão de sua camisa manchada. "Quer um camarote, milorde?", perguntou quando me viu, e tirou o chapéu com um esplêndido ar de subserviência. Havia algo nele, Harry, que me divertia. Parecia um monstro. Você vai rir de mim, sei disso, mas realmente entrei e paguei um guinéu inteiro pelo camarote. Até hoje não entendi o porquê de minha atitude, no entanto, se não tivesse agido de tal modo, perderia o mais intenso romance da minha vida. Vejo que está rindo. Que coisa horrível!

– Não estou rindo, Dorian. Pelo menos não de você. Mas não diga que é o mais intenso romance da sua vida. Diga que é o primeiro. Você sempre será amado, e sempre estará apaixonado pelo amor. Uma *grande passion* é o privilégio de quem não tem o que fazer. Essa é a única utilidade das classes desocupadas de um país. Não tenha medo. Coisas maravilhosas o esperam. Este é apenas o começo.

– Você acha que a minha natureza é assim tão superficial? – perguntou Dorian Gray irritado.

– Não. Acho que é até muito profunda.

– O que quer dizer?

– Meu caro rapaz, as pessoas que amam apenas uma vez na vida são as verdadeiramente superficiais. O que chamam de lealdade e fidelidade, eu chamo de letargia do hábito ou de falta de imaginação. A fidelidade significa para a vida emocional o que a coerência é para a vida do intelecto: uma confissão de fracasso. Fidelidade! Preciso analisá-la algum dia. A paixão pela posse está nela. Desprezaríamos muitas coisas se não tivéssemos medo de que outras pessoas as recolhessem. Mas não quero interrompê-lo. Continue a sua história.

– Bem, eu me vi sentado em um horrendo camarotezinho privado, e bem na minha frente se estendia uma cortina grosseira. Espiei por trás dela e examinei o recinto de um tremendo mau gosto, repleto de cupidos e cornucópias, como um bolo de casamento de quinta categoria. A galeria e o fosso estavam relativamente lotados, mas as duas fileiras de poltronas encardidas permaneciam vazias, e não havia quase ninguém no que, suponho, eles chamassem de primeiro balcão. As mulheres passavam carregando laranjas e cerveja de gengibre, e o consumo de nozes era desenfreado.

— Deve ter sido exatamente como nos dias prósperos do teatro inglês.

— Exatamente igual, imagino, e muito deprimente. Comecei a me perguntar o que diabos deveria fazer, e então avistei o folheto de apresentação. Imagine que peça estavam encenando, Harry?

— Eu diria que *O idiota, ou Imbecil mas inocente*. Creio que nossos pais gostavam desse tipo de peça. Quanto mais eu vivo, Dorian, mais se acentua minha certeza de que o que era bom para os nossos pais não é bom o suficiente para nós. Na arte, assim como na política, *les grandpères ont toujours tort*.[2]

— A peça era boa o suficiente para nós, Harry. *Romeu e Julieta*. Admito que fiquei um tanto aborrecido com a perspectiva de ver Shakespeare representado em uma biboca miserável como aquela. Ainda assim, de certa forma me senti interessado e decidi esperar o primeiro ato. Um jovem hebreu sentado a um piano desafinado regia uma orquestra horrível, o que quase me fez ir embora, mas, por fim, a cortina se abriu e a peça começou. Romeu era um cavalheiro idoso e corpulento, com sobrancelhas escuras, voz rouca trágica e silhueta semelhante a um barril de cerveja. Mercúrio era quase tão ruim quanto, interpretado por um comediante de baixo nível, que acrescentara as próprias piadas às falas e parecia ter uma relação muito amigável com a plateia. Ambos eram tão grotescos quanto o cenário, que parecia saído da barraca de um vendilhão. Mas Julieta! Harry, imagine uma garota ainda nem chegada aos dezessete anos, um rostinho semelhante a uma flor, uma cabecinha grega com cachos trançados de cabelo castanho-escuro, olhos como fontes violetas de paixão, lábios como pétalas de rosa. A coisa mais linda que eu já tinha visto na vida. Você me disse uma vez que o

---

2 Os avós estão sempre errados. (N. T.)

páthos não lhe despertava nenhuma emoção, mas que a beleza, a simples beleza, bastava para encher seus olhos de lágrimas. Eu lhe digo, Harry, que mal consegui ver a garota por conta da névoa lacrimosa em mim. E a voz dela... nunca ouvi nada igual. Era muito baixa a princípio, com notas profundas e suaves que pareciam reverberar uma a uma nos ouvidos. Depois se elevou, e soava como uma flauta ou um oboé longínquo. Na cena do jardim, ela exalava todo o êxtase trêmulo que se ouve pouco antes do amanhecer, quando cantam os rouxinóis. Em outros momentos, ela incorporava a paixão selvagem dos violinos. Você sabe como uma voz pode mexer com alguém. A sua voz e a de Sibyl Vane são as duas coisas de que nunca me esquecerei. Quando fecho os olhos, eu as ouço, e cada uma delas me diz algo diferente. Não sei qual seguir. Por que não deveria amá-la? Harry, eu a amo. Ela é tudo na minha vida. Noite após noite vou assistir à peça. Em um espetáculo, ela é Rosalinda, e, no seguinte, é Imogênia. Eu a vi morrer na escuridão de um túmulo italiano, sorvendo o veneno dos lábios do amado. Eu assisti a ela vagando pela floresta de Arden, disfarçada de um rapaz bonito de meias longas, gibão e um chapéu refinado. Ela foi louca e compareceu diante de um rei culpado, e deu-lhe arruda para usar e ervas amargas para provar. Ela foi inocente, e as mãos sombrias do ciúme partiram seu pescoço como junco. Eu a vi em todas as idades e em todos os trajes. Mulheres comuns nunca despertam a imaginação alheia; elas são limitadas ao século em que vivem. Nenhum encanto as transfigura. Conhecemos suas mentes com a mesma facilidade com que conhecemos seus chapéus. Sempre somos capazes de encontrá-las. Não ocultam mistério algum. Cavalgam no parque pela manhã e tagarelam nos chás da tarde, sorrisos estereotipados e modos elegantes. São bastante óbvias. Mas uma atriz! Como é diferente uma atriz! Harry! Por que não me contou que vale a pena amar uma atriz?

— Porque eu já amei muitas delas, Dorian.

— Oh, sim, pessoas horrendas com cabelos tingidos e rostos pintados.

— Não despreze os cabelos tingidos e os rostos pintados. São dotados de um encanto extraordinário vez ou outra – disse lorde Henry.

— Gostaria de não ter lhe contado sobre Sibyl Vane.

— Você não teria como não me contar, Dorian. Durante toda a sua vida, acabará me contando tudo o que fizer.

— Sim, Harry, acho que você está certo. Não consigo deixar de lhe contar as coisas; com certeza sua influência sobre mim é bem peculiar. Se eu cometesse um crime algum dia, iria confessá-lo a você. Sem dúvida me entenderia.

— Pessoas como você, os raios de sol obstinados da vida, não cometem crimes, Dorian. Mesmo assim, fico muito lisonjeado com o elogio. E agora, diga-me... seja um bom menino e pegue os fósforos para mim... em que pé está a sua relação com Sibyl Vane?

Dorian Gray levantou-se de um salto, as bochechas coradas e os olhos faiscantes.

— Harry! Sibyl Vane é sagrada!

— Apenas as coisas sagradas valem a pena ser tocadas, Dorian – comentou lorde Henry, na voz um estranho toque de páthos. – Mas por que está incomodado? Imagino que ela lhe pertencerá um dia. Quando alguém está apaixonado, sempre começa a enganar a si mesmo, e sempre acaba por enganar os outros. É o que o mundo chama de romance. Em todo caso, você a conhece, imagino?

— É claro que a conheço. Na primeira noite que estive no teatro, aquele velho judeu horrendo foi ao camarote depois do fim da peça e se ofereceu para me levar aos bastidores e me apresentar a ela. Furioso, disse-lhe que Julieta estava morta havia centenas de anos, o corpo em um túmulo de mármore em Verona. Acho que, pelo seu olhar vazio de espanto, ele ficou com a impressão de que eu tomara muito champanhe ou coisa que o valha.

— Não estou surpreso.

— Depois ele me perguntou se eu escrevia para algum jornal. Respondi que nem sequer os lia. O velho pareceu terrivelmente decepcionado com a minha resposta e me confidenciou que todos os críticos de teatro conspiravam contra ele, e que eram todos uns vendidos.

— Não me surpreenderia se ele estivesse certo quanto a isso. Mas, por outro lado, a julgar pela aparência deles, a maioria não deve custar muito caro.

— Bem, ele parecia achar que estavam além de suas possibilidades — comentou Dorian, aos risos. — A essa altura, porém, as luzes do teatro estavam sendo apagadas e precisei sair. O homem queria que eu experimentasse alguns charutos que ele recomendava com ardor. Recusei. Na noite seguinte, naturalmente, voltei lá. Quando me viu, ele fez uma mesura exagerada e me garantiu que eu era um patrono generoso da arte. Ainda que um bruto, extremamente desagradável, ele nutria uma paixão extraordinária por Shakespeare. Certa vez me disse, com um ar orgulhoso, que suas cinco falências se deviam inteiramente ao "Bardo", como insistia em chamá-lo. Parecia pensar que isso era honroso.

— Foi uma honra, meu caro Dorian... uma grande honra. A maioria das pessoas vai à falência por investir em demasia nos aspectos prosaicos da vida. Arruinar-se por poesia é honroso. Mas quando você conversou com a senhorita Sibyl Vane pela primeira vez?

— Na terceira noite. Ela tinha acabado de interpretar Rosalinda. Não resisti. Havia lhe arremessado algumas flores, e ela olhou para mim... ou ao menos o imaginei. O velho judeu insistente parecia determinado a me levar aos bastidores, então acabei concordando. Muito curioso eu não querer conhecê-la, não?

— Não, creio que não.

— Meu caro Harry, por quê?

— Direi a você em outro momento. Agora quero saber sobre a garota.

— Sibyl? Ah, é tímida e delicada, com um quê de infantil. Os olhos se arregalaram em uma surpresa admirada quando lhe disse o que achara de sua performance, e ela parecia não ter consciência do próprio poder. Acho que ambos estávamos bastante nervosos. O velho judeu ficou parado na ponta da coxia empoeirada, um sorriso nos lábios ao proferir discursos apurados sobre nós dois, enquanto nos olhávamos feito crianças. Ela insistia em me chamar de "milorde", então lhe assegurei que eu não era nada do tipo. Ela me disse com a maior simplicidade: "Você parece mais um príncipe. Vou chamá-lo de Príncipe Encantado".

– Minha nossa, Dorian, a senhorita Sibyl sabe mesmo elogiar alguém.

– Você não a entende, Harry. Para ela, eu não passava de um personagem de uma peça. Não conhece nada da vida. Mora com a mãe, uma mulher cansada e abatida que, na primeira noite, tinha interpretado lady Capuleto em uma espécie de túnica magenta, e que parecia já ter vivido dias melhores.

– Conheço essa aparência. Ela me deprime – murmurou lorde Henry, examinando os próprios anéis.

– O judeu queria me contar a história dela, mas eu disse que não me interessava.

– Você estava certo. Sempre há algo infinitamente cruel nas tragédias alheias.

– Apenas Sibyl me importa. Que diferença faz de onde ela veio? Da cabeça diminuta aos pés pequeninos, é absoluta e totalmente divina. Eu a vejo atuar todas as noites, e a cada espetáculo ela é mais maravilhosa.

– Acredito que por isso não janta mais comigo. Imaginei que estivesse vivendo algum romance especial. E está mesmo, mas não é bem o que eu esperava.

– Meu caro Harry, nós almoçamos ou jantamos juntos todos os dias, e já fui à ópera com você diversas vezes – argumentou Dorian, abrindo os olhos azuis, surpreso.

– Você sempre chega muito tarde.

– Bem, não posso deixar de assistir à Sibyl no palco – declarou ele –, mesmo que seja em um único ato. Fico ávido pela presença dela, e, quando penso na alma maravilhosa que se oculta naquele corpinho de marfim, encho-me de admiração.

– Você pode jantar comigo esta noite, não pode, Dorian?

Ele meneou a cabeça.

– Hoje à noite ela será Imogênia – respondeu ele –, e amanhã à noite será Julieta.

– E quando ela é Sibyl Vane?

– Nunca.

– Meus parabéns.

– Como você é terrível! Sibyl reúne todas as grandes heroínas do mundo em uma só. É mais do que um indivíduo. Você ri, mas lhe juro que ela é genial. Eu a amo e preciso que seja recíproco. Você, que conhece todos os segredos da vida, diga-me como conquistar Sibyl Vane para que ela me ame! Quero deixar Romeu com ciúmes. Quero que todos os amantes mortos do mundo ouçam o nosso riso e se encham de tristeza. Quero que um sopro de nossa paixão insufle consciência em sua poeira, e desperte as cinzas para transformá-las em dor. Por Deus, Harry, como a adoro!

Enquanto falava, ele permanecia em constante vaivém pelo cômodo. Nas bochechas, despontavam manchas avermelhadas febris. Estava incrivelmente agitado.

Lorde Henry o fitava com um sentimento sutil de prazer. Que tremenda mudança ocorrera naquele antes garoto tímido e assustado que ele conhecera no ateliê de Basil Hallward! Desabrochara como uma flor, abrira-se em botões de chamas escarlates. A alma se esgueirara de seu esconderijo secreto, e o desejo viera ao encontro dela no caminho.

– E o que pretende fazer? – perguntou lorde Henry por fim.

– Quero que você e Basil me acompanhem alguma noite para vê-la atuar. Não receio o resultado. Ambos certamente reconhecerão que ela é genial. Feito isso, devemos tirá-la das mãos do judeu. Ela tem de trabalhar para ele por três anos... ou por dois anos e oito meses... contando a partir de hoje. Precisarei pagar-lhe algo, é claro. Quando tudo estiver resolvido, vou levá-la a um teatro em West End e apresentá-la de forma adequada. O mundo todo ficará extasiado, da mesma forma que fiquei.

— Impossível, meu caro rapaz.

— Não. Sibyl não conta apenas com a arte, com um instinto artístico consumado; também tem personalidade. E você já me disse muitas vezes que são as personalidades, e não os princípios, que movem uma época.

— Bem, e em que noite iremos?

— Deixe-me ver. Hoje é terça. Vamos combinar para amanhã, pois ela interpretará Julieta.

— Tudo bem. No Bristol às oito; e passarei para buscar Basil.

— Não às oito, Harry, por favor. Às seis e meia. Precisamos estar lá antes que as cortinas se abram. Vocês precisam vê-la no primeiro ato, quando ela se encontra com Romeu.

— Seis e meia! Que hora! Será como tomar um chá tardio ou ler um romance inglês. Tem que ser às sete. Nenhum cavalheiro janta antes das sete. Você verá Basil antes? Ou devo escrever para ele?

— Caro Basil! Faz uma semana que não o vejo. É terrível de minha parte, considerando que enviou o meu retrato na mais maravilhosa das molduras, desenhada especialmente por ele, e, embora eu tenha um pouco de ciúmes do retrato por ser um mês mais novo do que eu, admito que me delicio em vê-lo. Talvez seja melhor que você lhe escreva. Não quero vê-lo sozinho. Ele diz algumas coisas que me incomodam; me dá bons conselhos.

Lorde Henry sorriu.

— As pessoas gostam muito de distribuir aquilo de que elas mesmas mais precisam. É o que eu chamo de "as profundezas da generosidade".

— Oh, Basil é um excelente sujeito, mas me parece um pouco filisteu. Descobri isso depois que conheci você, Harry.

— Basil, meu caro rapaz, coloca nas obras tudo que há de encantador nele próprio. Como consequência, sobram-lhe na vida seus preconceitos, seus princípios e seu bom senso. Os únicos artistas encantadores que conheci pessoalmente são maus artistas. Os bons existem apenas naquilo que criam e, consequentemente, são desinteressantes por si mesmos. Um grande poeta, um poeta de fato grandioso, é a menos poética de todas as criaturas. Os poetas inferiores, no entanto, são absolutamente fascinantes. Quanto piores suas rimas, mais pitorescos eles parecem. O simples fato de ter publicado um livro de sonetos de segunda categoria torna um homem irresistível. Ele vive a poesia que não sabe escrever. Os outros escrevem a poesia que não ousam concretizar.

– Eu me pergunto se isso é mesmo verdade, Harry – comentou Dorian Gray, entornando no lenço um pouco do perfume guardado em um frasco grande com tampa dourada sobre a mesa. – Deve ser, se você diz. E agora preciso ir embora. Imogênia me espera. Não se esqueça de amanhã. Adeus.

Quando Dorian saiu do cômodo, as pálpebras pesadas de lorde Henry se fecharam, e ele se pôs a refletir. Certamente poucas pessoas lhe despertavam tanto interesse quanto Dorian Gray; no entanto, a adoração desenfreada do rapaz por outra pessoa não o aborrecia ou enciumava. Sentia-se satisfeito. Isso tornava Dorian um objeto de estudos mais interessante. Os métodos das ciências naturais sempre o fascinaram, mas os assuntos comuns dessa ciência lhe soavam triviais e irrelevantes. E então ele começara a dissecar a si mesmo, assim como terminara por dissecar os outros. A vida humana parecia-lhe a única coisa que valia a pena investigar. Comparada a ela, nada mais tinha valor. Era verdade que, enquanto alguém observasse a vida em seu crisol curioso de dor e prazer, não poderia cobrir o rosto com uma máscara de vidro, nem impedir que os vapores sulfurosos lhe perturbassem o cérebro e turvassem a imaginação com anseios monstruosos e sonhos disformes. Havia venenos tão sutis que, para conhecer suas propriedades, primeiro seria necessário padecer de suas moléstias. Existiam doenças tão estranhas que era preciso vivê-las para entender a sua natureza. E, no entanto, que grandiosa a recompensa! Como o mundo inteiro se tornava maravilhoso para quem o fizesse! Perceber a lógica peculiar e dura da paixão, e a colorida vida emocional do intelecto – observar onde elas se encontravam e onde se separavam, em que ponto estavam em harmonia e em que ponto estavam em discordância –, que prazer nisso tudo! De que importava o preço? Inexiste preço elevado demais para tais sensações.

Ele estava consciente – e o pensamento lhe suscitou um brilho de prazer nos olhos castanhos de ágata – de que fora por meio de algumas de suas palavras, palavras musicais pronunciadas de forma melódica, que a alma de Dorian Gray havia se voltado para aquela garota alva e se curvado em adoração diante dela. Em grande parte, o rapaz era uma criação dele. Ele o fizera precoce, o que já era muita coisa. As pessoas comuns esperavam que a vida lhes revelasse seus segredos, mas para alguns poucos, os eleitos, os mistérios da vida se descortinavam antes de retirado o véu. Às vezes, esse era o efeito da arte, em especial a arte literária, que tratava diretamente das paixões e do intelecto. Vez ou outra, contudo, uma personalidade complexa assumia tal lugar e tomava para si o ofício da arte, e era, a seu modo, uma verdadeira obra de arte, tendo a vida as suas requintadas obras-primas, como a poesia, a escultura ou a pintura.

Sim, o rapaz era precoce. Fazia a colheita enquanto ainda era primavera. A energia e a paixão da juventude vibravam nele, mas estava se tornando consciente de si. Que maravilha era observá-lo! A beleza do rosto e da alma era admirável. Não importava como tudo acabaria, ou como estivesse destinado a acabar. Ele era como uma daquelas figuras graciosas em um desfile ou uma peça, cujas alegrias parecem distantes de nós, embora as tristezas despertem o nosso senso de beleza, e as feridas se tornem rosas vermelhas.

Alma e corpo, corpo e alma – como eram misteriosos! Havia animalismo na alma, e o corpo tinha momentos de espiritualidade. Os sentidos poderiam se refinar, e o intelecto poderia se degradar. Quem seria capaz de dizer onde cessava o impulso carnal ou onde começava o impulso psíquico? Que superficiais as definições arbitrárias dos psicólogos comuns! E, no entanto, como era difícil escolher em meio às alegações de diferentes escolas de pensamento! A alma seria uma sombra instalada na casa do pecado? Ou o corpo ficaria mesmo na alma, como pensava Giordano Bruno?

A separação entre o espírito e a matéria constituía um mistério, assim como a união do espírito com a matéria.

Ele começou a se perguntar se algum dia faríamos da psicologia uma ciência tão absoluta a ponto de nos revelar cada fontezinha de vida. Do jeito que as coisas eram, sempre nos compreendíamos de forma equivocada, e raramente compreendíamos os outros. A experiência vinha desprovida de valor ético. Constituía apenas o nome atribuído pelos homens a seus erros. Os moralistas, via de regra, tinham encarado isso como uma forma de advertência, imputando-lhe certa eficácia ética na formação do caráter, e haviam-no exaltado como algo que nos ensinava o que deveríamos buscar e que nos mostrava o que deveríamos evitar. Mas inexistia uma força motriz na experiência. Era uma causa ativa tão mínima quanto a própria consciência. Tão-somente demonstrava que nosso futuro seria igual ao passado, e que repetiríamos muitas vezes, com prazer, o pecado um dia cometido com aversão.

Para ele, estava evidente que o método experimental perfazia o único pelo qual se chegaria a uma análise científica das paixões, e Dorian Gray certamente era um objeto de estudo conveniente, que parecia prometer resultados valiosos e frutíferos. Seu amor ensandecido e repentino por Sibyl Vane constituía um fenômeno psicológico de grande interesse. Não restava dúvida de que a curiosidade tinha muito a ver com a questão, a curiosidade e o desejo por novas experiências, mas não se tratava de uma paixão simples; era bastante complexa. O que havia nela do instinto puramente sensual da mocidade fora alterado pelo trabalho da imaginação, transformado em algo que ao próprio rapaz parecia distante dos sentidos e, por essa mesma razão, ainda mais perigoso. São as paixões sobre cujas origens nos enganamos que nos tiranizam mais profundamente. Nossas motivações mais débeis são aquelas de cuja natureza estamos conscientes. Muitas vezes acontece que, ao pensarmos que estamos fazendo experiências com os outros, na verdade as estamos fazendo em nós mesmos.

Enquanto lorde Henry estava sentado ponderando sobre tais questões, soou uma batida à porta, e seu criado entrou e o lembrou de que estava na hora de se vestir para o jantar. Ele se levantou e olhou para a rua. O pôr do sol havia esbraseado em ouro e escarlate as janelas superiores das casas da frente. As vidraças reluziam como placas de metal aquecido. O céu era como uma rosa desbotada. Ele pensou na jovem vida tingida de fogo de seu amigo, e se perguntou como tudo acabaria.

Quando chegou em casa, por volta da meia-noite e meia, avistou um telegrama na mesinha do vestíbulo. Abriu-o e descobriu que era de Dorian Gray: estava noivo de Sibyl Vane.

Capítulo cinco

— Mãe, mãe, estou tão feliz! — sussurrou a garota, enterrando o rosto no colo da mulher exaurida que, com as costas voltadas para a luz intensa e intrusiva, se sentava na única poltrona da sua sala de estar sombria. — Estou tão feliz — repetiu ela —, e você também deve ficar!

A senhora Vane estremeceu e pousou as mãos magras e embranquecidas por bismuto na cabeça da filha.

— Feliz! — ecoou ela. — Só me sinto feliz, Sibyl, quando a vejo atuar. Não pense em nada além de sua atuação. O senhor Isaacs tem sido muito bom para nós, e estamos devendo-lhe dinheiro.

A garota ergueu o olhar, amuada.

— Dinheiro, mãe? — gritou ela. — Que importa o dinheiro? O amor vale mais do que o dinheiro.

— O senhor Isaacs nos adiantou cinquenta libras para que pagássemos nossas dívidas e arranjássemos roupas decentes para James. Não se esqueça disso, Sibyl. Cinquenta libras valem muito. O senhor Isaacs tem sido bastante atencioso.

— Ele não é um cavalheiro, mãe, e odeio o jeito como fala comigo — disse a garota, levantando-se e caminhando até a janela.

— Eu não sei o que faríamos sem ele — declarou a mulher mais velha, queixosa.

Sibyl Vane jogou a cabeça para trás e riu.

– Nós não o queremos mais, mãe. O Príncipe Encantado está no comando de nossa vida agora. – Em seguida, fez uma pausa. Uma rosa tremulou em seu sangue e coloriu suas bochechas. A respiração acelerada entreabriu as pétalas de seus lábios, que estremeceram. Um vento sul de paixão soprou sobre ela e sacudiu as pregas delicadas de seu vestido. – Eu o amo – declarou com simplicidade.

– Criança tola! Criança tola! – foi a frase papagueada em resposta. O gesto com os dedos tortos cobertos de joias falsas conferiu um ar grotesco às palavras.

A garota riu mais uma vez; no som, a alegria de um pássaro engaiolado. Os olhos captaram a melodia e a ecoaram em fulgor; depois, fecharam-se por um instante, como se para esconder seu segredo. Quando tornaram a se abrir, a névoa de um sonho os perpassou.

Da poltrona gasta lhe falava a sabedoria de lábios finos, sugerindo prudência, citando o livro de covardia cujo autor macaqueava o significado do bom senso. Ela não deu ouvidos. Estava livre em sua clausura de paixão. Seu príncipe, o Príncipe Encantado, estava com ela. A garota invocara a memória para recriá-lo. Enviara a alma em busca dele, e ela o trouxera de volta. Um beijo ardia novamente nos lábios dela, as pálpebras cálidas com o hálito do Príncipe.

Então a sabedoria trocou de método e falou de sondagem e descoberta. O jovem talvez fosse rico. Nesse caso, deveriam cogitar o casamento. Contra a concha dos ouvidos da moça, arrebentaram as ondas da astúcia mundana. As flechas da sagacidade foram disparadas contra ela. Viu os lábios finos se movendo e sorriu.

De repente, sentiu necessidade de falar. O silêncio prolixo a incomodava.

– Mãe, mãe! – exclamou. – Por que ele me ama tanto? Eu sei por que o amo. Amo-o porque ele é como o próprio amor deveria ser. Mas o que ele vê em mim? Não sou digna dele. E, no entanto,... não sei dizer por que razão... embora me sinta muito inferior a ele, não me sinto humilde. Sinto orgulho, um orgulho desmedido. Mãe, você amava o meu pai como eu amo o Príncipe Encantado?

A mulher envelhecida empalideceu sob o pó de arroz vulgar que lhe recobria o rosto, e os lábios secos se contorceram em um espasmo de dor. Sibyl correu para a mãe, atirou os braços em volta de seu pescoço e a beijou.

– Perdoe-me, mamãe. Bem sei que falar sobre o meu pai é doloroso. Mas só é doloroso porque você o amava muito. Não fique tão triste. Sinto-me tão feliz hoje como você esteve vinte anos atrás. Ah! Deixe-me ser feliz para sempre!

– Minha criança, você é nova demais para pensar em se apaixonar. Além disso, o que sabe sobre o rapaz? Nem sequer o nome dele. Essa questão toda é muito inconveniente e, na verdade, agora que James está indo para a Austrália e eu tenho tanto em que pensar, você deveria ter mais consideração. Porém, como eu disse antes, caso ele seja rico...

– Ah, mãe! Mãe, deixe-me ser feliz!

A senhora Vane olhou para a filha e, com um daqueles gestos teatrais que tantas vezes se tornavam uma espécie de segunda natureza para um ator, apertou-a entre os braços. Nesse momento, a porta se abriu, e um jovem de cabelos castanhos desalinhados adentrou o cômodo. Atarracado, mãos e pés grandes e desajeitados, não tinha a constituição delicada da irmã. Dificilmente se imaginaria o parentesco entre eles. A senhora Vane o avistou e sorriu com mais intensidade. Mentalmente, elevou o filho à dignidade de uma plateia. Ela tinha certeza de que o *tableau* era interessante.

– Acho que você deveria guardar alguns beijos para mim, Sibyl – declarou o rapaz com um resmungo bem-humorado.

– Ah! Mas você não gosta de beijos, Jim – retrucou ela. – Você é um urso velho e horrendo. – Então, atravessou o cômodo correndo e o abraçou.

James Vane fitou o rosto da irmã com ternura.

– Quero que você dê uma volta comigo, Sibyl. Acho que nunca mais verei esta terrível Londres. Certamente não quero voltar a ver.

– Meu filho, não diga coisas tão horríveis – murmurou a senhora Vane, que em seguida apanhou um vestido espalhafatoso de teatro e, com um suspiro, se pôs a remendá-lo. Decepcionava-a um pouco ele não ter se juntado ao grupo. Teria aumentado a teatralidade pitoresca da situação.

– Por que não, mãe? É o que penso.

– Você me magoa, meu filho. Acredito que voltará da Austrália repleto de riquezas. Acho que não existe nenhuma espécie de sociedade nas Colônias, nada que eu chamaria de sociedade, por isso, quando tiver feito fortuna, você deve voltar e se estabelecer em Londres.

– Sociedade! – resmungou o rapaz. – Não me interesso por isso. Só me importa ganhar algum dinheiro para tirar você e Sibyl dos palcos. Eu o detesto.

– Oh, Jim! – disse Sibyl, aos risos. – Que crueldade! Mas vamos mesmo dar uma volta? Será ótimo! Tive medo de que você fosse se despedir de alguns de seus amigos... de Tom Hardy, que lhe deu aquele cachimbo horroroso, ou de Ned Langton, que zomba de você por fumá-lo. É muita gentileza passar a sua última tarde aqui comigo. Aonde iremos? Vamos ao parque.

– Estou muito malvestido – comentou ele, franzindo o cenho. – Somente pessoas elegantes vão ao parque.

– Que bobagem, Jim – sussurrou a garota, acariciando a manga do casaco do irmão.

Ele hesitou por um momento.

– Está bem – concordou por fim –, mas não demore muito para se arrumar.

Ela saiu dançando porta afora, cantando enquanto corria escada acima. Ouviram os pezinhos tamborilando no andar superior.

Ele andou de um lado para o outro no cômodo duas ou três vezes. Depois se virou para a figura imóvel na poltrona.

– As minhas coisas estão arrumadas, mãe? – perguntou.

– Está tudo arrumado, James – respondeu a mulher, mantendo os olhos fixos na costura. Já fazia alguns meses que se sentia desconfortável a sós com o filho ríspido e severo. Sua natureza secreta e rasa se perturbava quando os olhares de ambos se cruzavam.

Ela costumava se perguntar se o rapaz suspeitava de alguma coisa. O silêncio, pois ele não fez mais nenhum comentário, tornou-se tão intolerável que a mãe começou a reclamar. As mulheres se defendem atacando, da mesma forma que atacam por meio de rendições repentinas e estranhas. – Espero que você fique feliz com a sua vida navegante, James – declarou. – Não se esqueça de que a escolha foi sua. Poderia ter entrado em um escritório de advocacia. Os advogados constituem uma classe muito respeitável, e frequentemente jantam com as melhores famílias.

– Odeio escritórios e odeio escriturários – explicou ele. – Mas você está certa; escolhi a minha própria vida. Peço-lhe apenas que cuide de Sibyl. Não permita que ela se magoe. Mãe, você precisa cuidar dela.

– James, você diz coisas muito estranhas. É claro que cuidarei de Sibyl.

– Ouvi dizer que um cavalheiro comparece ao teatro todas as noites e vai aos bastidores para falar com ela. É verdade? O que está acontecendo?

– Você está falando sobre coisas que não entende, James. No ramo da atuação, estamos acostumados a receber muita atenção gratificante. Eu mesma ganhava vários buquês na minha época. No tempo em que a arte da atuação era realmente compreendida. Quanto a Sibyl, por enquanto desconheço se esse vínculo é sério ou não. Mas não há dúvida de que o rapaz é um perfeito cavalheiro, que sempre me trata com muita educação. Além disso, parece ser rico, e manda flores lindas.

– No entanto, você nem sequer sabe o nome dele – retrucou o rapaz em tom severo.

– Não – respondeu a mãe, no rosto, uma expressão tranquila. – Ele ainda não revelou seu nome verdadeiro, o que, aliás, acho muito romântico. Provavelmente pertence à aristocracia.

James Vane mordeu o lábio.

– Cuide de Sibyl, mãe! – exclamou. – Cuide dela.

– Meu filho, você me aflige muito. Sibyl está sempre sob meus cuidados especiais. Se o cavalheiro for rico, naturalmente não há motivo para que não se relacionem. Acho que ele é da aristocracia. Tem todo o jeito. Pode ser um casamento estupendo para Sibyl. Formariam um casal encantador. A beleza dele é extraordinária, todos a notam.

O rapaz murmurou algo para si mesmo e tamborilou na vidraça com os dedos ásperos. Ele tinha acabado de se virar para dizer alguma coisa quando a porta se abriu e Sibyl entrou apressada.

– Como vocês dois estão sérios! – exclamou. – O que houve?

– Nada – respondeu ele. – Acho que às vezes é bom ter seriedade. Adeus, mãe; vou jantar às cinco. Já está tudo na mala, com exceção das minhas camisas, então não se preocupe.

– Adeus, meu filho – despediu-se ela com uma mesura forçada.

Sentia-se extremamente incomodada com o tom que o filho passara a usar com ela, e algo em seu olhar lhe causara medo.

– Venha cá me dar um beijo, mãe – disse a garota, cujos lábios, semelhantes a uma flor, tocaram a bochecha encovada da mulher e aqueceram sua algidez.

– Minha criança! Minha criança! – exclamou a senhora Vane, olhando para o teto em busca de uma plateia imaginária.

– Venha, Sibyl – chamou o irmão, impaciente. Ele odiava as afetações da mãe.

Os dois saíram para a luz do sol bruxuleante e varrida pelo vento e caminharam pela lúgubre Euston Road. Os transeuntes olhavam espantados para o rapaz corpulento e taciturno que, em roupas grosseiras e desajustadas, acompanhava uma garota tão graciosa e de aparência refinada. A cena se assemelhava a um jardineiro caminhando com uma rosa.

Vez ou outra, Jim franzia a testa ao perceber o olhar inquisidor de algum estranho. Sentia aquela aversão de ser olhado que atinge os gênios somente tarde na vida e nunca abandona os banais. Sibyl, no entanto, não tinha consciência do efeito que causava. O amor lhe cravava um sorriso permanente nos lábios. Ela estava pensando no Príncipe Encantado e, para conseguir pensar ainda mais, não falava sobre ele, tagarelando a respeito do navio em que Jim embarcaria, do ouro que certamente encontraria, da maravilhosa herdeira cuja vida ele salvaria dos perversos bandoleiros de camisas vermelhas. Afinal, ele não permaneceria um marinheiro, ou um comissário, ou o que quer que fosse. Oh, não! A vida de um marinheiro era impiedosa. Imagine ficar confinado em um navio horrendo, onde tentavam entrar ondas ásperas e corcundas, os mastros derrubados por um vento sombrio que esfarrapava as velas em longas flâmulas ululantes! Ele deveria desembarcar do navio em Melbourne, despedir-se educadamente do capitão e partir de imediato para o trabalho de mineração. Em menos de uma semana encontraria uma grande pepita de ouro puro, a maior já encontrada, transportando-a até a costa em uma carroça vigiada por seis policiais montados. Os bandoleiros os atacariam três vezes e seriam derrotados em uma gigantesca carnificina. Ou não. Ele não iria para a mineração de forma alguma. As minas eram um lugar terrível, cujos trabalhadores se embriagavam e atiravam uns nos outros em salões de bar e praguejavam. Ele seria um gentil criador de ovelhas e, certa noite, enquanto estivesse cavalgando para casa, avistaria a bela herdeira sendo levada por um ladrão em um cavalo preto, e ele o perseguiria para resgatá-la. Ela se apaixonaria por ele, é claro, e ele por ela, e os dois se casariam e voltariam para a Inglaterra e morariam em uma casa imensa em Londres. Sim, coisas maravilhosas o esperavam. Mas ele teria de ser muito bonzinho, e não perder a paciência, nem gastar dinheiro de forma imprudente. Ela era apenas um ano mais velha que ele, mas sabia muito mais sobre a vida. Ele também deveria, é claro, escrever-lhe sempre que pudesse, e fazer as orações todas as noites antes de dormir. Deus era muito bondoso e zelaria por ele. Ela rezaria por ele também, e, em alguns anos, ele voltaria para casa muito rico e feliz.

O rapaz a ouvia de mau humor e não respondia, o coração partido por sair de casa.

Não era só por isso, no entanto, que ele estava sombrio e taciturno. Por mais inexperiente que fosse, pressentia perigo na situação de Sibyl. O jovem dândi que lhe despertara paixão não podia ser boa coisa. Era um cavalheiro, e ele o odiava por isso, odiava-o por algum instinto de raça curioso, que não conseguia explicar, e que, por esse mesmo motivo, o dominava ainda mais. Também tinha ciência da superficialidade e soberba na índole de sua mãe, o que representava infinita ameaça para Sibyl e para a felicidade dela. Os filhos começam amando os pais; à medida que envelhecem, passam a julgá-los e, algumas vezes, lhes perdoam.

A mãe! Na mente do rapaz aflorava uma pergunta, algo que passara muitos meses ruminando em silêncio. Uma frase que ouvira no teatro por acaso, um riso sussurrado que chegara a seus ouvidos certa noite enquanto esperava na coxia, ambos haviam desencadeado uma sequência desenfreada de pensamentos horríveis. Tudo isso lhe voltava ao pensamento como o golpe de um chicote em pleno rosto. Suas sobrancelhas se crisparam em um sulco semelhante a uma cunha e, com um espasmo doloroso, ele mordeu o lábio inferior.

– Você não ouviu uma palavra do que estou dizendo, Jim – disse Sibyl –, e são planos maravilhosos para o seu futuro. Diga alguma coisa.

– O que você quer que eu diga?

– Oh! Que será um bom menino e que não vai se esquecer de nós – respondeu ela, sorrindo para o irmão.

Ele encolheu os ombros.

– É mais provável que você me esqueça do que eu me esqueça de você, Sibyl.

Ela enrubesceu.

– O que quer dizer com isso, Jim? – perguntou.

– Ouvi por aí que você tem um novo amigo. Quem é ele? Por que não me contou nada? Ele não pode querer boa coisa com você.

– Pare, Jim! – exclamou a garota. – Não diga nada contra ele. Eu o amo.

— Ora, você nem sabe o nome do sujeito — respondeu o rapaz.
– Quem é ele? Tenho o direito de saber.

— Ele se chama Príncipe Encantado. Não é um nome ótimo? Oh! Seu menino bobo! Você jamais o esquecerá. Se o visse, acharia que ele é a pessoa mais extraordinária do mundo. Um dia, depois que voltar da Austrália, vai conhecê-lo e gostar muito dele. Todos gostam dele, e eu... o amo. Gostaria que você fosse ao teatro esta noite. Ele estará lá, e vou interpretar o papel de Julieta. Oh! Como vou interpretá-la! Imagine, Jim, estar apaixonada e interpretar Julieta! Com ele sentado assistindo! Atuar para o prazer dele! Receio até assustar o público, assustá-los ou cativá-los. Estar apaixonado é superar a si mesmo. O pobre e horrível senhor Isaacs gritará "genial" para os vadios no bar. Ele tem me enaltecido como um dogma; hoje à noite me anunciará como uma revelação. E sinto isso. E é tudo dele, apenas dele, do Príncipe Encantado, meu amado maravilhoso, meu deus das graças. Perto dele, contudo, sou pobre. Pobre? O que importa? Quando a pobreza se esgueira pela porta, o amor entra voando pela janela. Nossos provérbios precisam ser reescritos; foram criados no inverno, e agora é verão; acho que primavera para mim, uma verdadeira dança de flores no céu azul.

— Ele é um cavalheiro — disse o rapaz, mal-humorado.

— Um príncipe! — exclamou ela de forma melódica. — O que mais você quer?

— Ele quer escravizá-la.

— Estremeço só de pensar em ser livre.

— Quero que você tome cuidado com ele.

— Vê-lo é venerá-lo; conhecê-lo é confiar nele.

— Sibyl, você está louca pelo sujeito.

Ela deu risada e pegou no braço do irmão.

— Meu velho e caro Jim, você fala como se tivesse cem anos de idade. Um dia vai se apaixonar também. Então saberá como é. Não fique tão mal-humorado. Com certeza deveria se sentir feliz por pensar que, embora esteja partindo, estarei mais feliz do que nunca. A vida tem sido dura para nós dois, terrivelmente dura e difícil. Mas tudo vai mudar agora. Você vai para um novo mundo, e eu encontrei um. Há duas cadeiras aqui. Vamos nos sentar e observar as pessoas elegantes passando.

Eles se sentaram em meio a uma multidão de observadores. Os canteiros de tulipas do outro lado da rua flamejavam como anéis pulsantes de fogo. Uma poeira branca – uma nuvem trêmula de raiz de iris, ao que parecia – pairava no ar ofegante. As sombrinhas coloridas dançavam e flanavam como gigantescas borboletas.

Sibyl fez o irmão falar de si mesmo, de suas esperanças e perspectivas. Ele falou devagar e com esforço. Trocavam palavras como jogadores trocam os tentos. Ela se sentiu oprimida, incapaz de transmitir sua alegria. Conseguira apenas despertar um sorriso tênue curvando aqueles lábios taciturnos. Passado algum tempo, a jovem silenciou. De repente, teve um vislumbre de cabelos dourados e lábios sorridentes e, em uma carruagem aberta em companhia de duas damas, passou Dorian Gray.

Ela se levantou de um salto.

– Lá está ele! – gritou.

– Quem? – quis saber Jim Vane.

– O Príncipe Encantado – respondeu a garota, acompanhando a carruagem com o olhar.

O irmão levantou-se em um salto e a agarrou com violência pelo braço.

– Mostre-o para mim. Quem é ele? Aponte-o. Preciso vê-lo! – exclamou o rapaz. Naquele momento, porém, a diligência de quatro cavalos do duque de Berwick despontou à frente deles e, quando seguiu adiante, a outra carruagem já havia saído do parque.

– Ele se foi – murmurou Sibyl com tristeza. – Gostaria muito que você o tivesse visto.

– Eu também, pois, assim como é certo que existe um Deus no céu, se ele lhe causar algum mal, vou matá-lo.

Ela o encarou com espanto. O rapaz repetiu as palavras, que cortaram o ar como uma adaga. As pessoas ao redor ficaram boquiabertas. Uma dama parada perto dele soltou uma risadinha nervosa.

— Venha, Jim. Vamos embora – sussurrou Sibyl.

O rapaz a seguiu de forma obstinada enquanto ela abria caminho em meio à multidão. Sentia-se satisfeito com o que dissera.

Quando chegaram à estátua de Aquiles, ela se virou. A piedade dos seus olhos se transformou em riso nos lábios. Meneou a cabeça para o irmão.

— Você é um tolo, Jim, um completo tolo; um menino mal-humorado, nada mais. Como pôde dizer coisas tão horríveis? Você não sabe o que diz. Age movido por ciúmes e crueldade. Ah! Como eu queria que você se apaixonasse. O amor engrandece as pessoas, e suas palavras foram perversas.

— Tenho dezesseis anos – respondeu ele – e sei o que faço. A nossa mãe não ajuda em nada. Não sabe como cuidar de você. Gostaria de não estar indo para a Austrália. Acho que vou cancelar a coisa toda. E faria isso, se não tivesse assinado os contratos.

— Oh, não leve tudo tão a sério, Jim. Você parece um dos heróis daqueles melodramas fúteis em que mamãe gostava tanto de atuar. Não vou discutir com você. Eu o vi. E, oh! Vê-lo significa a mais plena felicidade. Não vamos discutir. Eu sei que você jamais machucaria alguém que amo, não é?

— Imagino que não enquanto você amá-lo – foi a resposta mal-humorada.

— Vou amá-lo para sempre! – exclamou ela.

— E ele?

— Para sempre também!

— Acho bom.

Ela recuou um pouco. Em seguida, riu e colocou a mão no braço do irmão. Ele era apenas um menino.

No Marble Arch, eles apanharam uma condução que os deixou perto da casa miserável onde moravam, na Euston Road. Já passava das cinco da tarde, e Sibyl precisava se deitar por algumas horas antes da apresentação. Jim insistiu que a irmã descansasse. Disse que preferia se despedir dela quando a mãe não estivesse presente.

A mulher certamente faria uma cena, e ele detestava todos os tipos de cena.

Despediram-se no quarto de Sibyl. No coração do rapaz, afloravam ciúme e ódio feroz e assassino pelo estranho que, segundo ele, se interpusera entre ambos. No entanto, quando ela atirou os braços ao redor do pescoço do irmão, e acariciou com os dedos o cabelo dele, abrandou-se e a beijou com um carinho genuíno. Havia lágrimas em seus olhos ao descer as escadas.

A mãe o esperava lá embaixo, e resmungou sobre a falta de pontualidade do filho quando ele entrou. O rapaz não respondeu, mas sentou-se para uma parca refeição. As moscas zumbiam em volta da mesa e flanavam pela toalha manchada. Em meio aos roncos dos veículos e aos ruídos das carruagens, ele conseguia ouvir a voz monótona devorando cada minuto que lhe restava.

Passado algum tempo, afastou o prato e afundou a cabeça entre as mãos. Tinha o direito de saber. Deviam ter lhe contado antes, se era como ele suspeitava. A mãe o observava, inundada de pavor, as palavras saindo mecanicamente dos lábios. Um lenço de renda esfarrapado tremia em seus dedos. Quando o relógio bateu seis horas, ele se pôs de pé e dirigiu-se até a porta. Em seguida, virou-se e olhou para a mãe. Seus olhares se encontraram. Do dela, exalava um pedido desvairado por misericórdia. Isso o enfureceu.

– Mãe, preciso lhe perguntar uma coisa – disse ele. Os olhos da mulher varreram o cômodo vagarosamente, e ela nada disse. – Conte a verdade. Tenho o direito de saber. Você era casada com o meu pai?

Ela soltou um suspiro profundo de alívio. O momento terrível, o momento que, dia e noite, por semanas e meses, ela temera, enfim havia chegado, e mesmo assim não se sentia aterrorizada. Na verdade, em certa medida, sentia-se decepcionada. A objetividade vulgar da pergunta exigia uma resposta direta. A situação não tinha sido conduzida gradualmente. Era grosseira. Lembrava um ensaio descabido.

– Não – respondeu, ponderando sobre a dura simplicidade da vida.

– Então o meu pai era um canalha! – gritou o rapaz, cerrando os punhos.

Ela meneou a cabeça.

– Eu sabia que ele não era livre. Nós nos amávamos muito. Se estivesse vivo, cuidaria de nós. Não fale mal dele, meu filho. Ele era o seu pai, e um cavalheiro. Na verdade, um homem muito bem relacionado.

Uma praga se desprendeu dos lábios dele.

– Não me importo comigo! – exclamou. – Mas não deixe que Sibyl... É um cavalheiro que está apaixonado por ela, não é? Ou ao menos diz que está? Muito bem relacionado também, imagino.

Por um momento, um sentimento horrível de humilhação invadiu a mulher, cuja cabeça pendeu para frente. Enxugou os olhos com as mãos trêmulas.

– Sibyl tem mãe – murmurou ela. – Eu não tive.

O rapaz ficou comovido. Aproximou-se dela e, inclinando-se, beijou-a.

– Sinto muito se a magoei ao perguntar sobre o meu pai – declarou –, mas não pude evitar. Agora preciso ir embora. Adeus. Não se esqueça de que você terá apenas uma filha para cuidar, e acredite em mim: se aquele homem fizer mal à minha irmã, vou descobrir quem ele é, localizá-lo e matá-lo como um cão. Juro.

O desvario exacerbado da ameaça, o gesto passional que a acompanhou, as palavras insanas melodramáticas, tudo avivava a realidade para ela. Tal atmosfera lhe era familiar. Respirou mais livremente e, pela primeira vez em muitos meses, admirou o filho de forma genuína. Ela teria gostado de continuar a cena na mesma escala emocional, mas ele a interrompeu. Tinham de carregar as malas para baixo e encontrar os cachecóis. O funcionário da pensão saía e entrava às pressas. Houve uma negociação com o cocheiro. O momento se perdeu em detalhes banais. Com um sentimento renovado de decepção, da janela, ela acenou com o lenço de renda esfarrapado enquanto o filho se afastava. Estava ciente de que haviam desperdiçado uma grande oportunidade, e consolou-

-se dizendo a Sibyl o quanto sentia que sua vida seria desolada a partir daquele momento, com apenas uma filha de quem cuidar. Lembrou-se da frase. Tinha gostado dela. Sobre a ameaça, não disse nada. Fora pronunciada de forma vivaz e dramática. Sentia que todos ririam do ocorrido no futuro.

Capítulo seis

– Imagino que você já saiba da novidade, Basil? – perguntou lorde Henry naquela noite, quando Hallward foi conduzido a uma salinha privativa no Bristol, onde o jantar fora servido para três.

– Não, Harry – respondeu o artista, entregando o chapéu e o casaco ao garçom, que fazia uma mesura. – O que aconteceu? Nada relacionado à política, espero! Não me interesso pelo assunto. Não existe uma única pessoa na Câmara dos Comuns digna de ser retratada... embora seja verdade que muitos deles ficariam com aparência melhor se recebessem mais uma demão de tinta.

– Dorian Gray está noivo – afirmou lorde Henry, observando-o enquanto falava.

Hallward se sobressaltou e em seguida franziu a testa.

– Dorian está noivo! – exclamou. – Impossível.

– É a mais absoluta verdade.

– Com quem vai se casar?

– Com uma atriz qualquer.

– Não acredito. Dorian é sensato demais.

– Dorian é muito sábio para não cometer tolices vez ou outra, meu caro Basil.

– Casamento não é algo que se faça vez ou outra, Harry.

– A não ser nos Estados Unidos – respondeu lorde Henry languidamente. – Mas eu não disse que ele se casou. Disse que está noivo e prestes a se casar. Há uma grande diferença. Tenho uma lembrança nítida de ser casado, mas não me recordo de noivado algum. Estou propenso a acreditar que nunca fiquei noivo.

– Mas pense na origem de Dorian, em sua posição e riqueza. Seria absurdo se ele se casasse com alguém tão inferior.

– Se você quer que ele se case com a garota, diga-lhe exatamente o que acabou de dizer, Basil, e ele definitivamente casará. Quando um homem faz uma coisa tremendamente estúpida, é sempre pela mais nobre das razões.

– Espero que seja uma boa garota, Harry. Não quero ver Dorian amarrado a uma criatura vil, que poderá degradar sua natureza e arruinar seu intelecto.

– Oh, ela é melhor que boa... é linda – murmurou lorde Henry, bebericando um copo de vermute e angostura de laranja. – Dorian diz que ela é linda, e o rapaz não costuma se enganar sobre esse tipo de coisa. O retrato que você fez dele avivou seu apreço pela aparência de outras pessoas. Sem dúvida, um efeito excelente, entre outros. Vamos conhecê-la hoje à noite, se aquele menino não se esquecer do compromisso.

– Está falando sério?

– Extremamente sério, Basil. Seria horrível se eu achasse possível ficar mais sério do que agora.

– Mas você aprova isso, Harry? – quis saber o pintor, percorrendo a salinha de ponta a ponta enquanto mordia o lábio. – Não é possível que aprove. Não passa de uma paixonite tola.

– Nunca aprovo ou desaprovo nada hoje em dia, o que seria uma atitude absurda perante a vida. Não fomos enviados a este mundo para externar os nossos preconceitos morais. Nunca presto atenção às palavras das pessoas comuns, e nunca interfiro nas ações das pessoas encantadoras. Se uma personalidade me fascina, seja qual for o modo de expressão que ela escolha, torna-se absolutamente adorável para mim. Dorian Gray se apaixonou por uma bela garota que interpreta Julieta e dispõe-se a tomá-la como esposa. Por que não? Se ele se casasse com Messalina, não seria menos interessante. Você sabe que não sou um defensor do casamento. A verdadeira desvantagem do casamento é ele tornar a pessoa altruísta. E os altruístas não têm cor própria. Carecem de individualidade. Ainda assim, certos temperamentos se tornam mais complexos com o casamento; conservam o egoísmo e lhe acrescentam muitos outros egos. São forçados a viver mais de uma vida. Transformam-se em extremamente organizados, e ser extremamente organizado é, creio eu, o objetivo da existência humana. Ademais, toda experiência tem valor e, seja o que for que se diga contra o casamento, ele é uma experiência. Espero que Dorian Gray se case com a garota, que a adore apaixonadamente por seis meses, e que depois, de súbito, se fascine por outra pessoa. Ele seria um objeto de estudo maravilhoso.

— Você não acredita em uma única palavra do que disse, Harry. Sabe que não. Se a vida de Dorian Gray fosse arruinada, ninguém lamentaria mais do que você, que é alguém muito melhor do que finge ser.

Lorde Henry riu.

— Gostamos de pensar tão bem dos outros porque todos tememos por nós mesmos. A base do otimismo é o mais absoluto terror. Achamos que somos generosos por creditarmos ao próximo a posse daquelas virtudes que provavelmente nos beneficiariam. Exaltamos o banqueiro para que possamos sacar mais do que temos, e vislumbramos boas qualidades no salteador de estrada na esperança de que ele poupe nossos bolsos. Acredito em cada palavra minha. Nutro um grande desprezo pelo otimismo. Quanto a uma vida arruinada, nenhuma vida se arruína, a não ser aquela cujo crescimento é interrompido. Se você quiser estragar uma natureza, basta reformá-la. Em relação ao casamento, é claro que seria uma tolice, mas existem outros laços mais interessantes entre homens e mulheres. Certamente os encorajarei. Eles têm o encanto da elegância. Mas cá está o Dorian em pessoa. Ele pode lhe contar mais do que eu.

– Meu caro Harry, meu caro Basil, vocês devem me felicitar! – declarou o rapaz, despindo a capa noturna com mangas de cetim e apertando a mão de cada um dos amigos. – Nunca estive tão feliz. Sim, é repentino: todas as coisas realmente encantadoras o são. E, no entanto, parece ser a única coisa que busquei durante toda a vida.

Corado de empolgação e prazer, ele parecia extraordinariamente bonito.

– Espero que você seja sempre muito feliz, Dorian – disse Hallward –, mas não lhe perdoo por não ter me contado sobre o noivado. Contou a Harry.

– E eu não lhe perdoo por ter se atrasado para o jantar – interrompeu lorde Henry, pondo a mão sobre o ombro do rapaz, sorrindo enquanto falava. – Venha, vamos nos sentar e experimentar a comida do novo chef de cozinha daqui, e depois nos contará como tudo aconteceu.

– Não há muito o que contar – disse Dorian enquanto eles se sentavam à mesinha redonda. – Foi apenas isto que aconteceu. Depois que nos despedimos ontem à noite, Harry, eu me vesti, jantei naquele restaurantezinho italiano na Rupert Street que você me apresentou e fui ao teatro às oito horas. Sibyl estava interpretando Rosalinda. O cenário era horrendo, é claro, e Orlando, absurdo. Mas Sibyl! Vocês deveriam tê-la visto! Quando ela entrou em cena com trajes de menino, estava absolutamente maravilhosa. Vestia colete de veludo cor de musgo com mangas cor de canela, meia justa com lacetes marrons entrelaçados, chapeuzinho verde com uma pena de falcão presa em uma joia, e manto com capuz, forrado em um tom fosco de vermelho. Nunca me parecera mais deslumbrante. Tinha toda a graça delicada daquela estatueta tânagra de seu ateliê, Basil. Os cabelos emolduravam o rosto como folhas escuras em volta de uma rosa pálida. Quanto à atuação... bem, vocês a verão esta noite. É uma artista nata. Fiquei sentado no camarote imundo, completamente encantado. Até me esqueci de que vivo em Londres, no século XIX. Eu estava com o meu amor em uma floresta longínqua que nenhum homem vira antes.

Depois da apresentação, fui aos bastidores e falei com ela. Enquanto estávamos sentados juntos, de repente despontou em seus olhos uma expressão nova para mim. Os meus lábios foram ao encontro dos dela. Nós nos beijamos. Não consigo lhes descrever o que senti naquele momento. Parecia que de toda a minha vida só restara um ponto perfeito de alegria rósea. Ela estremeceu da cabeça aos pés e pendulou como um narciso branco. Em seguida, ajoelhou-se e beijou as minhas mãos. Sinto que não deveria lhes contar tudo isso, mas não consigo evitar. Naturalmente, o nosso noivado é segredo absoluto. Ela ainda não contou nem à própria mãe. Não sei o que os meus tutores vão dizer. Lorde Radley certamente ficará furioso. Não me importo. Serei maior de idade em menos de um ano, e então livre para fazer o que quiser. Fiz bem, não é, Basil, em buscar meu amor na poesia e encontrar minha esposa nas peças de Shakespeare? Os lábios que Shakespeare ensinou a falar sussurram seus segredos em meu ouvido. Os braços de Rosalinda me envolveram, e a boca de Julieta me beijou.

– Sim, Dorian, creio que tenha feito bem – declarou Hallward lentamente.

– Você a viu hoje? – perguntou lorde Henry.

Dorian Gray balançou a cabeça.

– Eu a deixei na floresta de Arden; vou encontrá-la em um pomar em Verona.

Lorde Henry bebericou o champanhe de modo contemplativo.

– Em que momento específico você mencionou a palavra "casamento", Dorian? E o que ela respondeu? Talvez você tenha se esquecido disso tudo.

– Meu caro Harry, não tratei o assunto como uma transação comercial. Não fiz uma proposta formal. Disse que a amava, e ela respondeu que não era digna de ser minha esposa. Não era digna! Ora, comparado a ela, o mundo todo nada significa para mim.

– As mulheres são maravilhosamente práticas – murmurou lorde Henry. – Muito mais práticas do que nós. Em situações desse tipo, muitas vezes nos esquecemos de falar sobre casamento, e elas sempre nos lembram.

Hallward tocou o braço do amigo.

– Não diga isso, Harry. Você aborreceu Dorian. Ele não é como os outros homens. Jamais faria alguém sofrer. Sua natureza é bondosa demais para isso.

Lorde Henry olhou para o lado oposto da mesa.

– Dorian nunca se aborrece comigo – declarou. – Fiz a pergunta pela melhor razão possível, pela única razão, de fato, que serve de desculpa para alguém efetuar qualquer pergunta: mera curiosidade. De acordo com minha teoria, são sempre as mulheres que nos pedem em casamento, e não nós que as pedimos. Exceto, é claro, na vida da classe média. Mas a classe média não é moderna.

Dorian Gray riu e pendeu a cabeça para trás.

– Você é incorrigível, Harry. Mas não me importo. É impossível ficar zangado com você. Quando vir Sibyl Vane, perceberá que o homem, para ser capaz de fazer mal a ela, teria de ser uma besta, uma besta sem coração. Não entendo como alguém pode querer desonrar aquilo que ama. E amo Sibyl Vane. Quero colocá-la em um pedestal de ouro e ver o mundo venerar a mulher que é minha. O que significa o casamento? Um voto irrevogável. Você zomba dele por isso. Ah! Não zombe. É um voto irrevogável que desejo assumir. A confiança de Sibyl me torna fiel, a crença dela me torna bom. Com ela, arrependo-me de tudo que você me ensinou. Transformei-me em uma pessoa diferente. Estou mudado, e o simples toque da mão de Sibyl Vane me faz esquecer você, e todas as suas teorias erradas, fascinantes, venenosas e encantadoras.

– E quais seriam elas? – quis saber lorde Henry, servindo-se de um pouco de salada.

– Oh, as suas teorias sobre a vida, suas teorias sobre o amor, suas teorias sobre o prazer. Todas as suas teorias, na verdade, Harry.

– O prazer é a única coisa que vale uma teoria – retrucou ele em voz lenta e melodiosa. – Mas receio que não possa reivindicar a criação dessa teoria. Pertence à natureza, não a mim. O prazer é o teste da natureza, seu sinal de aprovação. Quando estamos felizes, somos sempre bons; mas, quando somos bons, nem sempre estamos felizes.

— Ah! Mas o que você quer dizer com "bom"? – quis saber Basil Hallward.

— Isso – ecoou Dorian, recostando-se na cadeira e encarando lorde Henry por cima dos ramalhetes carregados de íris de lábios purpúreos no centro da mesa –, o que quer dizer com "bom", Harry?

— Significa estar em harmonia consigo mesmo – respondeu ele, tocando a haste fina da taça com os dedos pálidos e pontiagudos. – A discórdia, por sua vez, implica sermos forçados a estar em harmonia com os outros. A nossa própria vida: isso é o mais importante. Quanto à vida alheia, se desejarmos soar pedantes ou puritanos, podemos ostentar nossas opiniões morais acerca deles, mas não são da nossa conta. Ademais, o individualismo é de fato o propósito mais elevado. A moralidade moderna consiste em aceitar o padrão da época. Considero que, para qualquer homem de cultura, aceitar o padrão da própria época incorpora uma forma da mais grosseira imoralidade.

— Mas, certamente, se alguém vive apenas para si mesmo, Harry, deve pagar um preço terrível por isso, não? – sugeriu o pintor.

— Sim, pagamos um preço excessivo por tudo hoje em dia. Imagino que a verdadeira tragédia dos pobres é não poderem se permitir nada além da abnegação. Os belos pecados, assim como todas as coisas belas, são um privilégio dos ricos.

— É preciso pagar de outras formas que não em dinheiro.

— De que formas, Basil?

— Oh! Imagino que com remorso, sofrimento e com... bem, com a consciência da degradação.

Lorde Henry encolheu os ombros.

— Meu caro amigo, apesar de todo encanto da arte medieval, as emoções medievais estão ultrapassadas. Podemos usá-las na ficção, é claro. Mas, afinal, as únicas coisas que podemos usar na ficção são aquelas que de fato deixamos de usar. Acredite em mim, nenhum homem civilizado jamais se arrepende de um prazer, e nenhum homem incivilizado jamais conhecerá o sentido do prazer.

– Eu sei o que é prazer! – exclamou Dorian Gray. – É adorar alguém.

– Isso é certamente melhor do que ser adorado – comentou lorde Henry, brincando com algumas frutas. – Ser adorado é um estorvo. As mulheres nos tratam como a humanidade trata os seus deuses: veneram-nos e estão sempre nos azucrinando para que façamos algo por elas.

– Eu diria que, seja o que for que elas nos peçam, primeiro o deram a nós – murmurou o rapaz com seriedade. – Elas criam o amor em nossa natureza. Têm, portanto, o direito de exigi-lo de volta.

– Isso é totalmente verdadeiro, Dorian! – exclamou Hallward.

– Nada é sempre totalmente verdadeiro – declarou lorde Henry.

– Isto é – interrompeu Dorian. – Você precisa admitir, Harry, que as mulheres dão aos homens o ouro de suas vidas.

– É possível – declarou ele com um suspiro –, mas invariavelmente o querem de volta em parcelas bem pequenas. Aí está o problema. As mulheres, como um francês espirituoso disse certa vez, nos inspiram o desejo de realizar obras-primas, mas sempre nos impedem de concretizá-las.

– Harry, como você é terrível! Não sei por que o aprecio tanto.

– Você sempre vai gostar de mim, Dorian – afirmou ele. – Querem tomar um café, rapazes? Garçom, traga café e *fine-champagne*, e também alguns cigarros. Não, sem cigarros, ainda tenho alguns. Basil, não posso permitir que você fume charutos. Tem de fumar um cigarro, o exemplo perfeito de um perfeito prazer. É requintado, e deixa a pessoa insatisfeita. O que mais se pode querer? Sim, Dorian, você sempre nutrirá apreço por mim porque represento todos os pecados que nunca teve coragem de cometer.

– Quanta tolice, Harry! – exclamou o rapaz, valendo-se da chama de um dragão de prata cuspidor de fogo que o garçom colocara sobre a mesa. – Vamos ao teatro. Quando Sibyl entrar em cena, você terá um novo ideal de vida. Ela representará algo que você nunca conheceu.

– Já conheci tudo – declarou lorde Henry, uma expressão cansada nos olhos –, mas estou sempre pronto para uma nova emoção. Receio, contudo, que tal coisa inexista para mim. Ainda assim, a sua garota maravilhosa talvez me emocione. Amo a arte da atuação. É muito mais real do que a própria vida. Vamos. Dorian, você virá comigo. Sinto muito, Basil, mas só há lugar para dois na carruagem. Siga-nos em um carro de aluguel.

Eles se levantaram e vestiram os casacos, bebericando o café em pé. O pintor estava silencioso e preocupado, uma melancolia pairando sobre ele. Não conseguia suportar a ideia daquele casamento, mas parecia-lhe melhor do que muitas outras circunstâncias que poderiam ter acontecido. Passados alguns minutos, todos desceram as escadas. Ele partiu sozinho, como havia sido combinado, e observou as luzes piscantes da pequena carruagem à sua frente, invadido por uma estranha sensação de perda. Sentia que Dorian Gray nunca mais seria para ele tudo o que fora no passado. A vida se interpusera entre os dois... Sua visão se turvou, e as ruas, chamejantes e apinhadas de gente, ficaram desfocadas. Quando o carro de aluguel chegou ao teatro, ele teve a sensação de que envelhecera anos.

Capítulo sete

Por uma razão ou outra, o teatro estava lotado naquela noite, e o gerente gordo e judeu que os recebeu à porta sorria de orelha a orelha, um sorriso dissimulado e trêmulo. Ele os acompanhou até o camarote com uma espécie de humildade pomposa, gesticulando com as mãos gordas cheias de joias e falando a plenos pulmões. Dorian Gray o desprezou mais do que nunca. Sentia-se como se tivesse ido até ali à procura de Miranda e encontrado Caliban. Lorde Henry, por outro lado, parecia apreciar bastante o homem. Ao menos foi o que alegou, e fez questão de apertar-lhe a mão, garantindo-lhe que se orgulhava de conhecer um homem que, além de descobrir um verdadeiro talento, falira por causa de um poeta. Hallward se divertiu observando os rostos no fosso. O calor era terrivelmente opressivo, e a intensa luz do sol flamejava como uma gigantesca dália com pétalas de fogo amarelo. Os jovens nas galerias haviam tirado os casacos e coletes e os pendurado nas laterais. Conversavam uns com os outros de cada lado do teatro, e compartilhavam laranjas com as garotas espalhafatosas sentadas ao lado deles. Algumas mulheres riam no fosso, as vozes terrivelmente agudas e dissonantes. Do bar vinha o som do estourar de rolhas.

– Que local para encontrar a divindade de alguém! – comentou lorde Henry.

— De fato! – rebateu Dorian Gray. – Foi aqui que a encontrei, e ela é mais divina do que todas as coisas vivas. Quando Sibyl estiver no palco, você vai se esquecer de tudo. Essa gente grosseira e comum, com rostos rústicos e gestos brutos, se transforma quando ela está atuando. Sentados em silêncio, todos a observam. Choram e riem ao bel-prazer de Sibyl. Ela os torna tão responsivos quanto um violino. Ela os espiritualiza, e o público se sente como se fosse da mesma carne e do mesmo sangue.

— A mesma carne e o mesmo sangue! Oh, espero que não! – exclamou lorde Henry, que, com binóculos de ópera, perscrutava os ocupantes da galeria.

— Não dê atenção a ele, Dorian – alertou o pintor. – Entendo o que você quer dizer, e acredito na garota. Qualquer pessoa digna do seu amor deve ser maravilhosa, e qualquer garota que provoca em alguém o efeito que você descreve deve ser boa e nobre. Espiritualizar a época em que se vive é algo admirável. Se essa moça é capaz de dar uma alma àqueles que viviam sem ela, se é capaz de criar a percepção de beleza em pessoas cujas vidas foram sórdidas e horrendas, se é capaz de despojá-los do egoísmo e emprestar-lhes lágrimas para tristezas que não lhes pertencem, ela é digna de toda a sua adoração, digna da adoração do mundo. Um casamento magnífico. Não achava isso a princípio, mas agora admito. Os deuses fizeram Sibyl Vane para você. Sem ela, você estaria incompleto.

— Obrigado, Basil – respondeu Dorian Gray, apertando-lhe a mão. – Eu sabia que você me entenderia. Harry é tão cínico que me enche de terror. Mas ali está a orquestra. É terrível, mas dura apenas uns cinco minutos. Logo depois as cortinas se abrem, e você verá a garota a quem vou entregar toda a minha vida, a quem entreguei tudo o que existe de bom em mim.

Quinze minutos mais tarde, em meio a uma salva extraordinária e estrondosa de aplausos, Sibyl Vane entrou em cena. Sim, era certamente adorável – uma das criaturas mais adoráveis, pensou Harry, que ele já tinha visto. A graça tímida e os olhos assustados remetiam ligeiramente a uma corça. Um leve rubor, como a sombra de uma rosa em um espelho de prata, tingiu-lhe as bochechas quando ela avistou a casa cheia e animada. Recuou alguns passos, e os lábios pareceram tremer. Basil Hallward levantou-se de um salto e se pôs a aplaudir. Imóvel, como em um sonho, Dorian Gray permaneceu sentado, os olhos fixos nela. Lorde Henry espiava pelos binóculos, murmurando:

– Encantadora! Encantadora!

A cena se passava no salão da casa dos Capuleto, e Romeu, em traje de peregrino, havia entrado com Mercúcio e os outros amigos. A orquestra arriscou alguns compassos, e o baile começou. Em meio à multidão de atores desajeitados e malvestidos, Sibyl Vane se movia como uma criatura de um mundo mais delicado. O corpo flutuava ao dançar do mesmo modo que uma planta flutua na água. Os contornos do pescoço eram as curvas de um lírio branco. As mãos se assemelhavam a marfim frio.

No entanto, ela parecia curiosamente apática, sem qualquer sinal de alegria quando seus olhos recaíam em Romeu. As poucas palavras que tinha de falar –

Bom peregrino, a mão que malsinas tanto
Mostrou-me um respeito cortês e demasiado;
Pois se unem as mãos do peregrino e do santo,
Palma com palma em um beijo sagrado.

– com o breve diálogo que se seguia, foram emitidas com artificialidade. A voz, ainda que deslumbrante, tinha um tom inteiramente falso. A vivacidade estava equivocada. Removia toda a vida dos versos. Tornava a paixão irreal.

Dorian Gray empalideceu enquanto assistia à amada, confuso e angustiado. Nenhum dos amigos ousou lhe dizer nada. Ela lhes parecia incompetente. Decepcionaram-se terrivelmente.

No entanto, ainda sentiam que o verdadeiro desafio de qualquer Julieta era a cena do balcão, no segundo ato. Assim, resolveram aguardá-la. Se fracasse, realmente não tinha valor artístico.

Inegavelmente parecia encantadora quando saiu à luz do luar. Mas a afetação de sua performance era insuportável e piorava à medida que prosseguia, com gestos completamente afetados, as palavras emitidas com ênfase exacerbada. A bela passagem –

A máscara da noite recai sobre o meu rosto
Do contrário, um rubor de donzela me tingiria a face
Por tudo o que me ouviu dizer esta noite.

– foi declamada com a precisão dolorosa de uma garotinha que aprendera a recitar com algum professor de elocução de segunda categoria. Quando se debruçou no balcão e chegou àqueles versos estupendos –,

Apesar da alegria que me traz,
Não me alegra o contrato desta noite
É demasiado precipitado, irrefletido e repentino;
Demasiado como o relâmpago fugaz
Que some antes que se possa dizer "Brilhou". Querido, boa noite.
Que este botão de amor amadureça com o sopro veranil
E desabroche em uma linda flor em nosso encontro vindouro.

– pronunciou as palavras como se nada significassem para ela. Não se tratava de nervosismo. Na verdade, longe disso, ela parecia se sentir no controle da situação, em uma demonstração de arte deplorável. Era um fracasso completo.

Até mesmo o público simples e inculto do fosso e da galeria se desinteressou pela peça. Inquietos, começaram a elevar a voz e a assobiar. O gerente judeu, parado no fundo do primeiro balcão, batia os pés e praguejava com raiva. A única pessoa indiferente ali era a própria garota.

Quando o segundo ato acabou, irrompeu um vendaval de vaias, e lorde Henry levantou-se da cadeira e vestiu o casaco.

— Ela é muito bonita, Dorian — declarou —, mas não sabe atuar. Vamos embora.

— Vou assistir à peça até o fim — respondeu o rapaz, com a voz dura e amarga. — Lamento profundamente por tê-lo feito desperdiçar a noite, Harry. Peço desculpas a vocês dois.

— Meu caro Dorian, acho que a senhorita Vane talvez esteja doente — interrompeu Hallward. — Voltaremos uma outra noite.

— Eu gostaria que ela estivesse doente — afirmou ele. — Mas parece apenas insensível e fria. Mudou completamente. Ontem à noite, era uma grande artista. Hoje, não passa de uma atriz medíocre qualquer.

— Não fale assim de quem você ama, Dorian. O amor é mais maravilhoso do que a arte.

— Ambos são meras formas de imitação — comentou lorde Henry. — Mas está na hora de ir, Dorian. Não continue aqui. Não é bom para a moral assistir a uma atuação tão ruim. Além disso, imagino que não vá querer que a sua esposa atue, então, que diferença faz se ela interpreta Julieta como uma boneca de madeira? É uma jovem muito adorável e, se souber tão pouco sobre a vida quanto sabe sobre atuação, será uma experiência maravilhosa. Existem apenas dois tipos de pessoas fascinantes: as que sabem absolutamente tudo e as que não sabem absolutamente nada. Por Deus, meu caro menino, não se sinta tão miserável! O segredo de permanecer jovem está em nunca dar vazão a uma emoção inconveniente. Venha ao clube comigo e com Basil. Vamos fumar cigarros e beber à beleza de Sibyl Vane. Ela é linda. O que mais pode querer?

— Vá embora, Harry! — exclamou o rapaz. — Quero ficar sozinho. Basil, você também deve ir. Ah! Vocês não percebem que meu coração está partido? — Lágrimas quentes irromperam de seus olhos. Os lábios estremeceram e, correndo para o fundo do camarote, ele se apoiou na parede, afundando o rosto nas mãos.

— Vamos, Basil — chamou lorde Henry, com uma estranha ternura na voz. E os dois jovens saíram juntos do teatro.

Passados alguns momentos, as luzes do palco se acenderam e as cortinas se abriram para o terceiro ato. Pálido, orgulhoso e indiferente, Dorian Gray retornou a seu assento. A peça se arrastava e parecia não ter fim. Metade da plateia foi embora, batendo as botas pesadas e rindo. Um fiasco completo. O último ato se desenrolou para cadeiras quase vazias. A cortina fechou em meio a risadinhas nervosas e alguns resmungos.

Assim que a peça terminou, Dorian Gray correu para o camarim, onde a garota estava sozinha, no rosto, uma expressão de triunfo, nos olhos, faíscas com um fogo deslumbrante. Havia luminosidade em torno dela. Os lábios entreabertos sorriam por algum segredo que lhes pertencia.

Quando ele entrou, a garota o fitou, e um sentimento de felicidade infinita apoderou-se dela.

– Como atuei mal hoje à noite, Dorian! – exclamou.

– Foi horrível! – respondeu o rapaz, olhando-a com espanto. – Horrível! Foi lamentável. Você está doente? Não faz ideia de como foi. Não faz ideia do quanto sofri.

A garota sorriu.

– Dorian – começou ela, demorando-se no nome com uma musicalidade arrastada na voz, como se fosse mais doce do que mel para as pétalas rubras de sua boca. – Dorian, você deveria ter entendido. Mas entende agora, não é?

– Entendo o quê? – perguntou ele, irritado.

– Por que atuei tão mal hoje à noite. Por que sempre atuarei mal. Por que nunca mais atuarei bem.

Ele encolheu os ombros.

– Imagino que esteja doente. Não suba ao palco doente. Fica ridícula. Meus amigos se sentiram entediados. Eu estava entediado.

Ela parecia não o escutar, enlevada de felicidade. Um êxtase de alegria a arrebatou.

– Dorian, Dorian! – exclamou. – Antes de conhecer você, atuar era a única realidade da minha vida. Eu só vivia por meio do teatro. Achava que tudo no palco era verdade. Eu era Rosalinda em uma noite e Pórcia na outra. A felicidade de Beatrice era a minha, e as tristezas de Cordélia eram minhas tristezas também. Eu acreditava em tudo. As pessoas comuns que atuavam ao meu lado me pareciam divinas. Os cenários eram o meu mundo. Eu não conhecia nada além de sombras, e acreditava que fossem reais. Você apareceu... oh, meu lindo amor!... e libertou a minha alma da prisão. Ensinou-me o que é a realidade. Esta noite, pela primeira vez na vida, consegui enxergar através da falsidade, da farsa, da estupidez do espetáculo vazio em que sempre atuei. Esta noite, pela primeira vez, tomei consciência de que Romeu era horrendo, velho e pintado, que a luz da lua no jardim era falsa, que o cenário era barato, e que as palavras que eu tinha de proferir eram irreais, não as minhas palavras, não eram o que eu desejava dizer. Você me ofereceu algo superior, algo que faz toda a arte não passar de um mero reflexo. Você me fez entender o real significado do amor. Meu amor! Meu amor! Príncipe Encantado! Príncipe da vida! Estou farta das sombras. Você significa mais para mim do que qualquer arte poderia significar. Que importância têm as marionetes de uma peça? Quando entrei no palco esta noite, não conseguia entender como tudo havia me abandonado. Pensei que eu seria maravilhosa, mas descobri que não podia fazer nada. De súbito, assomou em minha alma o significado daquilo tudo. A percepção foi maravilhosa para mim. Ouvi as vaias e sorri. O que eles poderiam saber sobre um amor como o nosso? Leve-me embora, Dorian... Leve-me embora com você, para um lugar onde fiquemos totalmente a sós. Odeio o palco. Posso simular uma paixão que não sinto, mas não posso simular uma que me incendeia como fogo. Oh, Dorian, Dorian, você entende agora o que isso significa? Mesmo que eu pudesse simulá-la, seria uma profanação fingir que estou apaixonada. Você me fez perceber isso.

   O rapaz se jogou no sofá e virou o rosto.

   – Você matou o meu amor – murmurou ele.

   Ela o fitou espantada e riu. Não houve resposta alguma. A garota se aproximou e, com os dedos diminutos, afagou-lhe os cabelos.

Ajoelhou-se e pressionou as mãos dele em seus lábios. Ele se desvencilhou, um tremor percorrendo seu corpo.

Em seguida, levantou-se de um salto e foi até a porta.

– Sim! – gritou. – Você matou o meu amor. Antes, você instigava a minha imaginação. Agora não desperta nem a minha curiosidade. Simplesmente não causa efeito algum. Eu a amava porque você era maravilhosa, porque tinha talento e intelecto, porque realizava o sonho dos grandes poetas e dava forma e corpo às sombras da arte. Você jogou tudo isso fora. É superficial e estúpida. Por Deus! Como fui insano de amá-la! Que idiota fui! Você não significa nada para mim agora. Nunca mais a verei. Nunca mais pensarei em você. Nunca mais mencionarei o seu nome. Você não faz ideia do que significou para mim um dia. Ah, um dia... Oh, não suporto pensar nisso! Gostaria de nunca a ter olhado! Você arruinou o romance da minha vida. Deve saber pouco sobre o amor se diz que ele estraga a sua arte! Sem a sua arte, você não é nada. Eu a teria tornado famosa, esplêndida, magnífica. O mundo a veneraria, e você teria o meu nome. O que é agora? Uma atriz de terceira categoria com um rostinho bonito.

Pálida, a garota tremeu. Juntou as mãos com firmeza, e a voz parecia presa na garganta.

– Você não fala sério, não é, Dorian? – sussurrou. – Está apenas atuando.

– Atuando! Deixo isso para você, já que o faz tão bem – respondeu ele amargamente.

Ela se levantou e, com uma expressão comovente de sofrimento no rosto, atravessou o cômodo ao encontro de Dorian. Pôs a mão no braço do rapaz e fixou o olhar no dele. O jovem a repeliu.

– Não encoste em mim! – gritou.

Um gemido baixo escapou dos lábios da garota. Atirada aos pés dele, lá ficou, como uma flor pisoteada.

– Dorian, Dorian, não me deixe! – sussurrou. – Sinto muito por não ter atuado bem. Estava pensando em você o tempo todo. Mas vou tentar... vou mesmo tentar. Surgiu tão de repente o meu amor por você. Acho que eu nunca teria sabido se você não me beijasse... se não tivéssemos nos beijado. Beije-me de novo, meu amor. Não se afaste de mim. Eu não conseguiria suportar. Oh! Não vá para longe de mim. O meu irmão... Não, deixe para lá. Ele não falou sério. Estava apenas brincando. Mas você, oh! Você não pode me perdoar pela noite de hoje? Vou me esforçar muito e tentarei melhorar. Não seja cruel comigo, porque o amo mais do que tudo no mundo. Afinal, eu lhe desagradei apenas uma vez. Mas você está certo, Dorian. Eu devia ter me apresentado como uma artista melhor. Foi tolice da minha parte, mas não consegui evitar. Oh, não me deixe, não me deixe.

Um acesso de soluços apaixonados a sufocou. Ela se encolheu no chão como uma criatura ferida, e os belos olhos de Dorian Gray a fitaram de cima, e os lábios esculpidos se curvaram em um desprezo extraordinário. Sempre existe algo de ridículo nos sentimentos das pessoas que deixamos de amar. Sibyl Vane parecia-lhe absurdamente melodramática. Suas lágrimas e seus soluços o incomodavam.

– Estou indo embora – declarou ele por fim, a voz calma e límpida. – Não quero ser indelicado, mas não a verei de novo. Você me decepcionou.

Ela chorou em silêncio e não respondeu, mas se arrastou para mais perto dele. As mãos delicadas se estenderam às cegas, parecendo procurá-lo. Ele deu meia-volta e saiu do cômodo. Pouco depois, já estava fora do teatro.

O rapaz nem sequer imaginava por onde andara. Lembrava-se de ter vagado por ruas mal iluminadas, passando por arcadas sombrias e desoladas e por casas de aspecto maligno. Mulheres com vozes roucas e risadas ásperas o chamavam. Bêbados cambaleavam, praguejando e tagarelando consigo mesmos como macacos monstruosos. Ele tinha visto crianças grotescas amontoadas em soleiras, e ouvira gritos e blasfêmias vindos de alamedas sombrias.

Aos primeiros sinais da aurora, viu-se perto de Covent Garden. A escuridão se dissipava e, iluminado por fogos tênues, o céu se esvaía em uma pérola perfeita. Enormes carroças cheias de lírios esvoaçantes rodavam lentamente pela rua vazia e lustrosa. O aroma de flores impregnava o ar, e a beleza delas parecia lhe oferecer um elixir para a dor que sentia. Entrou no mercado e observou os homens descarregando as carroças. Um carroceiro de avental branco ofereceu-lhe algumas cerejas. Ele aceitou, agradeceu e perguntou-se por que o homem se recusara a aceitar dinheiro por elas, comendo-as apaticamente. Tinham sido colhidas à meia-noite, e a frieza do luar penetrara em seu cerne. Deslizou diante dele uma longa fila de meninos carregando caixotes de tulipas listradas e de rosas amarelas e vermelhas, abrindo caminho em meio às imensas pilhas de verduras verde-jade. Sob o pórtico de pilares cinzentos e caiados pelo sol deambulava um grupo de garotas imundas com as cabeças descobertas, aguardando o fim do pregão. Outros se aglomeravam em torno das portas de vaivém do café da *piazza*. Os cavalos robustos que puxavam as carroças escorregavam e trotavam nas pedras ásperas, sacudindo os sinos e os arreios. Alguns condutores dormiam sobre pilhas de sacos. Os pombos, de pescoço iridescente e patas rosadas, perambulavam à procura de grãos.

Passado algum tempo, ele chamou um carro de aluguel e foi para casa. Parado na soleira da porta por alguns instantes, fitava os arredores da praça silenciosa, as janelas vazias com persianas baixadas, e as venezianas que o observavam. O céu adquirira um tom puro de opala, e os telhados das casas reluziam contra ele como prata. De uma chaminé em frente se desprendia uma fina espiral de fumaça enrodilhada, uma fita violeta em meio ao ar nacarado.

Na enorme lanterna da veneziana dourada, espólio da barcaça de algum doge, que pendia do teto do grande saguão de entrada com painéis de carvalho, as luzes ainda chamejavam em três jorros bruxuleantes, assemelhando-se a pétalas azuladas de chamas orladas de fogo branco. Ele as apagou e, depois de jogar o chapéu e a capa sobre a mesa, atravessou a biblioteca em direção à porta de seu quarto, uma grande câmara octogonal no andar térreo, que, em seu gosto recém-nascido pelo luxo, ele acabara de decorar, pendurando algumas tapeçarias renascentistas peculiares encontradas em um sótão abandonado em Selby Royal. Enquanto girava a maçaneta da porta, seu olhar recaiu sobre o retrato que Basil Hallward fizera dele. Recuou como se estivesse surpreso. Em seguida, dirigiu-se ao próprio quarto, parecendo um tanto intrigado. Depois de abrir a botoeira do casaco, hesitou. Por fim, deu meia-volta, retornou até o retrato e o examinou. Sob a luz tênue e retraída que se esforçava para atravessar as cortinas de seda cor de creme, o rosto pareceu-lhe um pouco diferente, a expressão meio alterada por um vestígio de crueldade na boca. Certamente era estranho.

Ele se virou e, caminhando até a janela, afastou a cortina. O amanhecer luminoso inundou o cômodo e varreu as sombras fantásticas para os cantos escuros, onde se detiveram, tremeluzentes. Porém, a expressão facial estranha que ele notara no retrato parecia continuar ali, talvez ainda mais intensa. A luz do sol, bruxuleante e ardente, evidenciou-lhe as linhas de crueldade em volta da boca com uma clareza impressionante, como se estivesse se olhando em um espelho depois de ter cometido algo terrível.

O rapaz estremeceu e, apanhando da mesa um espelho oval emoldurado de cupidos em marfim, um dos muitos presentes que recebera de lorde Henry, mirou-se apressado nas profundezas polidas. Nenhuma linha daquele tipo deformava seus lábios vermelhos. O que aquilo significaria?

Ele esfregou os olhos, aproximou-se do retrato e o examinou mais uma vez. Não havia sinal algum de mudança quando fitava a pintura real e, no entanto, não restavam dúvidas de que a expressão inteira tinha se alterado. Não era obra de sua imaginação. Estava terrivelmente nítido.

Então se jogou em uma cadeira e se pôs a pensar. De súbito lhe veio à mente o que ele dissera no ateliê de Basil Hallward no dia em que o retrato fora concluído. Sim, ele se lembrava perfeitamente. Expressara um desejo insano de que ele próprio permanecesse jovem e o retrato envelhecesse; de que a sua própria beleza permanecesse imaculada, e o rosto na tela carregasse o fardo de suas paixões e seus pecados; de que a imagem pintada fosse marcada pelas linhas do sofrimento e da ponderação, enquanto ele conservava todo o viço e beleza da juventude, da qual ele só recentemente tomara consciência. Tal desejo não poderia ter sido realizado, não é? Seria impossível. Até mesmo pensar nisso parecia monstruoso. E, no entanto, lá estava o retrato diante dele, na boca o vestígio de crueldade.

Crueldade? Teria sido cruel? Era culpa da garota, não dele. Havia sonhado que ela se transformaria em uma grande artista, entregara-lhe seu amor porque pensara que era uma mulher espetacular. E depois ela o decepcionara. Superficial e indigna. E, ainda assim, arrebatou-o uma sensação de arrependimento infinita ao pensar nela aos pés dele, soluçando como uma criancinha. Lembrou-se da insensibilidade com que a observara. Por que o fizeram daquele jeito? Por que uma alma assim lhe fora dada? Mas ele também tinha sofrido. Durante as três horas terríveis de duração da peça, vivera séculos de dor, éons e mais éons de tortura. A vida dele valia tanto quanto a dela. Ela o decepcionara por um momento; ele a ferira para sempre. Além disso, as mulheres eram mais aptas a suportar a tristeza do que os homens. Viviam das emoções e não pensavam em qualquer outra coisa. Quando iam atrás de amantes, buscavam apenas alguém com quem pudessem fazer cenas. Lorde Henry lhe dissera isso, e lorde Henry conhecia as mulheres. Por que ele deveria se preocupar com Sibyl Vane? A garota já não lhe significava mais nada.

Mas e o retrato? O que deveria pensar a respeito dele? Guardava o segredo de sua vida e contava a sua história, ensinando-o a amar a própria beleza. Seria capaz de ensiná-lo também a odiar a própria alma? Conseguiria encará-lo novamente?

Não; não passava de uma ilusão criada por sentidos perturbados. A horrível noite deixara fantasmas para trás. De súbito, despontara em seu cérebro a pequena mancha escarlate que enlouquece os homens. O retrato não mudara. Que tolice pensar isso.

E, no entanto, ele o observava, o belo rosto desfigurado e o sorriso cruel. O cabelo lustroso brilhava ao sol matutino, e os olhos azuis encontraram os dele. Um sentimento de piedade infinita, não por si mesmo, mas pela imagem pintada, apoderou-se do jovem. Já havia se alterado, e ainda se alteraria mais. O dourado desvaneceria para o cinza. As rosas vermelhas e brancas morreriam. Para cada pecado que ele cometesse, uma mancha macularia e arruinaria sua beleza. Mas ele não pecaria. O retrato, alterado ou não, serviria como o símbolo visível de sua consciência. Ele resistiria à tentação. Não veria lorde Henry nunca mais – não daria ouvidos, de forma alguma, àquelas teorias sutilmente venenosas que, no jardim de Basil Hallward, haviam despertado em seu interior a paixão por coisas impossíveis. Voltaria para Sibyl Vane, pediria desculpas, casaria com ela, tentaria amá-la novamente. Sim, esse era o seu dever. Ela devia ter sofrido mais do que ele. Pobre criança! Ele a tratara com egoísmo e crueldade. O fascínio que a jovem exercera sobre ele voltaria. Viveriam felizes juntos. A vida a dois seria bela e pura.

Dorian Gray levantou-se da poltrona e arrastou um grande biombo para tampar o retrato, estremecendo ao fitá-lo.

– Que coisa horrível! – murmurou, e foi até a porta e a abriu.

Ao sair para o gramado, respirou fundo. O ar fresco da manhã pareceu dissipar todas as paixões sombrias. Pensava apenas em Sibyl. Um eco tênue de amor retornou a ele. Proferiu o nome dela uma vez após a outra. Os pássaros que cantavam no jardim orvalhado pareciam contar às flores sobre ela.

Capítulo oito

Já passava muito do meio-dia quando Dorian Gray acordou. O criado havia se esgueirado diversas vezes para o quarto na ponta dos pés para ver se ele estava acordando, e perguntou-se por que o patrão fora dormir tão tarde. Por fim a sineta soou, e Victor entrou silenciosamente com uma xícara de chá e uma pilha de cartas sobre uma antiga bandejinha de porcelana de Sèvres, e descerrou as cortinas de cetim verde-oliva, orladas de azul brilhante, que pendiam das três janelas altas.

– *Monsieur* dormiu muito bem hoje – disse ele, sorrindo.

– Que horas são, Victor? – perguntou Dorian Gray, sonolento.

– Uma e quinze, *monsieur*.

Que tarde! Ele se sentou e, depois de bebericar o chá, deu uma olhada nas cartas. Uma delas, entregue em mãos naquela manhã, era de lorde Henry. Hesitou por um instante e depois a colocou de lado. Abriu as outras com indiferença. Resumiam-se ao mesmo de sempre: uma seleção habitual de cartões, convites para jantar, ingressos para exibições privadas, programas de concertos beneficentes e coisas do tipo, que borbotam sobre os jovens refinados todas as manhãs durante a temporada. Havia também uma conta de valor um tanto elevado, referente a um conjunto de toalete Luís XV com *repoussé* em prata, a qual ele ainda não tivera a coragem de enviar a seus tutores, pessoas extremamente antiquadas que não percebiam a vida em uma época em que as coisas desnecessárias eram as únicas necessidades, e ali estavam ainda vários anúncios cuidadosamente redigidos de agiotas da Jermyn Street oferecendo o adiantamento imediato de qualquer quantia de dinheiro a taxas de juros muito razoáveis.

Depois de cerca de dez minutos, ele se levantou e, vestindo um robe requintado de caxemira bordado com seda, entrou no banheiro revestido com piso de ônix. A água fria o refrescou depois das longas horas de sono, e parecia esquecido de tudo que acontecera. Um sentimento vago de ter participado de uma tragédia estranha o invadiu uma ou duas vezes, mas assemelhava-se à irrealidade de um sonho.

Assim que se vestiu, foi à biblioteca e sentou-se para um leve desjejum francês, servido em uma mesinha redonda perto da janela aberta. O dia estava deslumbrante. O ar cálido parecia impregnado de especiarias. Uma abelha entrou voando e zumbiu ao redor do vaso de porcelana ornado com dragões azuis que, cheio de rosas amarelo-enxofre, estava diante dele. Sentia-se plenamente feliz.

De súbito, seu olhar recaiu sobre o biombo com o qual escondera o retrato, e sobressaltou-se.

— Está com muito frio, *monsieur*? — perguntou o criado, colocando a omelete sobre a mesa. — Devo fechar a janela?

Dorian negou com a cabeça.

— Não estou com frio — murmurou.

Seria tudo verdade? O retrato estaria realmente alterado? Ou teria sido apenas a imaginação que o levara a enxergar uma aparência maligna onde transparecia júbilo? Certamente uma tela pintada não se alteraria, não é? Era uma ideia absurda. Uma boa história para contar a Basil algum dia. Ela o divertiria.

Contudo, como a lembrança lhe parecia vívida! Primeiro, no crepúsculo penumbroso, e depois no amanhecer iluminado, ele tinha vislumbrado um vestígio de crueldade em torno dos lábios crispados. Quase chegou a temer que o criado saísse do cômodo. Sabia que, de novo sozinho, teria de examinar o retrato. E receava a confirmação. Quando o café e os cigarros foram trazidos e o homem se virou para sair, ele sentiu um desejo insano de pedir-lhe que ficasse. No instante que a porta estava se fechando, chamou-o de volta. O homem parou, aguardando as ordens. Dorian o fitou por um instante.

– Não estou em casa para ninguém, Victor – declarou com um suspiro. O homem fez uma mesura e retirou-se.

Em seguida, Dorian saiu da mesa, acendeu um cigarro e se afundou em um sofá de estofamento luxuoso que ficava de frente para o antigo biombo de couro espanhol dourado, estampado e adornado com um desenho florido de Luís XIV. Ele o examinou com curiosidade, imaginando se alguma vez teria escondido o segredo da vida de um homem.

Deveria tirá-lo de lá, apesar de tudo? Por que não o deixar ali? De que adiantaria saber? Se fosse mesmo verdade, seria terrível. Se não fosse, por que se preocupar? Mas e se, por destino ou acaso mais perigoso, outros olhos que não os dele perscrutassem atrás do biombo e vissem a horrível mudança? O que ele faria se Basil Hallward aparecesse e pedisse para ver o retrato que pintara? Basil certamente faria isso. Não, ele precisava examinar o quadro o quanto antes. Qualquer coisa seria melhor que a terrível sensação de dúvida.

Então se levantou e trancou as duas portas. Estaria sozinho quando encarasse a máscara de sua vergonha. Em seguida, afastou o biombo para o lado e se viu cara a cara consigo mesmo. Verdade: o retrato estava diferente.

Como se lembrou muitas vezes depois disso, e sempre com grande espanto, ele se viu primeiro olhando para o retrato com um sentimento de interesse quase científico. Parecia-lhe inacreditável que tal transformação tivesse ocorrido. E, no entanto, era fato. Poderia haver alguma afinidade sutil entre os átomos químicos que se moldaram em cor e forma na tela e a alma que nele residia? Poderiam eles concretizar o que a alma pensava? Tornar os seus sonhos realidade? Ou haveria algum outro motivo mais terrível?

Ele estremeceu com medo. Voltou para o sofá e lá ficou deitado, fitando o retrato com um horror nauseante.

Sentia, contudo, que o retrato lhe proporcionara algo: a consciência de como fora injusto e cruel com Sibyl Vane. Não seria tarde demais para uma reparação. Ela ainda poderia ser esposa dele. O amor irreal e egoísta que ele nutrira cederia a alguma influência superior, acabaria se transformando em uma paixão mais nobre, e o retrato que Basil Hallward pintara lhe serviria de guia ao longo da vida, seria para ele o que a santidade significa para alguns e a consciência significa para outros, e o temor a Deus significa para todos nós. Havia opiáceos para o remorso, drogas capazes de induzir o senso moral a um torpor adormecido. Mas ali estava um símbolo visível da degradação provocada pelo pecado. Ali estava um sinal onipresente da ruína a que os homens submetiam as suas almas.

O relógio soou as três horas, e as quatro, e a meia hora bateu a badalada dupla, mas Dorian Gray não se mexeu. Tentava reunir os fios escarlates da vida para tecê-los em um padrão, para encontrar seu caminho em meio ao labirinto sanguíneo de paixão pelo qual deambulava. Não sabia o que fazer ou o que pensar. Por fim, caminhou até a escrivaninha e escreveu uma carta apaixonada para a garota que havia amado, implorando-lhe perdão e acusando a si mesmo de insanidade. Preencheu páginas e mais páginas com palavras vertiginosas de tristeza e palavras ainda mais vertiginosas de dor. Reside um certo esplendor em repreender a si mesmo. Quando nos criticamos, sentimos que mais ninguém tem o direito de nos criticar. É a confissão, e não o padre, que nos absolve. Assim que Dorian terminou a carta, sentia que havia sido perdoado.

De repente, uma batida à porta, e ele ouviu a voz de lorde Henry.

– Meu caro rapaz, preciso vê-lo. Deixe-me entrar agora mesmo. Não consigo suportar que se isole desta forma.

A princípio ele não respondeu, continuando imóvel. As batidas persistiram e ficaram mais altas. Sim, seria melhor deixar lorde Henry entrar para lhe explicar a nova vida que passaria a levar; discutiria com ele se fosse necessário, romperia laços se fosse inevitável. Levantou-se de um salto, arrastou o biombo apressadamente para a frente do retrato e depois destrancou a porta.

– Lamento muito por tudo isso, Dorian – disse lorde Henry ao entrar. – Mas não fique remoendo o assunto.

– Está falando de Sibyl Vane? – perguntou o rapaz.

– Estou, é claro – respondeu lorde Henry, afundando-se em uma poltrona e tirando as luvas amarelas lentamente. – É terrível, de um determinado ponto de vista, mas não foi sua culpa. Diga-me, você foi encontrá-la nos bastidores depois da peça?

– Fui.

– Eu tinha certeza de que iria. Fez um escândalo com ela?

– Fui brutal, Harry. Completamente brutal. Mas está tudo bem agora. Não me arrependo. Serviu de ensinamento para eu me conhecer melhor.

– Ah, Dorian, fico feliz que encare as coisas dessa forma! Tive medo de encontrá-lo mergulhado em remorso, arrancando os belos cabelos encaracolados.

– Já superei todo o acontecido – declarou Dorian, meneando a cabeça e sorrindo. – Estou plenamente feliz agora. Para começo de conversa, sei o que é consciência. E não é o que você me disse. Trata-se da coisa mais divina que existe em nós. Não desdenhe dela nunca mais, Harry. Ao menos não na minha frente. Quero ser bom. Não suporto a ideia de ter uma alma horrível.

– Uma base artística muito encantadora para a ética, Dorian! Eu o parabenizo por ela. Mas como pretende começar?

– Casando-me com Sibyl Vane.

– Casando-se com Sibyl Vane! – exclamou lorde Henry, pondo-se de pé e o encarando, perplexo e espantado. – Mas, meu caro Dorian...

– Sim, Harry, bem sei que você vai dizer algo terrível sobre o casamento. Não diga nada. Nunca mais me diga coisas assim. Dois dias atrás, pedi Sibyl em casamento. Não vou quebrar minha promessa. Sibyl será a minha esposa.

– Sua esposa! Dorian!... Você não recebeu a minha carta? Eu lhe escrevi hoje cedo e a enviei pelo meu próprio criado.

– Sua carta? Oh, sim, eu me lembro. Ainda não a li, Harry. Tive receio de haver nela algo de que eu não gostasse. Você fragmenta a vida em pedaços com os seus epigramas.

– Então não sabe de nada?

– A que você se refere?

Lorde Henry atravessou o cômodo e, sentando-se ao lado de Dorian Gray, tomou-lhe ambas as mãos e as segurou com firmeza.

-- Dorian – começou –, a minha carta... não tenha medo... era para lhe contar que Sibyl Vane está morta.

Um grito de dor irrompeu dos lábios do rapaz, que se levantou de um salto, desvencilhando as mãos do aperto de lorde Henry.

– Morta! Sibyl está morta! Impossível! É uma mentira horrível! Como se atreve a dizer isso?

– É a mais pura verdade, Dorian – declarou lorde Henry em tom sério. – A notícia está em todos os jornais matutinos. Escrevi para lhe pedir que não visse ninguém antes que eu chegasse. Haverá um inquérito, é claro, e você não deve se envolver. Coisas desse tipo deixam um homem em evidência em Paris. Em Londres, contudo, as pessoas são muito preconceituosas. Aqui, ninguém pode fazer o seu *début* com um escândalo. Deve-se poupá-lo para tornar a velhice interessante. Imagino que não saibam o seu nome lá no teatro. Se for o caso, está tudo bem. Alguém o viu indo ao camarim? Esse é um ponto importante.

Por alguns instantes, Dorian não disse nada, atordoado de horror. Enfim balbuciou, com a voz abafada:

– Harry, você disse algo sobre inquérito? O que quis dizer com isso? Sibyl...? Ah, Harry, não posso suportar! Seja breve. Conte-me tudo de uma vez.

– Não tenho dúvidas de que não foi um acidente, Dorian, embora deva ser assim apresentado para o público. Parece que, quando estava saindo do teatro com a mãe, por volta de meia-noite e meia, Sibyl disse que tinha esquecido algo lá em cima. Esperaram por um tempo, mas ela não tornou a descer. Por fim, encontraram-na morta no chão do camarim. Ela engoliu alguma coisa por engano, uma coisa horrível que se usa no teatro. Não sei o que era, mas continha ácido prússico ou chumbo branco. Imagino que ácido prússico, pois, ao que parece, ela morreu instantaneamente.

– Harry, Harry, isso é terrível! – exclamou o rapaz.

– Sim. É muito trágico, naturalmente, mas você não deve se envolver. Vi no *The Standard* que ela tinha dezessete anos. Pensei que fosse mais nova, afinal, parecia uma criança e, de certo, quase nada sabia sobre atuação. Dorian, não permita que isso o afete. Precisa vir jantar comigo, e depois podemos dar uma passada na ópera. Adelina Patti se apresentará esta noite, e todos estarão lá. Você pode ficar no camarote de minha irmã. Ela estará acompanhada de algumas mulheres interessantes.

– Então eu matei Sibyl Vane – disse Dorian, um tanto para si mesmo. – Matei-a tão certamente como se eu mesmo tivesse cortado seu pescoço delicado com uma faca. E, no entanto, as rosas não são menos adoráveis por isso. Os pássaros continuam a cantar com a mesma alegria no meu jardim. E vou jantar com você esta noite, e em seguida irei à ópera, e depois cear em algum lugar, imagino. Como a vida é extraordinariamente dramática! Se eu tivesse lido isso em um livro, Harry, acho que choraria. De alguma forma, agora que realmente aconteceu, e comigo, parece impressionante demais para suscitar lágrimas. Aqui está a primeira carta de amor que escrevi na vida. Estranho que a minha primeira carta de amor se destine a uma garota morta. Será que elas são capazes de sentir? Aquelas pessoas pálidas e silenciosas que chamamos de mortas? Sibyl! Será ela capaz de sentir, saber ou ouvir? Oh, Harry, como a amei um dia! Agora me parece que foi há anos. Ela era tudo para mim. E então veio aquela noite medonha... foi realmente na noite passada? Aquela noite em que ela atuou tão mal, e meu coração quase se partiu. Mas ela me explicou tudo. Foi terrivelmente patético. Mas não me comovi. Eu a achei frívola. De repente, algo me despertou certo medo. Não posso lhe contar o que aconteceu, mas foi apavorante. E decidi que voltaria para ela. Senti que agira errado. E agora ela está morta. Meu Deus! Meu Deus! Harry, o que devo fazer? Você não sabe o perigo que corro, e não há nada para me manter na linha. Sibyl teria feito isso por mim. Ela não tinha o direito de se matar. Foi egoísta.

– Meu caro Dorian – começou lorde Henry, tirando um cigarro de dentro da cigarreira e pegando uma caixa de fósforos folheada a ouro –, uma mulher só consegue moldar um homem entediando-o tanto que ele perde todo o interesse pela vida. Se você tivesse se casado com aquela garota, teria sido miserável. Até a trataria com bondade, é claro. Sempre conseguimos ser bondosos com as pessoas com as quais não nos importamos. Mas ela logo descobriria que era totalmente indiferente para você. E quando uma mulher descobre isso a respeito do marido, torna-se desleixada, ou passa a usar chapéus muito elegantes pagos pelo marido de outra. Não direi nada sobre o equívoco social, que teria sido abjeto, e que, naturalmente, eu não teria permitido, mas asseguro-lhe que, de um jeito ou de outro, toda essa história teria sido um completo fracasso.

– Imagino que sim – murmurou o rapaz, percorrendo o cômodo de um lado ao outro e parecendo terrivelmente pálido. – Mas eu achava que era meu dever. Não é minha culpa que essa terrível tragédia tenha me impedido de fazer a coisa certa. Lembro-me de que, uma vez, você disse que existe certa fatalidade nas boas resoluções, que elas são sempre tomadas tarde demais. As minhas certamente foram.

– Boas resoluções são tentativas inúteis de interferir nas leis da ciência. A origem delas é pura vaidade. O resultado é absolutamente nulo. Elas nos fornecem, vez ou outra, algumas daquelas emoções estéreis e deslumbrantes que apresentam certo encanto para os fracos. E mais nada. Não passam de cheques que os homens sacam de um banco onde não têm conta aberta.

– Harry! – exclamou Dorian Gray, aproximando-se e sentando-se ao lado dele. – Por que não consigo sentir a intensidade dessa tragédia? Não me acho insensível. Você acha?

– Você fez muitas coisas estúpidas nas últimas duas semanas para se enquadrar nessa definição, Dorian – respondeu lorde Henry com seu sorriso doce e melancólico.

O rapaz franziu a testa.

– Não gostei dessa explicação, Harry – declarou –, mas fico feliz por você não pensar que sou insensível. Não sou nada disso. Sei que não. No entanto, admito que essa história não me afeta como deveria. Parece-me apenas um final maravilhoso para uma peça maravilhosa. É dotada de toda a beleza terrível de uma tragédia grega, e uma tragédia em que desempenhei um papel muito importante, apesar de não me ferir.

– Uma questão bem interessante – afirmou lorde Henry, que sentia um prazer extraordinário em brincar com a egolatria inconsciente do rapaz. – Uma questão muitíssimo interessante. Creio que a real explicação seja esta: as verdadeiras tragédias da vida muitas vezes acontecem de uma forma tão pouco artística que nos ferem com sua violência rudimentar, sua incoerência absoluta, sua absurda falta de sentido, sua completa falta de estilo. E acabam nos afetando exatamente como a vulgaridade, ou seja, passam-nos a impressão de pura força bruta, e nos revoltamos contra isso. Volta e meia, contudo, aflora em nossa vida uma tragédia dotada de elementos artísticos de beleza. Se forem reais, a coisa toda simplesmente apela para o nosso gosto pelo efeito dramático. De súbito, descobrimos que não somos mais os atores, e sim os espectadores da peça. Ou melhor, somos ambos. Assistimos a nós mesmos, e o mero encanto do espetáculo nos cativa. No presente caso, o que de fato aconteceu? Alguém se matou por amor a você. Quisera eu ter vivenciado algo do tipo; permaneceria o resto da vida apaixonado pelo amor. As pessoas que me adoraram... não foram muitas, mas houve algumas... sempre insistiram em continuar vivendo, mesmo muito depois de eu não mais me importar com elas, ou de elas se importarem comigo. Tornaram-se robustas e enfadonhas, e quando as encontro, vão direto para as reminiscências. Que medonha a memória das mulheres! Que coisa apavorante! E que completa estagnação intelectual revela! Devemos absorver as cores da vida, mas jamais nos lembrarmos de seus detalhes. Os detalhes são sempre grosseiros.

– Eu deveria semear papoulas no meu jardim – observou Dorian com um suspiro.

– Não é necessário – retrucou o companheiro. – As mãos da vida sempre carregam papoulas. É claro que, vez ou outra, as coisas demoram. Certa vez, usei apenas violetas durante toda a estação, como uma forma de luto artístico por um romance que não morria. No fim das contas, no entanto, morreu. Esqueci a causa da morte, mas acho que foi ela propor o sacrifício do mundo inteiro por mim. Esse é sempre um momento terrível, que nos enche com o terror da eternidade. Bem... você acreditaria? Uma semana atrás, na casa de lady Hampshire, eu me vi sentado à mesa de jantar ao lado da dama em questão, e ela insistiu em relembrar o passado de novo, desenterrá-lo e escarafunchar o futuro. Eu havia enterrado o meu romance em um canteiro de asfódelos. Ela o trouxe à tona novamente e me assegurou de que eu arruinara a sua vida. Ainda acrescento que ela comeu muito bem no jantar, de modo que não senti nenhuma inquietação. Mas que falta de gosto a mulher demonstrou! O único encanto do passado é jazer no passado. As mulheres, no entanto, nunca sabem quando a cortina se fecha. Sempre querem um sexto ato e, assim que o interesse pela peça acaba, elas se propõem a continuá-la. Se tivessem permissão de fazer as coisas a seu modo, toda comédia teria um final trágico e toda tragédia culminaria em uma farsa. Elas são encantadoramente artificiais, mas desprovidas de senso artístico. Você é mais afortunado do que eu. Garanto-lhe, Dorian, que nenhuma das mulheres de minha vida faria por mim o que Sibyl Vane fez por você. Mulheres comuns sempre encontram uma forma de se consolar. Algumas se enveredam por cores sentimentais. Nunca confie em uma mulher que esteja usando malva, seja qual for a idade dela, nem em uma mulher com mais de trinta e cinco anos que goste de fitas cor-de-rosa. Isso sempre significa que elas têm uma história. Outras encontram grande consolo na descoberta, de uma hora para outra, das boas qualidades dos maridos. Alardeiam sua felicidade conjugal na nossa cara, como se fosse o mais fascinante dos pecados. Outras se consolam por meio da religião, cujos mistérios guardam todo o encanto de um flerte, uma mulher me disse certa vez, e entendo perfeitamente. Além disso, nada envaidece mais uma pessoa do que lhe dizerem que é uma pecadora. A consciência nos torna todos egoístas. Sim... Realmente, os consolos que as mulheres encontram na vida moderna são infinitos. Na verdade, não mencionei o mais importante deles.

– E qual é, Harry? – perguntou o rapaz com indiferença.

– Oh, o consolo mais óbvio. Tomar o admirador de outra pessoa quando perdem o próprio. Na boa sociedade, isso sempre mascara as falhas de uma mulher. Mas realmente, Dorian, como Sibyl Vane deve ter sido diferente de todas as mulheres que conhecemos! Para mim, existe um quê de beleza na morte dela. Sinto-me feliz de viver neste século em que tais maravilhas acontecem. Elas nos levam a acreditar na realidade das coisas com que todos brincamos, como o romance, a paixão e o amor.

– Fui terrivelmente cruel com ela. Você está se esquecendo disso.

– Receio que as mulheres apreciem a crueldade, a pura crueldade, mais do que qualquer outra coisa. Elas têm instintos maravilhosamente primitivos. Nós as emancipamos, mas ainda assim seguem escravas à procura de senhores. Amam ser dominadas. Tenho certeza de que você foi esplêndido. Nunca o vi verdadeira e absolutamente irritado, mas imagino que tenha parecido adorável. E, afinal de contas, você me disse algo anteontem que, na hora, pareceu-me um mero devaneio, mas agora vejo que era absolutamente verdadeiro, e representa a chave para tudo.

– O que era, Harry?

– Que Sibyl Vane representava para você todas as heroínas dos romances: Desdêmona em uma noite e Ofélia na outra; disse que, se ela morresse como Julieta, voltaria à vida como Imogênia.

– Ela nunca mais vai voltar à vida agora – murmurou o rapaz, afundando o rosto entre as mãos.

– Não, ele nunca vai voltar à vida. Desempenhou seu último papel. Mas encare aquela morte solitária em um camarim de mau gosto como um fragmento lúgubre e estranho de uma tragédia jacobina, como uma cena maravilhosa de Webster, ou de Ford, ou de Cyril Tourneur. Considerando que a garota nunca viveu de verdade, também nunca morreu de verdade. Para você, ao menos, ela sempre foi um sonho, um fantasma que esvoaçava pelas peças de Shakespeare e as deixava mais encantadoras pela sua presença, uma palheta de sopro através da qual a musicalidade de Shakespeare soava mais rica e mais cheia de alegria. No momento que vislumbrou a vida real, ela a arruinou, e a vida a arruinou, e assim ela se foi. Chore por Ofélia, se quiser. Cubra de cinzas a sua fronte porque Cordélia foi estrangulada. Esbraveje com o céu porque a filha de Brabâncio morreu..., mas não desperdice lágrimas com Sibyl Vane. Ela era menos real do que as outras.

Seguiu-se um silêncio. A noite eclipsava o aposento. Silenciosamente, com pés prateados, as sombras se esgueiravam, vindas do jardim. As cores se desprendiam, extenuadas, dos objetos.

Passado algum tempo, Dorian Gray ergueu o olhar.

– Você me explicou, Harry – murmurou com algo semelhante a um suspiro de alívio. – Eu sentia tudo o que você disse, mas de certa forma tinha medo e não conseguia externar as coisas para mim mesmo. Como me conhece bem! Mas não voltemos ao que aconteceu. Foi uma experiência maravilhosa. Isso é tudo. Eu me pergunto se a vida ainda me reserva uma experiência tão maravilhosa assim.

– A vida lhe reserva tudo, Dorian. Não há nada que você, com sua extraordinária beleza, não seja capaz de fazer.

– Mas suponha, Harry, que eu fique desfigurado, velho e enrugado? O que vai ser de mim?

– Ah, nesse caso... – começou lorde Henry, levantando-se para ir embora. – Nesse caso, meu caro Dorian, você teria de lutar para alcançar vitórias. Na atual conjuntura, elas vêm até você. Não, a sua beleza será preservada. Vivemos em uma época que lê demais para ser sábia, e que pensa muito para ser bela. Não podemos dispensar você. E agora é melhor que se vista para irmos ao clube. Já estamos muito atrasados.

– Acho que vou à ópera com você, Harry. Estou muito cansado para comer, seja o que for. Qual é o número do camarote de sua irmã?

– Acho que 27. Fica no balcão superior. Você verá o nome dela na porta. Mas lamento que não venha para o jantar.

– Não estou com vontade... – disse Dorian apaticamente. – Mas sou incrivelmente grato a você por tudo o que me disse. Com certeza é o meu melhor amigo. Ninguém jamais me entendeu como você.

– Estamos apenas no início de nossa amizade, Dorian – afirmou lorde Henry, apertando a mão do amigo. – Adeus. Espero vê-lo antes das nove e meia. Lembre-se, Adelina Patti vai se apresentar.

Depois de fechar a porta, Dorian tocou a sineta e, em alguns minutos, Victor apareceu com as luminárias e fechou as cortinas. Impaciente, Dorian esperou que ele saísse. O homem parecia levar um tempo interminável para fazer qualquer coisa.

Assim que ele saiu, Dorian correu para o biombo e o arrastou para o lado. Não; não havia outra mudança no retrato. O quadro ficara sabendo da notícia da morte de Sibyl Vane antes dele próprio. Tomava consciência dos acontecimentos da vida à medida que ocorriam. A perversidade cruel que desfigurava as linhas delicadas da boca sem dúvida surgiu no instante exato que a garota tomara o tal do veneno. Ou seria indiferente aos resultados? Tomaria conhecimento apenas do que se passava na alma? O rapaz ponderou sobre a questão, e desejou um dia ver a mudança materializar-se diante de seus olhos, estremecendo enquanto ansiava por isso.

Pobre Sibyl! Que romance fora tudo aquilo! Ela simulara a morte muitas vezes no palco. Depois a própria Morte a havia tocado e a levado consigo. Como ela teria atuado naquela terrível cena final? Teria o amaldiçoado ao morrer? Não; morrera por amor a Dorian, e o amor sempre seria um sacramento para ele a partir de então. Ela expiara tudo pelo sacrifício da própria vida. Ele não pensaria mais no que a jovem o fizera passar naquela noite horrível no teatro. Quando pensasse nela, resgataria uma figura trágica e maravilhosa, enviada ao palco do mundo para revelar a realidade suprema do amor. Uma figura trágica e maravilhosa! Lágrimas irromperam em seus olhos quando se lembrou da aparência infantil da garota, e de seus modos encantadores e fantasiosos, e de sua graça trêmula. Enxugou-as rapidamente e fitou mais uma vez o retrato.

Sentiu que de fato chegara o momento de fazer uma escolha. Ou a escolha já teria sido feita? Sim, a vida decidira por ele – a vida, e a infinita curiosidade que ele nutria por ela. Juventude eterna, paixão infinita, prazeres sutis e segredos, alegrias desenfreadas e pecados ainda mais desenfreados – ele teria tudo isso. O retrato incorporaria o fardo de sua vergonha, e nada mais.

Arrebatado por um sentimento de dor, pensou na profanação reservada para o belo rosto na tela. Certa ocasião, em uma imitação infantil de Narciso, ele havia beijado, ou fingira beijar, aqueles lábios pintados que naquele momento lhe sorriam com tanta crueldade. Manhã após manhã, ele se sentara diante do retrato, admirado com a própria beleza, quase enamorado dela, como lhe parecera algumas vezes. O retrato se alteraria a cada estado de espírito a que ele se entregasse? Acabaria tornando-se tão monstruoso e repulsivo que seria escondido em um cômodo trancado, ocultado da luz do sol, que tantas vezes revestira a maravilha ondulante de seus cabelos com um ouro ainda mais reluzente? Que pena! Que pena!

Por um momento, pensou em rezar para que a terrível afinidade entre ele e o retrato se dissipasse. A imagem se modificara em resposta a uma súplica; talvez, também em resposta a uma súplica, continuasse inalterado. E, no entanto, quem, conhecendo a vida, abriria mão da oportunidade de permanecer sempre jovem, por mais fantasiosa que fosse a ideia, ou por mais fatídicas que fossem as consequências? Além disso, o retrato estaria realmente sob o controle dele? Teria sido de fato a súplica que suscitara a transformação? Haveria alguma razão científica curiosa para tudo aquilo? Se o pensamento pudesse influenciar um organismo vivo, não poderia o próprio pensamento influenciar coisas mortas e inorgânicas? E mais, sem pensamento ou desejo consciente, não poderiam as coisas externas a nós vibrar em uníssono com os nossos estados de espírito e paixões, átomo chamando átomo em amor secreto ou estranha afinidade? Pouco importava o motivo. Ele nunca mais tentaria conquistar, com uma súplica, qualquer poder terrível. Se o retrato tivesse de se alterar, que se alterasse. E nada mais. Por que o sondar tão de perto?

Haveria, pois, um prazer genuíno em observá-lo, ato que conduziria o rapaz aos recônditos secretos da própria mente. O retrato seria para ele o mais mágico dos espelhos. Da mesma forma que lhe revelara o corpo, também lhe revelaria a alma. E, quando o inverno chegasse, ele ainda estaria onde a primavera estremece no limiar do verão. Quando o sangue desvanecesse daquele rosto pintado e deixasse para trás uma máscara pálida como giz e olhos plúmbeos, ele próprio conservaria o encanto da juventude. Nenhuma flor de sua beleza jamais murcharia. Nenhuma pulsação de sua vida esmoreceria. Assim como os deuses dos gregos, ele seria forte, ágil e alegre. O que importava a respeito do que aconteceria com a imagem colorida na tela? Ele estaria a salvo: tudo se resumia a isso.

Tornou a arrastar o biombo para a frente do retrato, sorrindo ao fazê-lo, e caminhou para o quarto, onde o criado o esperava. Uma hora mais tarde, estava na ópera, com lorde Henry se debruçando sobre seu assento.

Capítulo nove

Enquanto Dorian tomava o desjejum na manhã seguinte, Basil Hallward foi conduzido ao cômodo.

– Estou muito feliz de encontrá-lo, Dorian – disse ele em tom sério. – Estive aqui ontem à noite, mas me falaram que você estava na ópera. Eu sabia que isso era impossível, é claro. Mas gostaria que tivesse deixado um recado dizendo aonde tinha ido de fato. Passei uma noite horrível, em parte pelo medo de que sobreviesse outra tragédia. Acho que você poderia ter me telegrafado assim que soube da notícia. Li a respeito por acaso, em uma edição vespertina do *The Globe* que comprei no clube. Vim para cá na hora e fiquei desolado por não o ter encontrado. Não consigo nem expressar minha profunda tristeza com toda essa história. Sei que você deve estar sofrendo. Por onde andou? Foi atrás da mãe da garota? Por um momento, pensei em procurá-lo por lá. O endereço estava no jornal. Em algum lugar na Euston Road, certo? Entretanto, tive receio de me intervir em uma tristeza que não poderia apaziguar. Pobre mulher! Em que estado deve estar! Ainda por cima, sua única filha! O que ela disse a respeito de tal tragédia?

– Meu caro Basil, como eu saberia? – murmurou Dorian Gray, sorvendo um vinho amarelo-claro de um cálice delicado de vidro veneziano com contas douradas, e parecendo bastante entediado. – Eu estava na ópera. Você também deveria ter ido. Conheci lady

Gwendolen, irmã de Harry. Ficamos no camarote dela. É uma mulher muito encantadora, e Adelina Patti cantou divinamente. Não mencione assuntos tão medonhos. Se nunca falarmos sobre determinado evento, parecerá que ele nunca aconteceu. É a mera manifestação, como diz Harry, que atribui realidade às coisas. E digo-lhe que ela não era a única filha da mulher. Também há um filho, creio que um sujeito esplêndido. Mas não é ator. Trabalha como marinheiro, ou coisa que o valha. E, agora, fale-me sobre você e sobre o que está pintando.

– Você foi à ópera? – perguntou Hallward de modo vagaroso, na voz, um toque carregado de pesar. – Você foi à ópera enquanto Sibyl Vane jazia morta em uma pensão sórdida qualquer? Como consegue me contar sobre outras mulheres encantadoras e sobre Adelina Patti cantando divinamente antes que a garota que você amava tenha ao menos o sossego de um túmulo para descansar? Ora, homem, há muitos horrores reservados para o corpinho pálido de Sibyl Vane!

– Pare, Basil! Não quero ouvir mais nada! – gritou Dorian, levantando-se de um salto. – Não fale sobre essas coisas para mim. O que aconteceu, aconteceu. O que é passado, é passado.

– Chama o dia de ontem de passado?

– O que o período de tempo exato tem a ver com isso? Apenas pessoas supérfluas precisam de anos para se livrar de uma emoção. O homem que é senhor de si mesmo dá cabo de uma tristeza com a mesma facilidade com que inventa um prazer. Não quero ficar à mercê de minhas emoções. Quero usá-las, aproveitá-las e dominá-las.

– Dorian, isso é horrível! Alguma coisa o transformou completamente. Por fora, parece o mesmo rapaz maravilhoso que, dia após dia, costumava ir ao meu ateliê posar para o próprio retrato. Mas naquela época você era simples, natural e afetuoso, a criatura mais imaculada do mundo todo. Agora, não sei o que lhe ocorreu. Fala como se não tivesse coração, nem um pingo de piedade. É tudo influência de Harry. Sei disso.

O rapaz corou e, dirigindo-se para a janela, passou alguns instantes fitando o jardim verde, bruxuleante e banhado pelo sol.

– Devo muito a Harry, Basil – disse por fim. – Mais do que devo a você, que só me ensinou a vaidade.

– Bem, estou sendo punido agora, Dorian... ou serei um dia.

– Não entendo o que quer dizer com isso, Basil! – exclamou o rapaz, virando-se. – Não sei o que você quer. O que quer?

– Quero o Dorian Gray que retratei um dia – declarou o artista com tristeza.

– Basil – disse o rapaz, aproximando-se e colocando a mão no ombro dele –, você chegou tarde demais. Ontem, quando fiquei sabendo que Sibyl Vane havia se matado...

– Matou-se! Deus do céu! Não há dúvidas quanto a isso? – perguntou Hallward, fitando-o com uma expressão horrorizada.

– Meu caro Basil! Você certamente não acha que foi um mero acidente, acha? É claro que ela se matou.

O homem mais velho afundou o rosto entre as mãos.

– Que coisa horrível – murmurou, e um tremor lhe percorreu o corpo.

– Não – disse Dorian Gray. – Não há nada de horrível. Trata-se de uma das maiores tragédias românticas de nosso tempo. Quase sempre, a vida dos atores de teatro é bastante comum: maridos bons, ou esposas fiéis, ou algo entediante. Você sabe que me refiro à virtude da classe média e todo esse tipo de coisa. Sibyl era diferente! Ela viveu a melhor de suas tragédias. Sempre foi uma heroína. Na última noite em que atuou, a noite em que você a viu, atuou mal porque conhecera a realidade do amor. Assim, ao ter ciência da sua irrealidade, ela morreu, como Julieta teria morrido. Passou novamente para a esfera da arte. Há um quê de mártir nela. Sua morte teve toda a inutilidade patética do martírio, toda a beleza desperdiçada. Mas, como eu estava dizendo, não pense que não sofri. Se você tivesse vindo ontem... por volta das cinco e meia, talvez, ou quinze para as seis... teria me encontrado desmanchado em lágrimas. Até mesmo Harry, que estava aqui e me deu a notícia, na verdade não fazia ideia do que eu estava passando. Sofri intensamente. E depois o sofrimento foi embora. Não consigo reviver uma emoção. Ninguém consegue, exceto os sentimentais. E você está sendo terrivelmente injusto, Basil. Veio até aqui para me consolar, sem dúvida, uma atitude encantadora. Ao me encontrar consolado, contudo, ficou furioso. Quanta compreensão! Você me lembra de uma história que Harry contou sobre um certo filantropo que dedicou vinte anos da vida à tentativa de retificar um agravo ou alterar uma lei injusta... esqueci exatamente o quê. Enfim ele conseguiu, mas nada o deixaria mais decepcionado. Absolutamente nada mais havia para fazer, quase morreu de tédio, e transformou-se em um misantropo convicto. Ademais, meu caro Basil, se quer mesmo me consolar, ensine-me a esquecer o que aconteceu, ou a encarar a história de um ponto de vista artístico adequado. Não era Gautier quem costumava escrever sobre a *consolation des arts*? Lembro-me de pegar um livrinho de velino encadernado no seu ateliê certo dia e de encontrar essa frase maravilhosa. Bem, não sou como aquele jovem de quem você me falou quando estávamos em Marlow, aquele que vivia dizendo que cetim amarelo consolaria alguém de todas as desgraças da vida. Amo as coisas belas que podemos tocar e manusear. Brocados antigos, bronzes verdes, trabalhos em laca, marfins esculpidos, ambientes suntuosos, luxo, pompa... há muito a se apreciar nisso tudo. Mas o temperamento artístico que o requinte cria ou, para todos os efeitos, revela, é ainda mais importante para mim. Tornar-se espectador da própria vida, como diz Harry, é escapar do sofrimento. Sei que se surpreende ao me ver falar assim. Ainda não percebeu como evoluí. Não passava de um rapazote em idade escolar quando você me conheceu. Agora sou um homem. Tenho novas paixões, novos pensamentos, novas ideias. Estou diferente, mas não deve gostar menos de mim por isso. Estou mudado, mas deve continuar sendo sempre meu amigo. Gosto muito de Harry, é claro. Mas sei que você é superior a ele. Não é mais forte, pois tem muito medo da vida, mas é melhor.

E como éramos felizes juntos! Não me deixe, Basil, e não brigue comigo. Sou o que sou. Não há mais nada a ser dito.

O pintor se sentiu estranhamente comovido. Nutria um carinho infinito pelo rapaz, cuja personalidade marcara o grande ponto de virada em sua arte. Não conseguia suportar a ideia de continuar a repreendê-lo. Afinal, a indiferença que demonstrava provavelmente não passasse de um estado de ânimo temporário. Havia tantas coisas boas nele, tantas coisas nobres.

– Bem, Dorian – disse o pintor por fim, abrindo um sorriso triste. – Nada mais lhe direi sobre essa história terrível. Só espero que não associem o seu nome ao caso. O inquérito começará hoje à tarde. Você foi chamado?

Dorian negou com a cabeça, e um ar de aborrecimento perpassou seu rosto à menção da palavra "inquérito". Havia algo rude e vulgar nesse tipo de coisa.

– Eles não sabem o meu nome – respondeu.

– Mas ela certamente sabia, não?

– Apenas o meu primeiro nome, e tenho certeza de que nunca o mencionou a ninguém. Certa vez comentou que estavam todos muito curiosos para saber quem eu era, e ela invariavelmente lhes dizia que me chamava de Príncipe Encantado, uma atitude com certeza linda. Faça um desenho de Sibyl para mim, Basil. Eu gostaria de ter algo mais do que a lembrança de alguns beijos e reminiscências de palavras patéticas.

– Vou tentar, Dorian, se for do seu agrado. Mas venha e pose para mim de novo. Não consigo continuar sem você.

– Nunca mais vou posar para você, Basil. É impossível! – exclamou ele, dando alguns passos para trás.

O pintor o encarou.

– Meu caro rapaz, que absurdo! – bradou. – Não gostou do retrato que lhe fiz? Onde ele está? Por que colocou um biombo na frente dele? Quero dar uma olhada. É a melhor coisa que já fiz. Arraste o biombo para o lado, Dorian. É simplesmente vergonhoso que seu criado esconda o meu trabalho dessa maneira. Bem que senti uma vibração diferente no cômodo quando entrei.

– O meu criado não tem nada a ver com isso, Basil. Acha mesmo que eu lhe permitiria mudar a disposição dos móveis dos meus aposentos? Ele ajeita as flores às vezes, só isso. Não, fui eu mesmo que arrastei o biombo. A luz sobre o retrato estava muito intensa.

– Muito intensa! Certamente que não, meu caro amigo. O lugar é perfeito. Deixe-me ver. – E Hallward se dirigiu ao canto do cômodo.

Um grito de terror irrompeu dos lábios de Dorian Gray, que correu para se posicionar entre o pintor e o biombo.

– Basil – começou, muito pálido –, você não pode vê-lo. Não quero que o veja.

– Não posso ver o meu próprio trabalho! Não está falando sério, está? Por que não deveria vê-lo? – quis saber Hallward, rindo.

– Se tentar vê-lo, Basil, dou-lhe minha palavra de honra de que nunca mais falarei com você. Estou falando muito sério. Não lhe explicarei nada, e você não vai pedir explicação alguma. Lembre-se, no entanto, de que, se encostar no biombo, tudo estará acabado entre nós.

Hallward ficou perplexo. Olhou para Dorian Gray em estado de absoluto espanto. Nunca o vira assim antes, as faces lívidas de raiva, as mãos contraídas, as pupilas dos olhos semelhantes a discos de fogo azulado, o corpo todo sacudido por tremor.

– Dorian!

– Não diga nada!

– Mas o que está acontecendo? É claro que não vou vê-lo se não quiser – declarou, um tanto friamente. Em seguida, deu meia--volta e foi até a janela. – Mas parece-me bastante absurdo que eu esteja proibido de ver o meu próprio trabalho, sobretudo porque pretendo expô-lo em Paris no outono. Portanto, como talvez tenha de passar outra demão de verniz antes disso, precisarei vê-lo um dia... e por que não hoje?

– Expor o retrato! Você quer expô-lo?! – interrogou Dorian Gray, invadido por um estranho sentimento de terror. Seria seu segredo exposto para o mundo todo? Ficariam as pessoas boquiabertas diante do mistério de sua vida? Impossível. Precisava fazer alguma coisa imediatamente, embora não soubesse o quê.

– Quero e imagino que você não vá se opor. Georges Petit reunirá os meus melhores quadros para uma exposição especial na Rue de Sèze, que será inaugurada na primeira semana de outubro. O retrato só passará um mês fora. Acho que poderá abrir mão dele facilmente por esse período. Na verdade, com certeza você nem estará na cidade. E, se o mantém sempre escondido atrás de um biombo, não deve se importar muito.

Dorian Gray passou a mão sobre a testa coberta de suor. Sentia-se nas iminências de um perigo terrível.

– Um mês atrás, você me disse que jamais o exibiria! – exclamou ele. – Por que mudou de ideia? Vocês, que se dizem coerentes, vivem tantas mudanças de humor quanto os outros, com a única diferença de que são alterações sem sentido. Você não pode ter se esquecido de que me garantiu, com a maior solenidade, que nada no mundo o induziria a enviá-lo a qualquer exposição. E disse exatamente a mesma coisa a Harry.

O rapaz parou de repente e um brilho faiscante surgiu em seus olhos. Lembrou-se de que lorde Henry lhe dissera uma vez, meio sério e meio de brincadeira: "Se você quiser passar quinze minutos estranhos, peça a Basil que lhe conte a razão pela qual não vai expor o seu retrato. Ele me contou por que não o faria, e foi uma revelação para mim". Sim, talvez Basil também guardasse um segredo. Dorian lhe perguntaria e tentaria descobrir...

– Basil – começou ele, chegando bem perto e olhando-o diretamente no rosto –, nós dois temos um segredo. Conte-me o seu e lhe direi o meu. Por que motivo se recusou a expor o meu retrato?

O pintor estremeceu involuntariamente.

– Dorian, se eu lhe contasse, talvez você me apreciasse menos, e certamente iria rir de mim. Eu não suportaria nenhuma dessas coisas. Se prefere que eu nunca mais olhe para o seu retrato, tudo bem. Sempre terei você para olhar. Se prefere que meu melhor trabalho fique escondido do mundo, estou de acordo. A sua amizade vale mais para mim do que qualquer fama ou reputação.

– Não, Basil, você precisa me contar – insistiu Dorian Gray. – Acho que tenho o direito de saber.

O sentimento de horror se dissipara e cedera lugar à curiosidade. Ele estava determinado a descobrir o mistério de Basil Hallward.

– Vamos nos sentar, Dorian – sugeriu o pintor, parecendo perturbado. – Vamos nos sentar. E responda a apenas uma pergunta: notou algo curioso no retrato? Algo que a princípio provavelmente não lhe despertou a atenção, mas que se revelou de repente?

– Basil! – exclamou o rapaz, agarrando-se aos braços da cadeira com as mãos trêmulas e fitando-o com uma expressão de surpresa e espanto.

– Vejo que notou. Não diga nada. Espere até me ouvir. Dorian, desde o momento em que o conheci, a sua personalidade exerceu uma influência extraordinária sobre mim. Você me dominou, alma, cérebro e vontade. Tornou-se a encarnação visível daquele ideal invisível cuja memória persegue a nós, artistas, como um sonho esplendoroso. Eu o venerava. Tinha ciúme de qualquer pessoa com quem você conversasse. Queria-o todo só para mim. Só me sentia feliz com você ao meu lado. Quando se afastava, você continuava presente na minha arte. Naturalmente, nunca deixei que soubesse de nada disso. Seria inviável. Você não entenderia. Eu mesmo mal entendia. Sabia apenas que ficara frente a frente com a perfeição, e que o mundo se tornara maravilhoso aos meus olhos, talvez até em demasia, pois tais adorações delirantes implicam perigo, o perigo de perdê-las, ainda maior do que o de mantê-las... Semanas e mais semanas se passaram, e cada vez mais me absorvia por você. Então veio um novo desdobramento. Eu o tinha retratado como Páris em uma armadura refinada, e como Adônis com capa de caçador e uma lança polida de matar javalis.

Coroado com pesadas flores de lótus, você se sentara na proa da barcaça de Adriano, contemplando o Nilo verde e turvo. Curvara-se sobre o lago de águas paradas de alguma floresta grega e vira no prateado silencioso da água a maravilha do seu próprio semblante. E tudo ocorrera como a arte deve ser: inconsciente, ideal e remota.

"Um dia, um dia fatal, às vezes penso, resolvi pintar um retrato esplendoroso de como você é de fato, não em trajes de séculos mortos, mas em sua roupa e em sua época. Não sei dizer se em razão do realismo do método ou da simples maravilha de sua própria personalidade, apresentada a mim sem névoa ou véu, enquanto trabalhava, cada pincelada e camada de cor parecia revelar o meu segredo. Temi que outros soubessem de minha idolatria. Senti, Dorian, que tinha falado demais, que havia colocado muito de mim naquele retrato, e por isso resolvi jamais permitir que fosse exposto. Você ficou um pouco aborrecido, mas não fazia ideia do significado do quadro para mim. Conversei sobre o assunto com Harry, e ele riu. Mas não me importei. Quando acabei o retrato e fiquei a sós com ele, senti que estava certo. Bem, depois de alguns dias, o objeto saiu do meu ateliê, e, assim que me livrei do fascínio intolerável de sua presença, pareceu-me que fora tolo de imaginar que vira nele algo além de você ser extremamente bonito e eu capaz de pintar. Mesmo agora, continuo considerando um erro pensar que a paixão vivenciada na criação realmente se revela no trabalho criado. A arte é sempre mais abstrata do que imaginamos. A forma e a cor nos ditam a forma e a cor, e nada mais. Muitas vezes me parece que a arte esconde o artista muito mais completamente do que o revela. Sendo assim, quando recebi a proposta da exposição em Paris, decidi que seu retrato seria a obra principal. Nunca me ocorreu uma recusa de sua parte. Vejo agora que você estava certo. O retrato não pode ser exposto. Não sinta raiva de mim, Dorian, pelo que lhe contei. Como eu disse a Harry certa vez, você foi feito para ser venerado."

Dorian Gray suspirou profundamente. A cor voltou às bochechas, e um sorriso lhe despontou nos lábios. O perigo havia passado. Por ora, ele estava seguro. No entanto, compadecia-se infinitamente do pintor que acabara de lhe fazer aquela estranha confissão, e imaginou se algum dia ele próprio se sentiria tão dominado pela personalidade de um amigo. Lorde Henry tinha o encanto do perigo. E só. Era demasiado inteligente e cínico para despertar afeição verdadeira. Haveria alguém que o encheria de um sentimento inexplicável de idolatria? Seria essa uma das coisas que a vida lhe reservava?

– É extraordinário para mim, Dorian – começou Hallward –, que você tenha visto isso no retrato. Realmente viu?

– Vi algo nele... – respondeu o rapaz. – Alguma coisa que me pareceu muito peculiar.

– Bem, agora você não se importa que eu o veja, não é?

Dorian meneou a cabeça.

– Não me peça isso, Basil. Não posso permitir que fique diante do retrato.

– Um dia haverá de permitir, não é mesmo?

– Nunca.

– Bem, talvez você esteja certo. E agora adeus, Dorian. Você foi a única pessoa em minha vida que influenciou de fato a minha arte. O que quer que eu tenha feito de bom, devo a você. Ah! Não sabe como me custou lhe contar tudo.

– Meu caro Basil – disse Dorian –, o que você me contou? Simplesmente que sentia me admirar em excesso. Isso nem chega a ser um elogio.

– E nem era essa a minha intenção. Fiz uma confissão. Agora, algo parece ter se desprendido de mim. Talvez nunca se deva transformar a adoração em palavras.

– Fez uma confissão muito decepcionante.

– Ora, o que você esperava, Dorian? Você não viu mais nada no retrato, não é? Havia mais alguma coisa?

– Não, mais nada. Por que pergunta? Mas você não deve falar sobre adoração. É tolice. Somos amigos, Basil, e devemos continuar sempre assim.

— Você tem Harry — declarou o pintor com tristeza.
— Oh... Harry! — exclamou o rapaz, irrompendo em risos. — Harry passa os dias falando sobre o inacreditável e as noites fazendo o improvável. Exatamente o tipo de vida que eu gostaria de levar. Mas ainda assim não acho que procuraria Harry se estivesse em apuros. Preferiria ir atrás de você, Basil.
— Voltará a posar para mim?
— Impossível!
— Sua recusa arruína a minha vida artística, Dorian. Nenhum homem se defronta com dois ideais. São raros os que se defrontam com um.
— Não posso lhe explicar, Basil, mas não devo posar para você nunca mais. Existe um quê de fatalidade em um retrato. Ele tem vida própria. Mas vou visitá-lo para tomar um chá. Será também agradável.
— Receio que mais agradável para você — murmurou Hallward em tom pesaroso. — E agora, adeus. Lamento que não me permita ver o retrato mais uma vez. Mas não há o que fazer. Entendo perfeitamente o que sente quanto a ele.

Quando Hallward saiu do cômodo, Dorian Gray sorriu para si mesmo. Pobre Basil! Sabia tão pouco sobre o verdadeiro motivo! E como era estranho que, em vez de ele ter sido forçado a revelar o próprio segredo, tivesse conseguido, quase por acaso, arrancar um segredo do amigo! Quantas explicações naquela insólita confissão! Os ataques de ciúmes absurdos do pintor, a devoção exacerbada, os panegíricos excessivos, as reticências curiosas — ele compreendia tudo naquele momento, e sentia pena. Parecia-lhe haver algo de funesto em uma amizade tão colorida pelo romantismo.

Suspirou e tocou a sineta. O retrato permaneceria escondido a todo custo. Ele não poderia correr o risco de ser descoberto novamente. Fora loucura permitir que a coisa continuasse, mesmo por uma hora, em um cômodo a que qualquer um de seus amigos tinha acesso.

Capítulo dez

Quando o criado entrou, Dorian o olhou com firmeza e se perguntou se ele teria cogitado espiar atrás do biombo. O homem, bastante impassível, aguardava ordens. Dorian acendeu um cigarro, foi até o espelho e o fitou. Via perfeitamente o reflexo do rosto de Victor, uma máscara plácida de servilismo. Não havia nada a temer. Mesmo assim, achou que seria melhor não baixar a guarda.

Falando muito vagarosamente, disse-lhe que avisasse a governanta de que ele queria vê-la, e ainda lhe pediu que fosse ao moldureiro e lhe solicitasse o envio de dois de seus homens imediatamente. Pareceu-lhe que, quando o criado saíra do cômodo, espreitara na direção do biombo. Ou seria apenas fruto de sua imaginação?

Passados alguns momentos, em seu vestido preto de seda, com as luvas de linha à moda antiga nas mãos enrugadas, a senhora Leaf irrompeu na biblioteca. Ele lhe pediu a chave da sala de estudos.

— A velha sala de estudos, senhor Dorian? — perguntou a mulher. — Ora, está toda empoeirada. Tenho de arrumá-la e deixá-la em ordem antes que vá até lá. Não está em bom estado, senhor. Não mesmo.

— Não quero que você a deixe em ordem, Leaf. Só quero a chave.

— Bem, o senhor ficará coberto de teias de aranha se entrar lá. Ora, faz quase cinco anos que aquela sala não é aberta, desde que o lorde morreu.

Ele estremeceu à menção do avô, de quem tinha memórias odiosas.

– Isso não importa – retrucou. – Só quero dar uma olhada no lugar... isso é tudo. Dê-me a chave.

– Aqui está, senhor – disse a senhora idosa depois de examinar o conteúdo de seu molho de chaves com as mãos trêmulas e hesitantes. – Aqui está a chave. Vou tirá-la do molho em um instante. Mas o senhor não está cogitando morar lá em cima, não é, estando tão confortável aqui?

– Não, não! – exclamou o rapaz com petulância. – Obrigado, Leaf. Isso basta.

Ela se demorou ali por mais uns instantes tagarelando a respeito de algum pormenor da casa. Dorian suspirou e disse-lhe para fazer o que julgasse melhor. A governanta saiu do cômodo envolta em sorrisos.

Quando a porta se fechou, Dorian guardou a chave no bolso e esquadrinhou o cômodo. Seu olhar recaiu sobre uma grande colcha de cetim roxo ricamente bordada em ouro, uma peça esplêndida do artesanato veneziano do fim do século XVII que seu avô encontrara em um convento perto de Bolonha. Sim, ela serviria para embrulhar aquela coisa medonha. Talvez tivesse mesmo servido muitas vezes como mortalha. Naquele momento, caberia a ela esconder algo que passava por decomposição particular, pior do que a decomposição da própria morte – algo que geraria horrores e, no entanto, nunca morreria. O que o verme era para o cadáver, seus pecados seriam para o retrato na tela, cuja beleza arruinariam e cuja graça devorariam. Eles o maculariam a ponto de se tornar vergonhoso. Mas a coisa continuaria viva. Para sempre.

Ele estremeceu e, por um instante, lamentou não ter contado a Basil o verdadeiro motivo pelo qual desejava esconder o retrato. Basil o ajudaria a resistir à influência de lorde Henry e às influências ainda mais venenosas decorrentes de seu próprio temperamento. No amor do artista por ele – pois de fato se tratava de amor – não havia nada que não fosse nobre e intelectual. Não se resumia àquela mera admiração física da beleza que nasce dos sentidos e morre quando os sentidos se exaurem. Era um amor como Michelangelo conhecera, e Montaigne, e Winckelmann, e o próprio Shakespeare. Sim, Basil poderia tê-lo salvado. Mas era tarde demais. O passado sempre podia ser aniquilado. Arrependimento, negação ou esquecimento levariam a isso. O futuro, contudo, era inevitável. Havia nele paixões que encontrariam um terrível escoadouro, sonhos que tornariam realidade a sombra de sua perversão.

Ele pegou no sofá a grande colcha roxa e dourada que o revestia e, segurando-a nas mãos, foi para trás do biombo. Estaria mais vil o rosto na tela? Pareceu-lhe inexistir qualquer mudança, e, no entanto, odiava-o com mais intensidade. Cabelos dourados, olhos azuis e lábios vermelho-rosados – tudo estava lá. Apenas a expressão tinha se alterado, horrível em sua crueldade. Comparadas ao que ele via de censura ou repreensão no retrato, como tinham sido superficiais as reprimendas de Basil sobre Sibyl Vane... tão superficiais e tão pouco relevantes! A própria alma do rapaz o fitava da tela e o convocava ao julgamento. Uma expressão de dor atravessou-lhe o rosto e ele arremessou a colcha refinada sobre o retrato. Ao fazê-lo, bateram à porta. Dorian saiu de trás do biombo no instante em que o criado entrou.

– Os homens estão aqui, *monsieur*.

Ele sentiu que precisava se livrar do criado imediatamente. O homem não deveria saber para onde o retrato seria levado. Havia dissimulação nele, e olhos pensativos e traiçoeiros. Sentando-se à escrivaninha, escreveu um bilhete para lorde Henry, pedindo que lhe enviasse algo para ler e recordando-lhe de que se encontrariam às oito e quinze naquela noite.

– Espere a resposta – instruiu o rapaz, entregando o bilhete ao criado –, e mande os homens entrarem.

Dois ou três minutos depois, outra batida à porta, e o senhor Hubbard em pessoa, o célebre moldureiro da South Audley Street, adentrou o cômodo, acompanhado de um assistente jovem de aparência um tanto grosseira. O senhor Hubbard era um homenzinho corado, suíças rubras, cuja admiração pela arte se amenizava consideravelmente em razão da inveterada falta de recursos dos artistas com que trabalhava. Era muito raro que deixasse a própria loja; esperava que as pessoas fossem até ele. Mas sempre abria uma exceção em favor de Dorian Gray. Havia algo em Dorian que encantava a todos. O simples ato de vê-lo já se revelava um prazer.

– Em que posso ajudá-lo, senhor Gray? – perguntou o homem, esfregando as mãos gordas e sardentas. – Achei melhor me dar a honra de vir pessoalmente. Acabei de arrumar uma moldura lindíssima, senhor. Comprei-a por uma barganha. Florentina e antiga. Creio que veio de Fonthill. Admiravelmente adequada para uma obra de cunho religioso, senhor Gray.

– Lamento muito que tenha se dado o trabalho de vir até aqui, senhor Hubbard. Certamente passarei por lá para dar uma olhada na moldura... embora não me interesse muito por arte religiosa no momento. Hoje, porém, quero apenas que transportem um quadro para o andar superior da casa. Como é bem pesado, pensei em lhe pedir que me emprestasse alguns de seus homens.

– Não deu trabalho algum, senhor Gray. Fico muito feliz em lhe ser útil. Qual é a obra de arte, senhor?

– Esta – respondeu Dorian, arrastando o biombo para o lado. – Você consegue carregá-la totalmente coberta como está? Não quero que ela sofra algum arranhão enquanto é levada escada acima.

– Não haverá qualquer dificuldade, senhor – garantiu o afável moldureiro, começando, com a ajuda do assistente, a retirar o quadro das longas correntes de latão das quais pendia. – E agora, senhor Gray, para onde devemos levá-lo?

– Vou lhes mostrar o caminho, senhor Hubbard, se fizerem a gentileza de me seguir. Ou talvez seja melhor você ir na frente. O lugar fica bem no topo da casa. Subiremos pela escadaria da frente, pois é mais larga.

O rapaz segurou a porta aberta, os três saíram para o saguão e começaram a subir. O caráter intrincado da moldura tornava o quadro extremamente volumoso e, vez ou outra, apesar dos protestos obsequiosos do senhor Hubbard, que tinha a aversão genuína dos comerciantes ao ver um cavalheiro fazendo algo útil, Dorian despendia um esforço para ajudá-los.

– Uma carga bastante pesada, senhor – comentou o homenzinho, sem fôlego, quando chegaram ao piso superior. E enxugou a testa brilhante.

– Muito pesada mesmo – murmurou Dorian enquanto destrancava a porta do cômodo que abrigaria o curioso segredo de sua vida e esconderia sua alma dos olhares alheios.

Ele não entrava ali havia mais de quatro anos – não, na verdade, desde que o usara, a princípio, como um quarto de brincar quando era criança, e depois como sala de estudos quando ficou um pouco mais velho. O cômodo grande e bem distribuído fora edificado especialmente pelo último lorde Kelso para o seu netinho, que, graças à estranha semelhança com a mãe, e também por outras razões, ele sempre odiara e desejara manter afastado. A Dorian, parecia não ter mudado quase nada. Lá estava o enorme *cassone* italiano, com os painéis ricamente pintados e as molduras douradas e opacas, no qual ele tantas vezes se escondera na infância. Lá estava a estante de madeira lustrosa com os livros escolares, as páginas repletas de orelhas. Na parede às costas do rapaz se estendia a mesma tapeçaria flamenga andrajosa em que um rei e uma rainha descorados jogavam xadrez em um jardim, enquanto um grupo de falcoeiros passava ao fundo, carregando pássaros encapuzados nos pulsos enluvados. Como se lembrava bem de tudo! Cada momento da infância solitária lhe retornava à mente enquanto olhava ao redor. Lembrou-se da pureza imaculada de sua meninice, e lhe pareceu horrível que o retrato fatal tivesse de ser escondido ali. Como tinha pensado pouco, naqueles dias longínquos, em tudo o que a vida lhe reservaria!

Mas não havia outro lugar na casa que fosse tão protegido de olhares bisbilhoteiros. A chave estava com ele, e ninguém mais poderia entrar lá. Sob a mortalha roxa, o rosto pintado na tela poderia se tornar bestial, viscoso e sujo. Que diferença faria? Ninguém o veria.

Ele mesmo não o veria. Por que observaria a terrível decomposição da própria alma? Preservaria a juventude – isso bastava. E, ademais, sua natureza não se tornaria mais exemplar? Não havia razão para que o futuro se enchesse de vergonha. Talvez um pouco de amor entrasse em sua vida, purificando-o e protegendo-o dos pecados que já pareciam despertar no espírito e na carne – aqueles pecados peculiares não retratados cujo próprio mistério lhes emprestava a sutileza e o encanto. Um dia, talvez a aparência cruel desaparecesse da boca sensível e escarlate, e então ele exibiria ao mundo a obra-prima de Basil Hallward.

Não; seria impossível. Hora após hora, semana após semana, a coisa na tela envelheceria. Poderia escapar do horror do pecado, mas o horror da idade lhe estava reservado. As faces ficariam encovadas ou flácidas. Pés de galinha amarelados rastejariam em torno dos olhos apagados e os tornariam horríveis. O cabelo perderia o brilho, a boca se escancararia ou cairia, tola ou repugnante como a boca dos velhos. Haveria o pescoço enrugado, as mãos frias com veias azuladas, o corpo retorcido, traços de que se lembrava no avô, que fora tão severo com ele na infância. O retrato precisava ser escondido. Não restava alternativa.

— Traga-o para cá, senhor Hubbard, por favor – instruiu ele, cansado, dando meia-volta. – Sinto muito por tê-lo feito esperar tanto tempo. Eu estava pensando em outro assunto.

— É sempre boa uma pausa para um descanso, senhor Gray – afirmou o moldureiro, ainda ofegante. – Onde devemos colocá-lo, senhor?

— Oh, em qualquer lugar. Aqui... aqui está ótimo. Não quero que fique pendurado. Apenas o encostem na parede. Obrigado.

— Poderíamos dar uma olhada na obra de arte, senhor?

Dorian sobressaltou-se.

— Ela não o interessaria, senhor Hubbard – declarou, os olhos fixos no homem. Sentia-se pronto para se lançar contra ele e atirá-lo no chão caso ousasse erguer a maravilhosa tapeçaria que escondia o segredo de sua vida. – Não vou mais incomodá-lo. Estou muito grato por sua gentileza de ter vindo.

– Não há de quê, senhor Gray, não há de quê. Estou sempre à disposição para fazer qualquer coisa pelo senhor.

Em seguida, o senhor Hubbard desceu as escadas, seguido pelo assistente, que se virou para Dorian com uma expressão de espanto tímido no rosto grosseiro e desagradável. Jamais vira alguém tão maravilhoso.

Quando o som dos passos se esvaiu, Dorian trancou a porta e guardou a chave no bolso. Sentia-se seguro. Ninguém jamais olharia para aquela coisa horrível. Nenhum olhar a não ser o dele veria sua vergonha.

Ao chegar à biblioteca, descobriu que já passava das cinco da tarde, e que o chá já tinha sido servido. Sobre uma mesinha de madeira escura e perfumada, densamente incrustada com nácar – um presente de lady Radley, esposa de seu tutor, uma bela inválida profissional que passara o inverno anterior no Cairo –, havia um bilhete de lorde Henry, e ao lado dele um livro encadernado em papel amarelo, a capa ligeiramente rasgada e com as bordas sujas. Um exemplar da terceira edição do *The St. James's Gazette* fora colocado sobre a bandeja de chá. Victor havia retornado. Dorian se perguntou se o criado encontrara os homens no saguão quando saíam da casa e se poderia ter arrancado deles o que tinham feito. Certamente daria pela falta do retrato – com certeza já dera, enquanto aprontava os utensílios de chá. O biombo continuava no mesmo local, na parede, um espaço vazio. Talvez, em uma noite qualquer, Dorian encontrasse Victor esgueirando-se escada acima e tentando abrir a porta do cômodo à força. Que horrível ter um espião dentro de casa. Ele já ouvira histórias sobre homens ricos que haviam sido chantageados durante a vida toda por algum criado que lera uma carta, ou escutara uma conversa, ou pegara um cartão com um endereço, ou encontrara debaixo de um travesseiro uma flor murcha ou um retalho de renda amarrotado.

Suspirou e, depois de se servir de um pouco de chá, abriu o bilhete de lorde Henry. Dizia simplesmente que ele lhe enviava o jornal vespertino e um livro que talvez fosse de seu interesse, acrescentando que estaria no clube às oito e quinze. Dorian abriu o *The St. James's* languidamente e correu os olhos pelas notícias. Uma marca vermelha feita a lápis na quinta página chamou sua atenção. Indicava o seguinte parágrafo:

INQUÉRITO SOBRE UMA ATRIZ – Um inquérito foi realizado hoje de manhã na Bell Tavern, na Hoxton Road, pelo senhor Danby, o magistrado distrital, a respeito do corpo de Sibyl Vane, uma jovem atriz contratada recentemente pelo Royal Theatre, em Holborn. O veredicto concluiu se tratar de morte acidental. Expressou-se grande solidariedade à mãe da falecida, que estava muito abalada durante o próprio depoimento e com as declarações do doutor Birrell, que fez a autópsia da falecida.

Ele franziu o cenho e, rasgando o papel ao meio, atravessou o cômodo e jogou os pedaços fora. Como aquilo tudo era feio! E como a feiura tornava as coisas horrivelmente reais! Sentiu-se um pouco aborrecido com lorde Henry por lhe ter enviado a reportagem. E certamente fora uma tolice que a tivesse assinalado a lápis vermelho. Victor poderia ter lido, afinal, sabia inglês o suficiente para isso.

Talvez tivesse lido e começasse a suspeitar de algo. No entanto, o que isso importava? O que Dorian Gray tinha a ver com a morte de Sibyl Vane? Nada havia a temer. Dorian Gray não a matara.

Seus olhos recaíram sobre o livro amarelo enviado por lorde Henry. Perguntou-se o que seria aquilo. Foi até a mesinha octogonal cor de pérola, que sempre lhe parecera o trabalho de estranhas abelhas egípcias moldado em prata, e, apanhando o volume, atirou-se em uma poltrona e se pôs a folheá-lo. Passados alguns minutos, estava completamente absorto naquele livro, o mais estranho que já tinha lido. Parecia-lhe que, em trajes suntuosos e ao som delicado de flautas, os pecados do mundo desfilavam diante dele em um cortejo silencioso. Coisas com as quais vagamente sonhara de súbito se tornavam reais. Coisas com as quais jamais tinha sonhado gradualmente se revelavam.

Tratava-se de um romance sem enredo e com apenas um personagem. Constituía o simples estudo psicológico de um jovem parisiense que passava a vida buscando realizar, no século XIX, todas as paixões e modos de pensar que pertenciam a todos os séculos exceto o dele, e reunir em si mesmo, por assim dizer, os vários estados de espírito pelos quais o espírito do mundo um dia passara, amando, por sua mera artificialidade, não apenas aquelas renúncias que os homens imprudentes chamavam de virtudes, mas também aquelas rebeldias naturais que os sábios ainda chamavam de pecado. O estilo da escrita era aquele rebuscado, adornado com joias, ao mesmo tempo vívido e obscuro, cheio de jargões e arcaísmos, de expressões técnicas e paráfrases elaboradas, o que caracteriza a obra de alguns dos melhores artistas da escola francesa dos simbolistas. Recorria a metáforas tão fantásticas quanto orquídeas e de cores igualmente sutis. A vida dos sentidos era descrita em termos de filosofia mística. Às vezes, ficava difícil saber se ali estavam os êxtases espirituais de algum santo medieval ou as confissões mórbidas de um pecador moderno. Era um livro venenoso. De suas páginas, parecia desprender um odor carregado de incenso, perturbando o cérebro. A mera cadência das frases, a sutil monotonia de sua sonoridade, tão cheia de refrões complexos e movimentos primorosamente repetidos, produziam na mente do rapaz, à medida que ele passava de um capítulo a outro, uma espécie de devaneio, uma moléstia onírica que o fez perder a consciência de que o dia passava e as sombras espreitavam ao redor dele.

O céu, sem nuvens e perfurado por uma estrela solitária, brilhava em tons de verde e cobre através das janelas. Ele continuou lendo à luz pálida até não conseguir mais. Em seguida, depois que o criado o lembrou várias vezes de como estava tarde, Dorian se levantou e, no cômodo ao lado, colocou o livro sobre a mesinha florentina, que sempre ficava junto à cama, e começou a se vestir para o jantar.

Eram quase nove horas quando chegou ao clube, onde encontrou lorde Henry sentado sozinho na sala de estar, parecendo muito entediado.

– Sinto muito, Harry! – exclamou. – Mas você é inteiramente culpado. Aquele livro me deixou tão fascinado que perdi a noção do tempo.

– Sim, imaginei que fosse gostar – retrucou o anfitrião, levantando-se da cadeira.

– Não disse que gostei, Harry. Disse que me deixou fascinado. Há uma grande diferença.

– Ah, você descobriu isso? – murmurou lorde Henry. E ambos se dirigiram para a sala de jantar.

Capítulo onze

Durante anos, Dorian Gray não conseguiu se livrar da influência daquele livro. Ou talvez fosse mais correto dizer que nunca tentou se livrar dela. Encomendou de Paris nada menos que nove grandes exemplares impressos da primeira edição e mandou encaderná-los em cores diferentes, de modo que se adequassem aos diversos estados de espírito e aos caprichos mutáveis de uma natureza sobre a qual ele parecia, por vezes, ter perdido todo o controle. O protagonista, o magnífico jovem parisiense em quem os temperamentos romântico e científico se mesclavam de forma tão estranha, tornou-se para ele uma espécie de prefiguração de si mesmo. E, de fato, o livro todo lhe parecia conter a história de sua própria vida, escrita antes que a tivesse vivido.

Em um aspecto, o rapaz era mais afortunado do que o protagonista fantástico do romance. Nunca conhecera – nunca, na verdade, tivera algum motivo para conhecer – a aversão, um tanto quanto grotesca, por espelhos, superfícies de metal polido e águas paradas, a qual se abatera sobre o jovem parisiense tão cedo na vida, ocasionada pela súbita decadência de uma beleza que já havia sido, aparentemente, tão notável um dia. Com uma alegria quase cruel – e talvez em todas as alegrias, mas certamente em todos os prazeres, a crueldade tem seu lugar –, ele costumava ler a última parte do livro, com o relato verdadeiramente trágico, embora um tanto exagerado, da tristeza e do desespero de alguém que perdera o que nos outros, e no mundo, ele mais valorizava.

Afinal, a maravilhosa beleza que tanto fascinara Basil Hallward, e muitos outros além dele, parecia não o abandonar jamais. Quando o viam, mesmo aqueles que tinham escutado as coisas mais perversas a seu respeito – e de tempos em tempos rumores estranhos sobre seu modo de vida se espalhavam por Londres e viravam o grande assunto dos clubes –, não conseguiam acreditar em nada que pudesse desonrá-lo. Ele conservava sempre a aparência de alguém imaculado diante do mundo. Homens que falavam grosseiramente se calavam quando Dorian Gray adentrava o cômodo, repreendidos pelo ar de pureza no rosto dele. Sua mera presença parecia recordá-los da inocência que haviam maculado. Eles se perguntavam como alguém tão encantador e gracioso escapara da mácula de uma época que era ao mesmo tempo sórdida e sensual.

Muitas vezes, ao voltar para casa depois de uma daquelas ausências misteriosas e prolongadas, que suscitavam as estranhas conjecturas entre os que eram seus amigos, ou pensavam que eram, ele próprio se esgueirava escada acima para o cômodo trancado, abria a porta com a chave que sempre guardava consigo e se colocava, com um espelho na mão, diante do retrato que Basil Hallward pintara dele, fitando ora o rosto vil e envelhecido na tela, ora o rosto belo e jovem que lhe sorria do vidro polido. A própria nitidez do contraste costumava intensificar a sensação de prazer. E Dorian foi se tornando cada vez mais enamorado da própria beleza, cada vez mais interessado na degradação da própria alma. Examinava com cuidado minucioso, e por vezes com júbilo monstruoso e terrível, as linhas horrendas que marcavam a testa enrugada, ou que se estendiam ao redor da boca carnuda e sensual, perguntando-se às vezes se o mais horrível seriam os sinais do pecado ou os sinais da idade. Colocava as mãos brancas ao lado das mãos ásperas e inchadas do retrato e sorria. Zombava do corpo deformado e dos membros decadentes.

Em algumas noites, entretanto, deitado insone no próprio quarto delicadamente perfumado, ou no salão sórdido da pequena taverna de má fama perto das docas – que, sob um nome falso e disfarçado, costumava frequentar –, ele pensava na ruína que havia causado à sua alma, com uma piedade ainda mais pungente por ser puramente egoísta. Esses momentos, no entanto, eram raros. Parecia-lhe cada vez mais gratificante a curiosidade a respeito da vida, que lorde Henry lhe havia despertado quando tinham se sentado juntos no jardim do amigo pintor. Quanto mais ele sabia, mais desejava saber, em apetites insanos que se tornavam mais vorazes à medida que os saciava.

No entanto, não era exatamente imprudente, ao menos nas relações sociais. Uma ou duas vezes por mês, durante o inverno, e em todas as quartas-feiras à noite durante a temporada, ele abria ao mundo sua bela casa e contratava os músicos mais célebres da época para encantar os convidados com as maravilhas de sua arte. Aqueles jantares mais reservados, em cuja organização lorde Henry sempre auxiliava, destacavam-se tanto pela seleção criteriosa e posição social dos convidados quanto pelo extraordinário gosto presente na decoração da mesa, com os sutis arranjos sinfônicos de flores exóticas, e tecidos bordados, e a antiga bandeja de ouro e prata. Na verdade, muitos, especialmente entre os rapazes, viam – ou imaginavam ver – em Dorian Gray a autêntica materialização de um ideal com que muitas vezes tinham sonhado nos dias de Eton ou de Oxford, um ideal que conciliava elementos da cultura real do estudioso com toda a graça, distinção e modos perfeitos de um cidadão do mundo. Para eles, Dorian parecia pertencer ao grupo daqueles que Dante descreve como "tornar-se perfeitos pela adoração da beleza". Assim como Gautier, ele era alguém para quem "o mundo visível existia".

E com certeza para ele a própria vida era a primeira, a maior das artes, diante da qual todas as outras artes não pareciam passar de mero ensaio. A moda, que torna o realmente fantástico, por um momento, universal, e o dandismo, que, à sua maneira, é uma tentativa de afirmar a absoluta modernidade da beleza, exerciam um fascínio natural sobre ele. O modo de se vestir e os estilos particulares que, de tempos em tempos, ele adotava influenciavam os jovens aprumados dos bailes de Mayfair e as janelas do clube Pall Mall, que o copiavam em tudo que fazia, na tentativa de reproduzir o encanto acidental de seu janotismo elegante, embora para Dorian isso fosse sério apenas em parte.

Afinal, apesar de bastante disposto a aceitar a posição que lhe fora oferecida quase de imediato ao atingir a maioridade e encontrar, na verdade, um prazer sutil diante da ideia de que talvez se tornasse para a Londres de seu tempo o que o autor de *Satyricon* tinha sido um dia para a Roma imperial de Nero, em seu mais profundo íntimo o rapaz desejava ser algo além de um mero *arbiter elegantiarum* consultado a respeito do uso de uma joia ou do nó de uma gravata, ou então sobre como portar uma bengala. Procurava elaborar um novo plano de vida, embasado em uma filosofia racional e princípios ordenados próprios, e encontrar na espiritualização dos sentidos a sua maior realização.

A veneração dos sentidos tem sido, com frequência e com muita justiça, condenada, e os homens sentem um instinto natural de terror diante das paixões e sensações que parecem mais fortes que eles mesmos, as quais têm consciência de compartilhar com as formas de existência menos altamente organizadas. Contudo, a verdadeira natureza dos sentidos nunca fora de fato compreendida por Dorian Gray, parecendo-lhe que tinham permanecido selvagens e animalescos simplesmente porque o mundo buscara subjugá-los à fome ou matá-los por meio da dor, em vez de tentar transformá-los em elementos de uma nova espiritualidade, entre os quais um instinto apurado pela beleza seria a característica dominante. Quando refletia sobre a jornada do homem ao longo da História, ele era atormentado por um sentimento de perda. Quanto havia sido entregue! E com tão pouco propósito! Houvera rejeições insanas e deliberadas, formas monstruosas de autotortura e abnegação originadas do medo, as quais resultaram em uma degradação infinitamente mais terrível do que aquela degradação imaginária de que, em sua ignorância, tinham procurado escapar. A natureza, em sua maravilhosa ironia, expulsava o anacoreta para se alimentar dos animais selvagens do deserto, ofertando ao eremita a companhia das feras do campo.

Sim, haveria, como lorde Henry profetizara, um novo hedonismo, responsável pela recriação da vida e pela salvação daquele puritanismo severo e desagradável que vivenciava, em nossos dias, curioso renascimento. Deveria servir ao intelecto, certamente, mas jamais poderia aceitar alguma teoria ou sistema que implicasse o sacrifício de qualquer modo de experiência passional. Seu objetivo, na verdade, seria servir como a própria experiência, e não como seus frutos, fossem doces ou amargos. Sobre o ascetismo e a licenciosidade vulgar que entorpecem os sentidos, nada saberia, mas ensinaria o homem a se concentrar nos instantes de uma vida que não passa, em si mesma, de um instante.

Poucos entre nós nunca despertaram antes do amanhecer, seja depois de uma daquelas noites sem sonhos que quase nos tornam enamorados da morte, seja de uma daquelas noites de horror e alegria deturpada nas quais, pelas câmaras do cérebro, deslizam fantasmas mais terríveis do que a própria realidade, imbuídos com a vivacidade vibrante que espreita o grotesco, e que concede à arte gótica sua vitalidade duradoura; essa arte, pode-se imaginar, é especialmente a arte daqueles cujas mentes foram atormentadas com as moléstias do devaneio. Pouco a pouco, dedos brancos se esgueiram pelas cortinas e parecem estremecer. Em formas umbrosas fantásticas, sombras silenciosas rastejam para os cantos do quarto e lá se encolhem. Do lado de fora, ouve-se o voejar dos pássaros entre as folhas, ou o ruído de homens saindo para o trabalho, ou o suspiro e o soluço do vento soprando colina abaixo e perambulando pela casa silenciosa, como se temesse despertar os adormecidos, embora deva evocar o sono de sua caverna púrpura. Dissipa-se véu após véu da neblina sombria e adelgaçada e, pouco a pouco, as formas e cores das coisas lhes são restauradas, e observamos o amanhecer reconstruindo o mundo em seu antigo arranjo. Os espelhos pálidos recuperam sua vida mímica. As velas sem chamas estão onde as deixamos e, ao lado, jaz o livro aberto que estávamos estudando, ou a flor aramada que usamos no baile, ou a carta que receávamos ler, ou que tínhamos lido repetidas vezes. Nada nos parece mudado. Das sombras irreais da noite retorna a vida real que conhecemos. Temos que retomá-la de onde paramos, e nos invade uma terrível sensação imperiosa de perpetuar a energia no mesmo ciclo de hábitos estereotipados, ou um desejo desenfreado, quem sabe, de que nossas pálpebras se abrissem certa manhã em um mundo remodelado na escuridão para o nosso prazer, um mundo modificado onde as coisas se recobririam de novas formas e cores, ou que tivesse outros segredos, um mundo onde o passado fosse quase abandonado, ou que sobrevivesse, de um modo ou de outro, despojado de forma consciente de obrigação ou arrependimento, no qual até mesmo a lembrança da alegria despertasse amargura, e as memórias de prazer guardassem sua dor.

Era a criação de mundos desse tipo que pareciam ser, para Dorian Gray, o verdadeiro propósito, ou um dos verdadeiros propósitos da vida; na busca por sensações que deveriam ser ao mesmo tempo novas e prazerosas, as quais conservassem aquele elemento de estranheza tão essencial para o romance, ele frequentemente aderia a modos de pensamento que sabia serem estranhos à sua natureza, abandonava-se a suas influências sutis, e então, tendo, por assim dizer, captado sua cor e satisfeito sua curiosidade intelectual, deixava-os com aquela indiferença peculiar incompatível com um verdadeiro ardor de temperamento, a qual, na verdade, de acordo com certos psicólogos modernos, muitas vezes é uma de suas condições.

Certa vez se espalhou o rumor de que ele estava prestes a aderir à comunhão católica romana, e certamente o ritual romano sempre o atraíra. O sacrifício diário, de fato mais terrível do que todos os sacrifícios do mundo antigo, o estimulava tanto pela rejeição soberba das evidências dos sentidos quanto pela simplicidade primitiva de seus elementos, e ainda pelo eterno páthos da tragédia humana, que procurava simbolizar. Ele amava ajoelhar-se no piso frio de mármore e observar o padre, em sua dalmática florida e engomada, lentamente afastar com as mãos brancas o véu do tabernáculo, ou erguer o ostensório cravejado em forma de lanterna com a hóstia pálida que, por vezes, poderíamos acreditar de bom grado que fosse, de fato, o *panis cælestis*, o pão dos anjos, ou, vestido com os trajes da Paixão de Cristo, partindo a hóstia no cálice e golpeando o próprio peito por seus pecados. Os turíbulos fumegantes, que garotos solenes em renda e escarlate agitavam no ar como grandes flores douradas, exerciam um fascínio sutil sobre ele. Quando saía, costumava fitar maravilhado os confessionários negros, e ansiava por se sentar à sombra de um deles e escutar homens e mulheres sussurrando através da treliça gasta a verdadeira história de suas vidas.

Mas ele nunca caiu no erro de coibir seu desenvolvimento intelectual por qualquer aceitação formal de credo ou sistema, ou de confundir uma casa em que se podia morar com uma pousada adequada apenas para passar a noite, ou algumas horas de uma noite sem estrelas onde a lua despende um esforço descomunal. O misticismo, com seu maravilhoso poder de tornar as coisas comuns estranhas para nós, e o sutil antinomianismo que sempre parece acompanhá-lo, o comoviam por uma estação; e durante uma estação ele pendeu para as doutrinas materialistas do movimento darwiniano na Alemanha, e encontrou um prazer peculiar em rastrear os pensamentos e paixões dos homens até uma célula perolada no cérebro, ou até algum nervo branco no corpo, regozijando-se com a concepção da dependência absoluta do espírito de certas condições físicas, mórbidas ou saudáveis, normais ou doentias. No entanto, como já haviam dito sobre ele, nenhuma teoria sobre a vida lhe parecia importante em comparação com a própria vida. Tinha uma consciência profunda da total esterilidade de toda especulação intelectual quando separada da ação e do experimento. Sabia que os sentidos, não menos do que a alma, têm seus mistérios espirituais a revelar.

Por isso, passou a se dedicar aos estudos de perfumes e dos segredos de sua fabricação, destilando óleos fortemente aromatizados e queimando resinas odoríferas do Oriente. Percebeu a inexistência de um estado mental que não tivesse contraparte na vida sensual, e se pôs a descobrir suas verdadeiras relações, perguntando-se o que havia no incenso que tornava alguém místico, e no âmbar-gris que estimulava as paixões, e na violeta que despertava a lembrança de romances mortos, e no almíscar que atormentava o cérebro, e na magnólia-amarela que tingia a imaginação; e procurava muitas vezes elaborar a verdadeira psicologia dos perfumes e calcular as diversas influências das raízes de fragrância adocicada e das flores perfumadas e carregadas de pólen; de bálsamos aromáticos e de madeiras escuras e perfumadas; do nardo nauseante; da hovênia que leva os homens à loucura; e das aloés, que se acredita serem capazes de expulsar a melancolia da alma.

Em outra época, ele se dedicou inteiramente à música e, em um cômodo comprido adornado de treliças, com teto cinabrino e dourado e paredes de laca verde-oliva, costumava apresentar concertos peculiares, nos quais ciganos arrebatados arrancavam melodias frenéticas de pequenas cítaras, ou tunisianos solenes com xales amarelos dedilhavam as cordas retesadas de gigantescos alaúdes, enquanto negros sorridentes batucavam monotonamente em tambores de cobre e, agachados em tapetes escarlates, indianos esguios de turbante tocavam longas flautas de junco ou bronze e encantavam, ou fingiam encantar, grandes najas e terríveis víboras-do-deserto. Os intervalos ríspidos e as dissonâncias estridentes da música primitiva o estimulavam nos momentos em que a graça de Schubert, as belas tristezas de Chopin e as harmonias poderosas do próprio Beethoven passavam despercebidas por seus ouvidos. Ele reuniu, de todas as partes do mundo, os instrumentos mais peculiares que conseguiu encontrar, nos túmulos de nações mortas ou entre as poucas aldeias que sobreviveram ao contato com as civilizações ocidentais, e adorava tocá-los e experimentá-los. Tinha os misteriosos juruparis dos indígenas do rio Negro, que as mulheres são proibidas de olhar, e os quais os jovens só podem ver depois de jejuns e açoites; as jarras de barro dos peruanos, que abrigam os gritos estridentes dos pássaros; as flautas feitas de ossos humanos, iguais àquela que Alfonso de Ovalle ouviu no Chile, e os jaspes verdes sonoros encontrados perto de Cuzco, que emitem uma nota de doçura singular.

Pertenciam-lhe, ainda, cabaças pintadas, cheias de pedrinhas que chacoalhavam quando sacudidas; o longo clarim dos mexicanos, no qual o artista, em vez de soprar, inala o ar através dele; o turé das aldeias amazônicas, tocado pelas sentinelas que passam o dia todo sobre árvores altas, o qual pode ser ouvido, segundo dizem, a uma distância de três léguas; o *teponaztli*, que tem duas linguetas vibrantes de madeira e é batucado com varas untadas em resina elástica obtida da seiva leitosa de plantas; os sinos *yotl* dos astecas, pendurados em cachos como uvas; e um enorme tambor cilíndrico coberto com as peles de grandes serpentes, semelhante ao que Bernal Díaz viu quando foi com Cortés a um templo mexicano, e de cujo som lúgubre eles nos deixou uma descrição extremamente vívida. O caráter fantástico de tais instrumentos o fascinava, e motivava-lhe um prazer peculiar o pensamento de que a arte, assim como a Natureza, tinha seus próprios monstros, objetos de formas bestiais e vozes hediondas. Depois de determinado tempo, no entanto, cansava-se deles, sentava-se em seu camarote na ópera, sozinho ou com lorde Henry, e escutava Tannhäuser com um prazer extasiado, vislumbrando no prelúdio àquela grande obra de arte uma representação da tragédia da própria alma.

Certa ocasião, ele se dedicou ao estudo das joias, e apareceu em um baile a fantasia como Anne de Joyeuse, almirante da França, em um traje revestido com quinhentas e sessenta pérolas. Esse gosto o cativou durante anos e, a bem da verdade, nunca o abandonou. Com frequência passava um dia inteiro arranjando e rearranjando em caixas as diversas pedras que colecionava, como o crisoberilo verde-oliva, que se avermelhava à luz de lamparina, o cimofânio, com seu filamento aramado de prata, o peridoto cor de pistache, os topázios róseos e os amarelados como o vinho, carbúnculos de um tom ígneo de escarlate, com estrelas trêmulas de quatro pontas, grossularitas vermelhas como fogo, espinelas alaranjadas e violeta, e ametistas com as camadas alternadas de rubis e safiras. Amava o dourado purpureado da pedra do sol, a brancura perolada da pedra da lua, e o arco-íris fragmentado da opala leitosa. Encomendou de Amsterdã três esmeraldas de tamanho extraordinário e riqueza de cores, e tinha uma turquesa de *la vieille roche* que causava inveja a todos os especialistas.

Descobriu também histórias maravilhosas sobre joias. Na *Clericalis Disciplina* de Alphonso, havia menção a uma serpente com olhos de jacinto verdadeiro, e na história romântica de Alexandre, dizia-se que o Conquistador de Emathia teria encontrado no vale do Jordão cobras "com colares de esmeraldas verdadeiras crescendo nas costas". Havia uma gema no cérebro do dragão, disse-nos Filóstrato, e "por meio da exibição de letras douradas e uma túnica escarlate" o monstro podia ser induzido a um sono mágico e em seguida assassinado. De acordo com o grande alquimista Pierre de Boniface, o diamante tornava um homem invisível, e a ágata da Índia o tornava eloquente. A cornalina aplacava a fúria, o jacinto provocava o sono e a ametista afastava os vapores do vinho. A granada afugentava os demônios, e o hidrópico privava a lua de sua cor. Os matizes da selenita expandiam-se e minguavam com a lua, e o meloceus, que descobria ladrões, só podia ser afetado pelo sangue de crianças. Leonardus Camillus tinha visto uma pedra branca tirada do cérebro de um sapo recém-morto que servia de antídoto contra o veneno. O bezoar, encontrado no coração dos antílopes, era um amuleto que podia curar a peste. Nos ninhos dos pássaros árabes, havia o aspilates, que, segundo Demócrito, protegia o portador de qualquer perigo proveniente do fogo.

O rei do Ceilão, durante a cerimônia de coroamento, cavalgou por sua cidade com um grande rubi nas mãos. Os portões do palácio de Preste João eram "feitos de sárdonix e entalhados com o chifre da víbora-de-chifres, de modo que ninguém levasse o veneno para o lado de dentro". Sobre a empena havia "duas maçãs de ouro, cada uma cravejada com um carbúnculo", para que o ouro brilhasse de dia e os carbúnculos, à noite. No estranho romance *A Margarite of America*, de Lodge, estava escrito que nos aposentos da rainha se viam "todas as damas castas do mundo, revestidas em prata, mirando-se em belos espelhos de crisólitos, carbúnculos, safiras e esmeraldas verdes". Marco Polo tinha visto os habitantes de Zipangu colocarem pérolas rosadas na boca dos mortos. Um monstro marinho se enamorara da pérola que um mergulhador levara ao rei Perozes, matara o ladrão, e pranteara a perda da joia durante sete luas. Quando os hunos atraíram o rei para a grande cova, ele a lançou para longe, segundo nos conta Procópio, e nunca mais foi encontrada, embora o imperador Anastácio tivesse oferecido quinhentas moedas de ouro a quem a descobrisse. O rei de Malabar havia mostrado a um veneziano um rosário de trezentas e quatro pérolas, uma para cada deus que ele venerava.

Quando o duque de Valentinois, filho do papa Alexandre VI, visitou Luís XII da França, seu cavalo estava repleto de folhas de ouro, de acordo com Brantôme, e seu barrete era adornado com fileiras duplas de rubis que reluziam intensamente sob a luz. Carlos da Inglaterra cavalgava com estribos dos quais pendiam quatrocentos e vinte e um diamantes. Ricardo II tinha um manto, avaliado em 30 mil marcos, coberto com rubis róseos. Hall descreveu que, quando Henrique VIII estava a caminho da Torre de Londres antes da coroação, usava "um gibão bordado de ouro, com a estomaqueira cravejada de diamantes e outras pedras preciosas e, em torno do pescoço, um largo boldrié incrustado de espinelas rosadas". Os favoritos de Jaime I usavam brincos de esmeraldas engastadas em filigranas de ouro. Eduardo II deu a Piers Gaveston uma armadura cravejada de jacintos, um colar de rosas de ouro incrustadas de turquesas e um solidéu *parsemé* de pérolas. Henrique II usava luvas cravejadas de joias que iam até os cotovelos, e tinha uma luva de falcoaria bordada com doze rubis e cinquenta e duas pérolas graúdas. O chapéu ducal de Carlos, o Temerário, o último duque de Borgonha de sua linhagem, era ornamentado com pérolas piriformes e cravejado de safiras.

Como a vida fora extraordinária um dia! Como fora deslumbrante em sua pompa e ornato! Até mesmo ler sobre a suntuosidade dos mortos era maravilhoso.

Em seguida, ele voltou a atenção para os bordados e as tapeçarias que desempenhavam o papel de afrescos nas salas gélidas das nações do norte da Europa. À medida que se debruçava sobre o assunto – e sempre teve a capacidade extraordinária de mergulhar por completo em qualquer coisa que despertasse seu interesse –, quase se entristecia com o reflexo da ruína causada pelo tempo nas coisas belas e maravilhosas. De um jeito ou de outro, ele havia escapado disso. Os verões vinham e iam outra vez, e os junquilhos amarelos floresciam e morriam, e as noites de horror repetiam a história de sua vergonha, mas ele permanecia inalterado. Nenhum inverno desfigurou seu rosto ou maculou sua florescência. Como tudo era diferente para as coisas materiais! Para onde teriam ido? Onde estaria a grande túnica cor de açafrão na qual os deuses duelavam contra os gigantes, trabalhada por donzelas morenas para o prazer de Atena? Onde estaria o enorme velário que Nero estendera sobre o Coliseu de Roma, aquela vela titânica púrpura onde estava representado o céu estrelado, com Apolo conduzindo uma carruagem puxada por corcéis brancos com rédeas douradas? Ele ansiava por ver as peculiares toalhas de mesa feitas para o Sacerdote do Sol, nas quais se retratavam todos os acepipes e iguarias que alguém poderia desejar para um banquete; a mortalha do rei Chilperic, com as trezentas abelhas douradas; as fantásticas túnicas que despertaram a indignação do bispo de Pontus, estampadas com "leões, panteras, ursos, cães, florestas, pedras, caçadores – tudo, na verdade, que um pintor poderia copiar da natureza"; e o manto que Carlos de Orleans um dia usara, em cujas mangas estavam bordados os versos de uma canção que começava com os dizeres "*Madame, je suis tout joyeux*", com o acompanhamento musical das palavras ornado em fios de ouro, e cada nota, de forma quadriculada naquela época, formada por quatro pérolas. Ele leu sobre o aposento preparado no palácio de Rheims para uso da rainha Joana da Borgonha, decorado com "mil, trezentos e vinte e um papagaios bordados, ostentando o brasão de armas do rei, e quinhentas e sessenta e uma borboletas cujas asas eram igualmente adornadas com o brasão da rainha, tudo trabalhado em ouro". Catarina de Médici mandou construir um leito de luto feito de veludo preto polvilhado com crescentes e sóis. As cortinas adamascadas, com grinaldas e coroas de folhas, estampavam-se sobre um fundo de ouro e prata, orladas ao longo das barras com bordados de pérolas, em um aposento onde pendiam fileiras de emblemas da rainha em veludo preto recortado sobre um tecido de prata. Luís XIV tinha cariátides bordadas em ouro de quase cinco metros de altura em seus aposentos. O baldaquino da cama de Sobieski, rei da Polônia, era feito de brocado dourado de Esmirna, bordado de turquesas e com versos do Alcorão. Os suportes eram de vermeil, lindamente entalhados e ostensivamente adornados com medalhões esmaltados e cravejados de joias. Havia sido encontrado em um acampamento turco perto de Viena, e o estandarte de Maomé ficava sob o dourado trêmulo do dossel.

E assim, durante um ano inteiro, ele procurou acumular os espécimes mais suntuosos de trabalhos em tecidos e bordados, adquirindo as delicadas musselinas de Déli, finamente ataviadas com palmadas de fios de ouro e costuradas com asas iridescentes de besouros; as escumilhas de Dacca, que, por sua transparência, são conhecidas no Oriente como "ar tecido", "água corrente" e "orvalho vespertino"; estranhos tecidos estampados de Java; tapeçarias amarelas e requintadas da China; livros encadernados em cetins fulvos ou sedas azul-claras, adornadas com *fleurs-de-lis*, pássaros e imagens; véus de *lacis* cerzidos em ponto húngaro; brocados sicilianos e grossos veludos espanhóis; bordados georgianos, com suas moedas douradas, e *foukousas* japoneses, com seus dourados variegados de verde e pássaros de plumagens maravilhosas.

Ele nutria, ademais, uma paixão especial pelos trajes eclesiásticos, assim como por tudo relacionado com as cerimônias da Igreja. Nos compridos baús de cedro acomodados na galeria oeste de sua casa, havia guardado muitos espécimes raros e belos do que rigorosamente constitui a vestimenta da "Noiva de Cristo", que deve usar púrpura, joias e linho refinado para esconder o corpo pálido e macerado, exaurido pelo sofrimento que ela busca e ferido pela dor autoinfligida. Possuía uma esplêndida capa de asperges de seda carmesim e damasco de fios dourados, com adornos em um padrão repetitivo de romãs douradas dispostas em botões de flores de seis pétalas, junto dos quais, a cada lado, via-se o ananás cerzido em pérolas pequenas. As bordaduras eram divididas em painéis que retratavam cenas da vida da Virgem, cuja coroação era estampada em sedas coloridas no capuz, uma obra italiana do século XV. Outra capa de asperges era de veludo verde, bordada com aglomerados de folhas de acanto em forma de coração, das quais se ramificavam flores brancas de caules longos, cujos detalhes eram realçados com fios prateados e cristais coloridos. O alamar ostentava a cabeça de um serafim em um relevo bordado com fios de ouro. As bordaduras levavam adornos em seda vermelha e dourada, pontilhadas com medalhões de muitos santos e mártires, entre os quais São Sebastião. Dorian tinha também casulas de seda cor de âmbar, e de seda azul e brocado dourado, e damasco de seda amarela e tecido dourado, retratando a Paixão e a Crucificação de Cristo, bordados com leões, pavões e outros emblemas; dalmáticas de cetim branco e damasco de seda rosa, adornados com tulipas, delfins e *fleurs-de-lis*; frontais de altar em veludo carmesim e linho azul; e muitos corporais de altar, véus de cálices e sudários. Nos ofícios místicos em que se usavam tais aparatos, havia algo que lhe estimulava a imaginação.

Esses tesouros, e tudo o que colecionava em sua bela residência, representavam para ele modos de esquecer e de se esquivar, por um período, do medo que por vezes lhe parecia quase intenso demais para ser suportado. Nas paredes do cômodo solitário e trancado onde ele passara grande parte da infância, pendurara com as próprias mãos o terrível retrato cujas feições mutáveis lhe mostravam a real degradação de sua vida, e diante dele pendia, à guisa de cortina, a mortalha púrpura e dourada. Passava semanas sem ir até lá, esquecia-se da coisa horrenda na pintura e recobrava o coração leve, a alegria maravilhosa, a imersão apaixonada na mera existência. Então, de súbito, à noite se esgueirava da casa, dirigia-se a lugares terríveis perto de Blue Gate Fields e ali ficava, dia após dia, até ser expulso. Quando retornava, ia se sentar em frente ao retrato, por vezes odiando a pintura e a si mesmo; outras vezes, porém, cheio daquele orgulho do egocentrismo que representa metade do fascínio do pecado, e sorria, com um prazer secreto, para a sombra deformada que suportava o fardo que deveria ser dele.

Depois de alguns anos, sem aguentar ficar muito tempo fora da Inglaterra, desistiu da mansão que havia compartilhado com lorde Henry em Trouville, bem como da casinha branca e murada em Argel, onde mais de uma vez tinham passado o inverno. Odiava se separar do retrato, que integrava uma parte tão importante de sua vida, e também temia que, durante sua ausência, alguém entrasse no cômodo, a despeito dos ferrolhos complicados que mandara instalar na porta.

Tinha plena consciência de que o retrato nada revelaria a ninguém. Era verdade que a pintura ainda preservava, sob toda a infâmia e feiura do rosto, notável semelhança com ele. Mas o que se poderia concluir daí? Riria de qualquer um que tentasse insultá-lo. Ele não o pintara. O que tinha a ver com aquela aparência tão vil e ignominiosa? Mesmo que contasse, alguém acreditaria nele?

E, no entanto, sentia medo. Algumas vezes, quando estava em sua casa grandiosa em Nottinghamshire, recebendo os jovens elegantes de sua própria estirpe, sua principal companhia, e estarrecendo o condado com o luxo libertino e o esplendor suntuoso de seu modo de vida, ele de súbito abandonava os convidados e retornava rapidamente para a cidade, querendo verificar se alguém havia tentado abrir a porta e se o retrato continuava lá.

E se fosse roubado? Ficava gélido de terror só de pensar. Se isso acontecesse, com certeza o mundo descobriria seu segredo. Talvez até já suspeitasse.

Afinal, embora fascinasse muitos, não eram poucos os que desconfiavam dele. Quase fora banido de um clube no West End ao qual seu nascimento e posição social lhe davam o direito de pertencer e, certa ocasião, quando levado por um amigo ao salão de fumantes do Churchill, contou-se que o duque de Berwick e outro cavalheiro se levantaram com empáfia e retiraram-se do local. Depois que completou vinte e cinco anos, histórias bizarras sobre ele se tornaram comuns. Corria o boato de que o haviam visto em uma discussão acalorada com marinheiros estrangeiros em um antro torpe nas regiões mais afastadas de Whitechapel, e também falavam que Dorian se associava a ladrões e cunhadores charlatões cujos segredos dos ofícios bem conhecia. Suas ausências misteriosas ganharam notoriedade e, quando reaparecia na sociedade, os homens cochichavam pelos cantos, ou passavam por ele com ar de escárnio, ou o fitavam com olhares frios e inquisidores, como se determinados a descobrir seu segredo.

Naturalmente, ele desconhecia tais insolências e tentativas de desprezo, e na opinião da maioria das pessoas, seus modos francos e afáveis, seu encantador sorriso pueril e a infinita graça da estupenda juventude, que parecia jamais o abandonar, constituíam uma resposta às calúnias, pois assim eram chamados os boatos que circulavam sobre ele. Observava-se, todavia, que alguns dos que lhe eram mais íntimos pareciam, depois de certo tempo, evitá-lo. Mulheres que o haviam adorado com ardor, e que por ele enfrentaram todas as censuras sociais e desafiaram as convenções, eram vistas lívidas de vergonha ou horror quando Dorian Gray entrava no cômodo.

Esses escândalos sussurrados, no entanto, apenas intensificavam, aos olhos de muitos, o encanto estranho e perigoso do rapaz. Sua grande fortuna lhe proporcionava segurança garantida. A sociedade – ao menos a civilizada– quase nunca se dispõe a acreditar em qualquer afirmação desfavorável sobre os ricos e fascinantes. Ela julga, por instinto, que os bons modos são mais importantes do que a moral e, em sua opinião, a mais elevada respeitabilidade vale muito menos do que um bom chef. E, afinal, não serve de consolo dizer que o homem que ofereceu um jantar ruim, ou um vinho ordinário, é irrepreensível na vida privada. Nem mesmo as virtudes cardeais compensam *entrées* um tanto frias, como lorde Henry comentara certa vez, enquanto discutiam sobre o assunto, e possivelmente havia muito a ser dito quanto a tal ponto de vista. Os princípios da boa sociedade são, ou deveriam ser, os mesmos da arte. A forma se faz absolutamente essencial. Devem ter a dignidade de uma cerimônia, bem como sua irrealidade, e combinar o caráter desonesto de uma peça romântica com a sagacidade e a beleza que tornam tais peças encantadoras para nós. Seria a desonestidade tão terrível? Creio que não. Não passa de um método pelo qual somos capazes de multiplicar as nossas personalidades.

 Essa, de todo modo, era a opinião de Dorian Gray. Ele costumava se surpreender com a psicologia rasa daqueles que concebiam o ego no homem como algo simples, permanente, confiável e dotado de uma única essência. Para Dorian, o homem era um ser com uma miríade de vidas e de sensações, uma criatura multiforme complexa que carregava, dentro de si, legados peculiares de pensamento e paixão, e cuja própria carne estava maculada pelas moléstias monstruosas dos mortos. Ele adorava passear pela galeria de quadros gélida e desolada de sua casa de campo e observar os diversos retratos daqueles cujo sangue corria em suas veias. Lá estava Philip Herbert, descrito por Francis Osborne, em suas *Memórias sobre os reinados da rainha Isabel e do rei Jaime*, como alguém "afagado pela Corte por seu belo rosto, que não lhe fez companhia por muito tempo". Seria a vida do jovem Herbert que ele às vezes levava? Haveria um germe venenoso rastejando de corpo em corpo até chegar ao dele? Teria sido algum sentimento vago daquela graça arruinada que o fizera proferir tão repentinamente, e quase sem motivo, no ateliê de Basil Hallward, a súplica insana que tanto mudara sua vida? Lá, em um gibão vermelho bordado em ouro, em uma sobreveste cravejada de joias e uma gola franzida e punhos de bordas douradas, estava sir Anthony Sherard, com a armadura prateada e preta empilhada aos pés. Qual teria sido o legado daquele homem? Teria o amante de Joana de Nápoles deixado para ele alguma herança de pecado e vergonha? Seriam suas próprias ações os meros sonhos que o homem morto não ousara realizar? Ali, da tela desbotada, sorria lady Elizabeth Devereux, com chapéu de escumilha, estomaqueira coberta de pérolas e mangas bufantes cor-de-rosa. Na mão direita, uma flor; na esquerda, um colar esmaltado de rosas brancas e adamascadas. Sobre uma mesa ao lado dela se destacava um bandolim e uma maçã. Três grandes rosetas verdes encimavam seus sapatinhos pontudos. Ele conhecia a vida da mulher e as histórias curiosas que se contavam sobre os amantes dela. Haveria nele algo do temperamento dela? Os olhos ovais de pálpebras pesadas pareciam fitá-lo com curiosidade. E quanto a George Willoughby, com o cabelo empoado e as manchas espantosas? Que aparência maléfica! O rosto era saturnino e escuro, e os lábios sensuais pareciam retorcidos de desdém. Mangas adornadas com babados delicados de renda caíam sobre as mãos magras e amarelas repletas de anéis. Fora um janota do século XVIII e, na juventude, amigo de lorde Ferrars. E quanto ao segundo lorde Beckenham, companheiro do príncipe regente em seus dias mais insanos, e uma das testemunhas do casamento secreto com a senhora Fitzherbert? Como era orgulhoso e bonito, com os cachos castanhos e a pose insolente! Que paixões ele teria deixado de herança? O mundo o tachara de infame, e sabia-se que havia conduzido as orgias em Carlton House. A estrela da Ordem da Jarreteira reluzia em seu peito. Ao lado dele, via-se o retrato da esposa, uma mulher pálida e de lábios finos, vestida de preto. O sangue dela também corria nas veias de Dorian. Como tudo parecia estranho! E a mãe dele, com o rosto de lady Hamilton e os lábios úmidos, salpicados de vinho – ele sabia que herdara da mulher a beleza e a paixão pela beleza dos outros. Ela ria para o filho naquele vestido largo de bacante. Nos cabelos, folhas de videira, e da taça que segurava o vinho púrpura escorria. A pintura da carnação havia desbotado, mas os olhos continuavam encantadores em sua profundidade e esplendor colorido. Pareciam segui-lo aonde quer que fosse.

Entretanto, temos ancestrais na literatura, bem como na própria linhagem, talvez mais próximos em caráter e temperamento, e certamente com uma influência de que somos muito mais conscientes. Em dados momentos, parecia a Dorian Gray que toda a história não passava de um relato de sua própria vida, não como a tinha vivido em atos e circunstâncias, mas como sua imaginação a concebera, como ocorrera em seu cérebro e em suas paixões. Ele sentia que conhecera todas aquelas figuras estranhas e terríveis que haviam desfilado pelo palco do mundo e tornado o pecado tão maravilhoso e o mal tão repleto de sutilezas. Parecia-lhe que, de alguma forma misteriosa, a vida deles tinha sido a sua própria vida.

O herói do romance magnífico que tanto o influenciara tinha, ele mesmo, conhecido essa curiosa fantasia. No sétimo capítulo, ele relata como, coroado de louros para que não fosse atingido por um raio, sentara-se, como Tibério, em um jardim em Capri, lendo os livros ignominiosos de Elefantis, enquanto anões e pavões desfilavam com pompa em torno dele e o flautista zombava de quem balançava o incensário; e, como Calígula, que havia festejado com os palafreneiros de trajes verdes nos estábulos e jantado em uma manjedoura de marfim com um cavalo cuja fronte estava cravejada de joias; e, como Domiciano, que havia perambulado por um corredor forrado de espelhos de mármore, fitando os arredores com olhos exauridos em busca do reflexo da adaga que daria cabo de seus dias, enjoado do tédio, daquele terrível *tædium vitæ* que se manifesta naqueles a quem a vida não nega nada; e tinha espiado, através de uma esmeralda transparente, as ruínas vermelhas do Circo, e em seguida, em uma liteira perolada e purpúrea puxada por mulas com ferradura de prata, fora carregado pela rua das Romãs até a Casa de Ouro, e ouvira homens gritando para Nero César enquanto ele passava; e, como Heliogábalo, que havia pintado o rosto de várias cores, entretecera-se na roca entre as mulheres e trouxera a Lua da civilização cartaginesa e a dera ao Sol em um enlace místico.

Repetidas vezes Dorian costumava ler esse capítulo fantástico, e também os dois seguintes, nos quais, como em certas tapeçarias peculiares ou adornos esmaltados feitos com destreza, eram retratadas as formas terríveis e belas daqueles que o vício, o sangue e o cansaço haviam transformado em seres monstruosos ou loucos: Filipe, duque de Milão, que assassinara a esposa e pintara os lábios dela com um veneno escarlate, para que o amante sorvesse a morte ao beijar a criatura falecida que idolatrava; Pietro Barbo, o veneziano, conhecido como papa Paulo II, que em sua vaidade procurava assumir o título de Formoso, e cuja tiara papal, avaliada em 200 mil florins, fora comprada ao preço de um pecado terrível; Gian Maria Visconti, que usava cães para perseguir homens vivos, e cujo corpo assassinado fora coberto de rosas por uma meretriz que o amava; Bórgia em seu cavalo branco, tendo o Fratricida cavalgando a seu lado, o manto manchado pelo sangue de Perotto; Pietro Riario, o jovem cardeal arcebispo de Florença, filho e assecla de Sisto IV, cuja beleza era igualada apenas por sua devassidão, e que recebera Leonor de Aragão em um pavilhão de seda branca e carmesim, repleto de ninfas e centauros, e um menino revestido de ouro para fazer as vezes de Ganímedes ou Hilas durante o festejo; Ezzelino, cuja melancolia só poderia ser curada pelo espetáculo da morte, e que tinha pelo sangue vermelho a mesma paixão que outros homens têm por vinho tinto – o filho do demônio, segundo diziam, que tinha trapaceado o pai nos dados quando apostara com ele a própria alma; Giovanni Battista Cibo, que assumira o nome Inocêncio em um ato de zombaria, e em cujas veias entorpecidas um médico judeu infundira o sangue de três rapazes; Sigismundo Malatesta, amante de Isotta e senhor de Rimini, cuja efígie fora queimada em Roma como inimiga de Deus e do homem, que estrangulara Polissena com um guardanapo, dera veneno a Ginevra d'Este em uma taça de esmeraldas e, em homenagem a uma paixão infame, construíra uma igreja pagã para o culto cristão; Carlos VI, que adorava a esposa do irmão com tanto fervor que um leproso o avisara sobre a loucura que o acometeria, e que, quando seu cérebro adoeceu e se tornou estranho, só podia ser consolado por cartas sarracenas pintadas com as imagens do amor, da morte e da loucura; e, em seu gibão adornado e chapéu cravejado de joias e cachos de acanto, Grifonetto Baglioni, que matara Astorre com a noiva, e Simonetto com o pajem, e cuja formosura era tal que, quando jazia à beira da morte na *piazza* amarela de Perúgia, aqueles que o odiavam não podiam fazer nada a não ser chorar, e Atalanta, que o amaldiçoara, o abençoou.

Todos sem dúvida dotados de um fascínio terrível. Dorian os via à noite, e eles perturbavam a sua imaginação durante o dia. A Renascença conhecia maneiras estranhas de envenenamento – por meio de um elmo e uma tocha acesa, por uma luva bordada ou um leque cravejado de joias, por meio de um pomo perfumado de ouro e uma corrente de âmbar. Dorian Gray fora envenenado por um livro. Em certos momentos, ele encarava o mal apenas como elemento necessário para realizar a sua concepção do belo.

Capítulo doze

Foi em 9 de novembro, véspera de seu trigésimo oitavo aniversário, como ele muitas vezes se lembrou posteriormente.

Depois de jantar com lorde Henry, voltava para casa por volta das onze horas e estava enrolado em peles pesadas, em razão da noite fria e nevoenta. Na esquina da Grosvenor Square com a South Audley Street, um homem passou por ele em meio à neblina, caminhando muito depressa, a gola do casaco cinza levantada, na mão, uma valise. Dorian o reconheceu. Era Basil Hallward. Uma estranha e inexplicável sensação de medo apoderou-se dele. Sem demonstrar qualquer sinal de reconhecimento, Dorian seguiu em frente rápido, na direção de sua casa.

Hallward, contudo, o tinha visto. Dorian o ouviu primeiro parar na calçada e depois correr atrás dele. Em alguns instantes, a mão do pintor segurava seu braço.

– Dorian! Que sorte a minha! Estava esperando-o na sua biblioteca desde as nove horas. Por fim, tive pena de seu criado exausto e, enquanto ele me acompanhava até a porta, disse-lhe que fosse para a cama. Embarco para Paris no trem da meia-noite e queria muito o encontrar antes de partir. Achei mesmo que fosse você, ou melhor, o seu casaco de pele, quando passou por mim, mas não tive certeza. Não me reconheceu?

– Neste nevoeiro, meu caro Basil? Ora, nem consigo reconhecer a Grosvenor Square. Acho que a minha casa fica em algum lugar por aqui, mas não estou certo. Lamento que esteja de partida, pois não o vejo há séculos. Mas imagino que voltará logo, sim?

– Não, vou passar seis meses longe da Inglaterra. Pretendo alugar um ateliê em Paris e me trancar nele até terminar um grande quadro que tenho em mente. Porém, não era sobre mim que eu queria falar. Ah, estamos em frente à sua casa. Permita-me entrar por um instante. Tenho algo a lhe falar.

– Será um prazer. Mas não perderá o trem? – perguntou Dorian Gray languidamente, enquanto subia os degraus e abria a porta com a chave.

A luz do poste esforçava-se para atravessar o nevoeiro, e Hallward consultou o relógio.

– Tenho tempo de sobra – respondeu. – O trem só sai à meia-noite e quinze, e ainda são onze horas. Na verdade, eu estava indo para o clube procurá-lo quando o encontrei. Como pode ver, não vou perder tempo com a bagagem, pois já despachei as coisas mais pesadas. Tudo de que preciso está nesta valise, e posso chegar à Victoria Station em vinte minutos.

Dorian fitou-o e sorriu.

– Que modo de viajar para um pintor tão renomado! Uma valise Gladstone e um casaco! Entre, ou a neblina invadirá a casa. E lembre-se de não falar nada sério. Nada é sério hoje em dia. Ao menos nada deveria ser.

Hallward meneou a cabeça enquanto entrava e seguiu Dorian até a biblioteca. Um fogo de lenha refulgente ardia na grande lareira aberta. As luzes estavam acesas, e sobre uma mesinha marchetada havia um grande licoreiro holandês de prata aberto, com alguns sifões de água gaseificada e grandes copos de vidro lapidado.

– Como pode ver, seu criado me fez sentir em casa, Dorian. Ele me deu tudo que eu queria, incluindo seus melhores cigarros de ponta dourada. Sem dúvida uma criatura bastante hospitaleira.

Gosto muito mais dele do que daquele francês anterior. A propósito, o que aconteceu com o francês?

Dorian encolheu os ombros.

— Acho que se casou com a empregada de lady Radley e a estabeleceu em Paris como uma costureira inglesa. A anglomania está muito em voga por lá hoje em dia, pelo que ouvi dizer. Uma tolice da parte dos franceses, não acha? Mas... quer saber? O homem não era um criado ruim. Jamais gostei dele, mas não tinha do que reclamar. Frequentemente imaginamos coisas muito absurdas. Ele de fato era muito dedicado a mim, e parecia bem triste quando foi embora. Quer outro conhaque com soda? Ou prefere vinho branco e água com gás? Eu sempre tomo. Com certeza deve haver um pouco no outro cômodo.

— Obrigado, não vou tomar mais nada — respondeu o pintor, tirando o chapéu e o casaco e jogando-os sobre a valise que havia colocado em um canto. — E agora, meu caro amigo, quero ter uma conversa séria com você. Não faça essa careta. Desse jeito torna tudo mais difícil.

— De que se trata esse tudo? — perguntou Dorian com seu jeito petulante, atirando-se no sofá. — Espero que o assunto não seja a meu respeito. Estou cansado de mim mesmo esta noite. Gostaria de ser outra pessoa.

— É sobre você — afirmou Hallward, a voz grave e profunda —, e preciso lhe dizer isto. Não peço mais do que meia hora do seu tempo.

Dorian suspirou e acendeu um cigarro.

— Meia hora — murmurou.

— Não lhe peço muito, Dorian, e é pensando inteiramente no seu próprio bem que lhe direi isto. Acho importante que saiba das coisas terríveis que dizem sobre você em Londres.

— Não quero saber nada disso. Adoro escândalos sobre outras pessoas, mas não me interesso por escândalos que me envolvam. Eles não têm o encanto da novidade.

— Pois deveria se interessar, Dorian. Todo cavalheiro se importa com a própria reputação. Não quer que as pessoas falem de você como alguém vil e degradado. Naturalmente, conta com a sua posição social e a sua fortuna e essas coisas todas. Mas isso não é tudo na vida. Saiba que não acredito nesses rumores. Ao menos, não consigo acreditar neles quando vejo você. O pecado pode ser lido no rosto de um homem, nunca será escondido. Vez ou outra, as pessoas comentam sobre vícios secretos... Tais coisas não existem. Se um homem deplorável tem um vício, ele se revela nas linhas da boca, no descair das pálpebras, até mesmo no formato das mãos. Alguém... não vou mencionar o nome, mas você o conhece... me procurou no ano passado para que eu pintasse um retrato dele. Eu nunca o tinha visto antes, e nunca ouvira nada sobre ele à época, embora tenha ouvido muito desde então. Ele me ofereceu um pagamento exorbitante. Recusei-o. Alguma coisa no formato dos seus dedos me levou a detestá-lo. Agora sei que estava certo quanto ao que imaginei sobre o sujeito. Leva uma vida terrível. Mas você, Dorian, com seu rosto puro, radiante e inocente, e com sua juventude maravilhosa e imaculada... não consigo acreditar em nada inconveniente que dizem sobre você. No entanto, como o vejo muito raramente, e você nunca mais aparece no ateliê, quando não estou na sua presença e ouço todas as coisas horríveis que as pessoas cochicham a seu respeito, não sei o que dizer. Por que, Dorian, um homem como o duque de Berwick se retira do cômodo quando você entra no clube? Por que tantos cavalheiros em Londres não frequentam a sua casa ou não o convidam para a casa deles? Você era amigo de lorde Staveley. Encontrei-o em um jantar na semana passada. O seu nome surgiu por acaso na conversa, por conta das miniaturas que você emprestou para a exposição no Dudley. Staveley franziu os lábios e disse que você talvez tivesse mesmo o mais artístico dos gostos, mas que nenhuma garota de mente pura deveria conhecê-lo e nenhuma mulher casta poderia compartilhar o mesmo ar que você. Eu o lembrei de que sou seu amigo e perguntei-lhe o que queria dizer com aquilo. Ele me contou. Contou na frente de todos. Uma cena horrível! Por que a sua amizade gera tanta fatalidade para os rapazes? Teve aquele menino infeliz da Guarda que se suicidou. Você era um grande amigo dele. Sir Henry Ashton precisou partir da Inglaterra com a reputação maculada. Vocês dois eram inseparáveis. E quanto a Adrian Singleton e ao terrível fim que teve? E quanto ao único filho de lorde Kent e a sua carreira? Encontrei o pai dele ontem na St. James Street. Ele parecia alquebrado de vergonha e tristeza. E o jovem duque de Perth? Que tipo de vida ele leva agora? Que cavalheiro se associaria a ele?

— Pare, Basil. Você está falando sobre coisas das quais nada sabe — declarou Dorian Gray, mordendo o lábio; na voz, um toque de desprezo infinito. — Você me pergunta por que Berwick se retira do cômodo quando eu entro. Porque sei tudo sobre a vida dele, e não por ele saber qualquer coisa sobre a minha. Com o sangue que corre nas veias do homem, como teria um histórico imaculado? Você me pergunta sobre Henry Ashton e o jovem Perth. Por acaso fui eu quem ensinou a um deles os vícios e ao outro a libertinagem? Se o filho tolo de Kent arranjou uma esposa na rua, o que tenho a ver com isso? Se Adrian Singleton falsificou o nome de um amigo ao assinar uma conta, seria minha responsabilidade fazer alguma coisa? Sei como as pessoas são tagarelas na Inglaterra. A classe média profere seus preconceitos morais nas mesas de jantar mais ordinárias, e sussurra o que chama de prodigalidade dos privilegiados a fim de fingir que pertence a uma sociedade inteligente e que tem intimidade com as pessoas que calunia. Neste país, basta um homem ter distinção e miolos para que todas as línguas brandam contra ele. E que tipo de vida levam essas pessoas que se dizem morais? Meu caro amigo, você se esquece de que estamos na terra natal da hipocrisia.

— Dorian! — exclamou Hallward. — Essa não é a questão. A Inglaterra já é ruim o bastante, sei disso, e a sociedade inglesa está totalmente equivocada, razão pela qual desejo que você aja corretamente. E não tem feito isso. Temos o direito de julgar um homem pelos seus efeitos sobre os amigos. Os seus parecem ter perdido todo o senso de honra, de bondade, de pureza... Você os instilou com uma obsessão pelo prazer. Eles despencaram rumo às profundezas. Você os conduziu até lá. Sim, você os conduziu e, no entanto, consegue sorrir, como está sorrindo agora. E ainda há algo pior. Sei que você e Harry são inseparáveis. Certamente por essa razão, se por nenhuma outra, você não deveria arrastar o nome da irmã dele na lama.

– Cuidado, Basil. Está indo longe demais.

– Eu preciso falar e você precisa ouvir. Você tem de ouvir. Quando conheceu lady Gwendolen, não pairava sobre ela uma única sombra de escândalo. E, por acaso, agora existe uma única mulher decente em Londres que a acompanharia ao parque? Ora, nem mesmo os filhos têm permissão para morar com ela. E há outras histórias... histórias de que você foi visto se esgueirando para fora de casas terríveis ao amanhecer, e entrando furtivamente e sob disfarce nos covis mais sujos de Londres. São verdadeiras? Podem ser verdadeiras? Quando as ouvi pela primeira vez, caí na risada. Quando as ouço agora, elas me fazem estremecer. E a sua casa de campo e a vida que se leva por lá? Dorian, você desconhece as coisas que dizem a seu respeito. Não estou lhe dizendo que não quero pregar-lhe um sermão. Lembro-me das palavras de Harry sobre como todo homem que, em dado momento, se transforma em um padre amador, sempre começa dizendo isso, e logo em seguida não cumpre o que falou. Quero lhe pregar um sermão. Quero que você leve uma vida que faça o mundo respeitá-lo. Quero que tenha uma reputação imaculada e um histórico limpo. Quero que se livre das pessoas horríveis com as quais se associa. Não sacuda os ombros assim. Não aja com tanta indiferença. Você tem uma capacidade extraordinária de influenciar. Use-a para o bem, não para o mal. Dizem que você corrompe todos de quem se torna íntimo, e que basta entrar em uma casa para que logo alguma vergonha recaia sobre ela. Não sei se é verdade. Como saberia? Mas é o que dizem. Contaram-me coisas de que parece impossível duvidar. Lorde Gloucester, um dos meus melhores amigos em Oxford, mostrou-me uma carta que a esposa lhe escreveu quando estava sozinha, à beira da morte, na mansão em Mentone. Mencionava o seu nome na confissão mais terrível que já li. Eu disse a ele que era um absurdo... que eu o conhecia muito bem e que você era incapaz de fazer qualquer coisa daquele tipo. Conheço-o mesmo? Eu me pergunto: realmente o conheço? Antes de responder, eu precisaria ver a sua alma!

– Ver a minha alma! – murmurou Dorian Gray, levantando-se quase lívido de medo do sofá.

– Exatamente – respondeu Hallward com seriedade, na voz um tom profundo de tristeza. – Teria que ver a sua alma. Mas somente Deus é capaz disso.

Uma risada amarga de escárnio irrompeu dos lábios do homem mais jovem.

– Você a verá com seus próprios olhos hoje à noite! – exclamou, apanhando uma luminária na mesa. – Venha, é obra sua. Por que não deveria vê-la? Depois, poderá contar ao mundo todo sobre ela, se quiser. Ninguém acreditaria em você. Se acreditassem, acabariam gostando ainda mais de mim. Conheço a época em que vivemos melhor do que você, embora tagarele sobre ela de forma tão enfadonha. Venha, estou pedindo. Já matraqueou o suficiente sobre degradação. Agora vai ficar frente a frente com ela.

A loucura, motivada pelo orgulho, desprendia-se de cada palavra de Dorian, que batia os pés no chão com seus modos insolentes de menino. Invadiu-lhe uma alegria terrível ao pensar que compartilharia seu segredo com outra pessoa, e que o pintor do retrato, a origem de toda a sua vergonha, carregaria pelo resto da vida a lembrança hedionda do que fizera.

– Sim – continuou Dorian Gray, aproximando-se de Basil e encarando fixamente aqueles olhos austeros. – Eu lhe mostrarei a minha alma. Verá o que imagina que apenas Deus é capaz de ver.

Hallward recuou alguns passos.

– Isso é blasfêmia, Dorian! – exclamou. – Não diga coisas assim. São horríveis e não significam nada.

– Você acha? – Ele riu de novo.

— Eu sei disso. Quanto ao que lhe falei esta noite, agi para o seu bem. Você sabe que sempre fui um amigo leal.

— Não encoste em mim. Diga logo tudo o que tem a dizer.

Um brilho retorcido de dor atravessou o rosto do pintor, que parou por um instante dominado por um sentimento intenso de comiseração. Afinal, que direito tinha de se intrometer na vida de Dorian Gray? Se o rapaz tivesse feito um décimo do que diziam, devia ter sofrido muito! Em seguida, ele se endireitou e foi até a lareira, onde parou, fitando as toras ardendo e as cinzas espalhando-se feito geada, em núcleos de chamas latejantes.

— Estou esperando, Basil — avisou o jovem, com a voz límpida e dura.

O pintor se virou.

— O que tenho a dizer é o seguinte — começou. — Você precisa me dar alguma resposta a essas acusações horríveis. Se me disser que são absolutamente falsas, do começo ao fim, acreditarei em você. Negue-as, Dorian, negue-as! Não consegue ver o que estou passando? Meu Deus! Não me diga que você é mau, e corrompido, e infame.

Dorian Gray sorriu, nos lábios uma curva de desprezo.

— Vamos lá para cima, Basil — disse ele calmamente. — Mantenho um diário da minha vida, dia após dia, e ele nunca sai do cômodo onde escrevo. Vou mostrá-lo a você se vier comigo.

— Irei com você, Dorian, se é isso que quer. Já perdi meu trem. Não importa. Viajarei amanhã. Mas não me peça que leia nada esta noite. Quero apenas uma resposta direta à minha pergunta.

— Você a receberá lá em cima. Não aqui. E não vai ter que ler por muito tempo.

Capítulo treze

Dorian saiu da sala e se pôs a subir, com Basil Hallward logo atrás de si. Andavam com suavidade, como os homens fazem instintivamente à noite. A luz lançava sombras fantásticas na parede e nas escadas. Um vento crescente estremecia algumas das janelas.

Quando chegaram ao andar superior, Dorian colocou a luminária no chão e, pegando a chave, girou-a na fechadura.

– Você quer mesmo saber, Basil? – perguntou ele em voz baixa.

– Quero.

– Fico encantado – afirmou Dorian, sorrindo. Em seguida, acrescentou de maneira um tanto áspera: – Você é o único homem no mundo com o direito de saber tudo sobre mim. Teve mais a ver com a minha vida do que imagina. – E, pegando a luminária do chão, abriu a porta e entrou. Uma corrente de ar frio passou por eles, e a luz se avivou momentaneamente em uma chama alaranjada e escura. Ele estremeceu. – Feche a porta – sussurrou, enquanto colocava a luminária sobre a mesa.

Hallward olhou ao redor com uma expressão intrigada. O cômodo parecia desabitado havia anos. Uma tapeçaria flamenga desbotada, um quadro coberto por um pano, um antigo *cassone* italiano e uma estante de livros quase vazia, isso era tudo que parecia haver ali, além de uma cadeira e uma escrivaninha. Enquanto Dorian Gray acendia uma vela queimada até a metade sobre a cornija da lareira, Basil Hallward notou a poeira cobrindo o lugar todo e o tapete repleto de furos. Um rato correu por trás dos lambris. Um odor úmido de mofo inundava o aposento.

– Então você acha que apenas Deus é capaz de ver a alma, Basil? Afaste aquele pano e verá a minha – falou em uma voz fria e cruel.

– Você enlouqueceu, Dorian, ou está interpretando um papel – murmurou Hallward, franzindo o cenho.

– Não vai afastar o pano? Então eu mesmo o farei – declarou o jovem, e arrancou o pano do suporte e o jogou no chão.

Uma exclamação de horror irrompeu dos lábios do pintor quando viu, em meio à penumbra, o rosto horrendo na tela sorrindo para ele. Havia algo naquela expressão que o encheu de asco e repugnância. Por Deus! Encarava o próprio semblante de Dorian Gray! O horror, fosse o que fosse, não tinha arruinado por completo aquela beleza maravilhosa. Ainda havia um resquício de ouro nos cabelos ralos e um toque de escarlate na boca sensual. Os olhos empapados haviam conservado um pouco da formosura do azul, as curvas nobres ainda não tinham desaparecido completamente das narinas cinzeladas e do pescoço maleável. Sim, era o próprio Dorian. Mas quem o pintara? Ele reconhecia as próprias pinceladas, e a moldura era de sua própria autoria. Diante da monstruosidade da ideia, sentiu medo. Apanhou a vela acesa e a segurou diante do retrato. No canto esquerdo surgiu seu nome, traçado em letras alongadas em um tom cinábrio vivo.

Era alguma cópia odiosa, alguma sátira ignóbil e infame. Ele nunca fizera aquilo. Ainda assim, lá estava sua obra. Ele sabia, e sentiu como se o seu sangue se transformasse, em um instante, de fogo em gelo moroso. Seu próprio quadro! Qual seria o significado dele? Por que teria se alterado? Ele se virou e encarou Dorian Gray com os olhos de um enfermo. A boca se contraiu e a língua ressequida parecia incapaz de articular qualquer palavra. Passou a mão na testa, úmida de suor pegajoso.

O jovem estava apoiado na cornija da lareira, observando-o com aquela expressão estranha que surge no rosto de quem está absorto em uma peça na qual atua um grande artista. Não expressava tristeza nem felicidade, mas simplesmente a paixão do espectador, talvez com uma centelha de triunfo no olhar. Ele havia tirado a flor da lapela e a cheirava, ou fingia fazê-lo.

– Qual o significado disso? – gritou Hallward, por fim, a própria voz estridente e estranha a seus ouvidos.

– Anos atrás, quando eu era um garoto – começou Dorian Gray, esmagando a flor em sua mão –, você me conheceu, me adulou e me ensinou a envaidecer-me da minha beleza. Certo dia, apresentou-me a um amigo seu, que me explicou o esplendor da juventude, e você finalizou um retrato que me revelou o esplendor da beleza. Em um momento de loucura, de que, mesmo agora, não sei se me arrependo ou não, fiz uma súplica, que você talvez chame de oração...

– Eu me lembro! Oh, como me lembro bem disso! Não! É impossível. O bolor da umidade do cômodo impregnou na tela. Nas tintas que usei havia um veneno mineral maldito. Estou lhe dizendo que é impossível.

– Ah, o que é impossível? – murmurou o jovem, indo até a janela e apoiando a testa contra o vidro frio e embaçado pela neblina.

– Você me disse que o tinha destruído.

– Eu estava errado. Ele me destruiu.

– Não acredito que seja o meu quadro.

– Não consegue ver o seu ideal nele? – perguntou Dorian com amargor.

– O meu ideal, como você o chama.

– Como você o chamou.

– Não havia perversidade nele, nada de vergonhoso. Você significou para mim um ideal que nunca mais vou encontrar. O rosto do quadro é de um sátiro.

– O rosto da minha alma.

– Por Deus! Que coisa fui venerar! São olhos demoníacos.

– Cada um de nós tem o céu e o inferno dentro de si, Basil! – exclamou Dorian, com um gesto exasperado de desespero.

Hallward virou-se novamente para o retrato e o fitou.

– Meu Deus! Se for verdade... – exclamou –, e se você fez isso com a sua vida, ora, deve ser ainda pior do que imaginam aqueles que falam a seu respeito!

Ele aproximou a luz da tela e a examinou. A superfície parecia completamente intocada, como ele a deixara. Parecia que a impureza e a perversidade vinham de dentro. Por meio de alguma aceleração estranha da vida interior, os lepromas do pecado devoravam a coisa vagarosamente. A putrefação de um cadáver em um túmulo úmido não seria tão terrível quanto aquilo.

A mão de Basil estremeceu e a vela caiu do castiçal e ficou crepitando no chão. Ele pôs o pé sobre a chama e a apagou. Em seguida, jogou-se na cadeira bamba ao lado da mesa e enterrou o rosto nas mãos.

– Bom Deus, Dorian, que lição! Que lição terrível! – Apesar da ausência de resposta, ele ouvia o rapaz soluçando perto da janela. – Reze, Dorian, reze – murmurou. – O que nos ensinaram a dizer na infância? "Não nos deixeis cair em tentação. Perdoai-nos os nossos pecados... Não nos deixeis cair em tentação." Vamos dizer isso juntos. A prece do seu orgulho foi atendida. A prece do seu arrependimento também o será. Eu o venerei demais. Puniram-me por isso. Você se venerou demais. Puniram a nós dois.

Dorian Gray virou-se lentamente e o fitou com os olhos marejados de lágrimas.

– É tarde demais, Basil – gaguejou.

– Nunca é tarde demais, Dorian. Vamos nos ajoelhar e tentar lembrar uma oração. Não existe um versículo que diz: "Embora os pecados sejam vermelhos como escarlate, eles se tornarão brancos como a neve"?

– Essas palavras não significam nada para mim agora.

– Quieto! Não diga isso. Você já fez muito mal na sua vida. Meu Deus! Não vê aquela coisa maldita nos fitando com malícia?

Dorian Gray desviou o olhar para o retrato e, de súbito, dominou-o um sentimento incontrolável de ódio por Basil Hallward, como se lhe tivesse sido sugerido pela imagem na tela, sussurrado em seu ouvido por aqueles lábios curvados em um sorriso. As paixões frenéticas de um animal acuado agitavam-se dentro dele, e passou a abominar o homem sentado à mesa, mais do que abominara qualquer coisa na vida. Esquadrinhou o cômodo selvagemente. Alguma coisa cintilou no topo do baú pintado à sua frente. Observou-a. Sabia o que era, uma faca que ele havia trazido alguns dias antes para cortar um pedaço de corda e se esquecera de levar de volta. Aproximou-se dela lentamente, passando por Hallward. Assim que chegou atrás dele, Dorian apanhou a faca e se virou. O pintor se mexeu na cadeira como se fosse se levantar. Dorian correu e cravou a faca na grande veia atrás da orelha, esmagando a cabeça do homem contra a mesa e apunhalando-o repetidas vezes.

Sobreveio um gemido abafado e o som horrível de alguém se engasgando com sangue. Três vezes os braços estendidos se ergueram convulsivamente, agitando as mãos grotescas com dedos enrijecidos no ar. Dorian o apunhalou mais duas vezes, mas o homem não se mexeu. Algo começou a pingar no chão. Ele esperou um momento, ainda mantendo a cabeça do homem pressionada contra o tampo. Em seguida, jogou a faca sobre a mesa e se pôs a escutar.

Nada ouvia exceto os pingos gotejando sobre o tapete puído. Abriu a porta e saiu para o patamar. A casa estava mergulhada no mais completo silêncio. Ninguém por perto. Por alguns segundos, ficou debruçado sobre a balaustrada, fitando o poço negro fervilhante de escuridão. Em seguida, pegou a chave, voltou ao cômodo e se trancou lá.

A coisa continuava sentada na cadeira, estendida sobre a mesa, a cabeça curvada e as costas tortas, e os braços compridos e fantásticos. Não fosse pelo talhe serrilhado e vermelho no pescoço e pela poça negra e coagulada que se ampliava morosamente sobre a mesa, seria possível dizer que o homem estava apenas dormindo.

Com que rapidez tudo acontecera! Ele se sentiu estranhamente calmo e, caminhando até a janela, abriu-a e saiu para o terraço.

O vento dissipara a névoa, e o céu parecia a cauda de um pavão monstruoso, pontilhada de miríades de olhos dourados. Olhou para baixo e viu o policial fazendo a ronda, lançando o longo facho da lanterna sobre as portas das casas silenciosas. A mancha carmesim de um cabriolé em movimento cintilou na esquina e depois desapareceu. Uma mulher com um xale esvoaçante arrastava-se cambaleante e lenta pelas grades. Volta e meia, ela parava e olhava para trás. A certa altura, começou a cantar com voz rouca. O policial se aproximou e lhe disse alguma coisa. Rindo, ela cambeteou para longe. Uma rajada de vento cortante varreu a praça. Os lampiões a gás bruxulearam e chamejaram em azul, e as árvores desfolhadas agitaram seus galhos sombrios de um lado para o outro. Ele estremeceu e voltou para dentro, fechando a janela.

Ao chegar à porta, girou a chave e a abriu. Nem mesmo olhou para o homem assassinado. Sentia que o segredo da coisa toda era não ponderar sobre o ocorrido. O amigo que pintara o retrato fatal responsável por sua desgraça desaparecera para sempre. Isso bastava.

Então ele se lembrou da lamparina. Tratava-se de um exemplar bastante curioso de trabalho mourisco, feita de prata fosca, incrustada com arabescos de aço polido e cravejada de turquesas brutas. Talvez o criado desse por falta dela, o que suscitaria perguntas. Hesitou por um momento, em seguida se virou e a apanhou sobre a mesa. E vislumbrou mais uma vez a coisa morta. Como estava imóvel! Como pareciam terrivelmente brancas aquelas mãos compridas! Como se assemelhava a uma imagem horrível de cera.

Depois de ter trancado a porta, desceu as escadas silenciosamente. As tábuas dos degraus rangeram e pareceram gritar, como se estivessem com dor. Ele se deteve várias vezes e esperou. Não: estava tudo silencioso. Ouvia apenas o som dos próprios passos.

Quando chegou à biblioteca, viu a valise e o casaco em um canto. Precisaria escondê-los em algum lugar. Então destrancou um armário secreto atrás dos lambris, onde guardava seus próprios disfarces peculiares, e os ocultou lá. Poderia muito bem queimá-los mais tarde. Em seguida, tirou o relógio do bolso. Eram vinte para as duas.

Sentou-se e se pôs a pensar. Todos os anos – todos os meses, praticamente –, enforcavam-se homens na Inglaterra por aquilo que ele havia feito. Vibrava uma loucura de assassinato no ar. Alguma estrela vermelha se aproximara demais da Terra... E, no entanto, que provas existiriam contra ele? Basil Hallward partira às onze. Ninguém o tinha visto entrar na casa novamente. A maioria dos criados estava em Selby Royal. Seu valete já fora dormir. Paris! Sim. Basil partira para Paris no trem da meia-noite, como pretendia. Com seus hábitos reservados e peculiares, decorreriam meses antes que se levantassem quaisquer suspeitas. Meses! Tudo poderia ser destruído muito antes disso.

Um pensamento repentino o invadiu. Vestiu o casaco de pele e o chapéu e saiu para o vestíbulo. Ali se deteve, ouvindo os passos lentos e pesados do policial na calçada lá fora, vendo o facho da lanterna refletido na janela. Prendeu a respiração e aguardou.

Passados alguns instantes, abriu o ferrolho e saiu, fechando a porta com cuidado. Em seguida, começou a tocar a campainha. Cerca de cinco minutos depois, seu criado apareceu, meio vestido e muito sonolento.

– Lamento tê-lo acordado, Francis – disse ele, entrando. – Esqueci a minha chave. Que horas são?

– Duas e dez, senhor – respondeu o homem, olhando para o relógio e piscando.

– Duas e dez?! Como está tarde! Acorde-me às nove amanhã. Tenho um trabalho a fazer.

– Tudo bem, senhor.

– Alguém veio me procurar esta noite?

– O senhor Hallward. Ficou aqui até as onze e depois foi embora para pegar o trem.

– Oh! Lamento não o ter encontrado. Ele deixou algum recado?

– Não, senhor, apenas disse que lhe escreveria de Paris, caso não o encontrasse no clube.

– Isso é tudo, Francis. Não se esqueça de me acordar às nove amanhã.

– Pode deixar, senhor.

O homem seguiu pelo corredor, cambaleando nos chinelos.

Dorian Gray jogou o chapéu e o casaco sobre a mesa e foi à biblioteca, onde por quinze minutos andou de um lado para o outro, mordendo os lábios e pensando. Em seguida, pegou o Livro Azul em uma das prateleiras e começou a folheá-lo. "Alan Campbell, Hertford Street, 152, Mayfair." Sim, precisava desse homem...

Capítulo catorze

Às nove horas da manhã seguinte, o criado entrou com uma xícara de chocolate em uma bandeja e abriu as cortinas. Dorian dormia pacificamente, deitado sobre o lado direito do corpo, com a mão sob a bochecha. Parecia um menino cansado de tanto brincar ou estudar.

O homem teve de encostar duas vezes no ombro do rapaz até que ele acordasse e, ao abrir os olhos, um leve sorriso cruzou seus lábios, como se tivesse se perdido em um sonho encantador. Todavia, não sonhara. A noite não fora perturbada por imagem alguma de prazer ou de dor. Mas um dos mais significativos encantos da juventude é este: sorrir sem motivo.

Ele se virou e, apoiado no cotovelo, começou a bebericar o chocolate. O sol ameno de novembro penetrava no cômodo. O céu estava claro, e um calor agradável pairava no ar. Era quase como uma manhã de maio.

Pouco a pouco, os acontecimentos da noite anterior se esgueiraram por seu cérebro com pés silenciosos e manchados de sangue, e lá se reconstituíram com uma vivacidade terrível. Ele estremeceu ao se lembrar de tudo que havia sofrido e, por um momento, reviveu o mesmo sentimento curioso de abominar Basil Hallward que o fizera matá-lo quando se acomodava na cadeira, e ficou gélido de emoção. O homem morto continuava sentado ali, e à luz do sol.

Que terrível! Coisas terríveis pertenciam às trevas, não à luminosidade do dia.

Sentiu que, caso remoesse tudo que havia passado, adoeceria ou ficaria louco. O fascínio de alguns pecados estava mais na lembrança do que no ato, estranhos triunfos que gratificavam o orgulho mais do que as paixões, dando ao intelecto uma sensação de felicidade inebriante, mais intensa do que qualquer felicidade que proporcionavam, ou poderiam oferecer, aos sentidos. Mas aquele não era desse tipo. Deveria ser afastado da mente, entorpecido por papoulas, estrangulado para que não nos estrangulasse.

Quando a meia hora bateu, ele passou a mão na testa, levantou-se apressadamente e se vestiu com ainda mais esmero do que o normal, atento à escolha da gravata e do broche, trocando os anéis mais de uma vez. Também se prolongou no café da manhã, degustando os vários pratos, conversando com o criado sobre algumas novas librés que estava pensando em mandar fazer para os criados de Selby, e examinando a correspondência. Algumas das cartas o fizeram sorrir; três o entediaram. Uma ele leu diversas vezes e depois a rasgou com uma leve expressão de aborrecimento no rosto. "Que coisa terrível a memória de uma mulher!", como lorde Henry lhe dissera certa vez.

Depois de tomar a xícara de café preto, enxugou os lábios lentamente com um guardanapo, fez sinal para que o criado esperasse e, indo à escrivaninha, sentou-se e escreveu duas cartas. Colocou uma no bolso e entregou a outra ao valete.

– Francis, leve esta carta para a Hertford Street, 152. E se o senhor Campbell estiver fora da cidade, anote o endereço dele.

Assim que ficou sozinho, acendeu um cigarro e começou a rabiscar em um pedaço de papel, desenhando primeiro flores e detalhes arquitetônicos e, depois, feições humanas. De súbito, percebeu que todo rosto desenhado se assemelhava extraordinariamente com o de Basil Hallward. Franziu o cenho e, levantando-se, foi até a estante e pegou um volume ao acaso. Estava determinado a não pensar no que acontecera antes que fosse imperioso.

Depois de se estirar no sofá, olhou para a folha de rosto do livro. Era *Émaux et Camées*, de Gautier, na edição em papel japonês de Charpentier, com as ilustrações de Jacquemart. A encadernação era em couro verde-limão, com o desenho de uma treliça dourada e romãs pontilhadas. Fora um presente de Adrian Singleton. Ao folhear as páginas, encontrou o poema a respeito da mão de Lacenaire, a mão fria e amarela *"du súplice encore mal lavée"*, com os pelos ruivos e macios e seus *"doigts de faune"*. Fitou os próprios dedos brancos e delgados, estremecendo de modo involuntário, e seguiu adiante, até chegar àquelas adoráveis estrofes sobre Veneza:

Sur une gamme chromatique,
Le sein de perles ruisselant,
La Vénus de l'Adriatique
Sort de l'eau son corps rose et blanc.

Les dômes, sur l'azur des ondes
Suivant la phrase au pur contour,
S'enflent comme des gorges rondes
Que soulève un soupir d'amour.

L'esquif aborde et me dépose,
Jetant son amarre au pilier,
Devant une façade rose,
Sur le marbre d'un escalier.[3]

Deslumbrantes! À medida que se lia, parecia-se flutuar ao longo dos canais verdes da cidade rosa e pérola, sentado em uma gôndola

---

3 Sobre um matiz cromático/O seio gotejante e perolado/A Vênus do Adriático/Faz emergir da água seu corpo alvo e rosado/As cúpulas, sobre o azul das ondas/Seguindo a frase em seu contorno puro/ Inflam-se como gargantas redondas/Que proferem o amor em um sussurro/Deixa-me o esquife, após atracar/Em frente a uma rósea fachada/Jogando a amarra no pilar/Sobre o mármore de uma escada. (N. T.)

preta com a proa prateada e cortinas esvoaçantes. Os próprios versos evocavam aquelas linhas retas azul-turquesa que nos seguem quando deslizamos pelo Lido. Os lampejos repentinos de cor o lembravam dos pássaros cujos pescoços cintilavam em tons irisados e opalinos, voando em volta do campanário alto, alveolado como um favo de mel, ou aproximando-se, com graça imponente, através das arcadas escuras e manchadas de pó. Recostando-se com os olhos semicerrados, ele repetia continuamente para si mesmo:

"Devant une façade rose,
Sur le marbre d'un escalier."[4]

Veneza inteira se envolvia nesses dois versos. Ele se lembrou do outono que passara lá e de um amor maravilhoso que lhe provocara desvarios deliciosos e tresloucados. O romance se disseminava por todo lugar. Veneza, contudo, assim como Oxford, havia preservado o cenário lírico e, para o verdadeiro romântico, o cenário era tudo, ou quase tudo. Basil estivera com ele durante parte do tempo, e enlouquecera com Tintoretto. Pobre Basil! Que jeito horrível de morrer!

Ele suspirou, pegou o livro de novo e tentou esquecer. Leu sobre as andorinhas que entram e saem voando da pequena cafeteria em Esmirna, onde os hadjis se sentam examinando contas de âmbar e os mercadores de turbante fumam os longos cachimbos com borlas e conversam em tom sério. Leu sobre o obelisco da Praça da Concórdia, que chora lágrimas de granito em seu exílio solitário e sem sol, e anseia por voltar ao Nilo cálido e coberto de lótus, povoado por esfinges e íbis róseos e rubros, e abutres brancos com garras douradas, e crocodilos com olhinhos de berilo, que rastejam sobre a lama verde e vaporosa. Então, começou a meditar sobre aqueles versos que, extraindo música do mármore manchado de beijos, falam da estátua peculiar que Gautier compara a uma voz

---

4   Em frente a uma rósea fachada/Sobre o mármore de uma escada. (N. T.)

de contralto, o "*monstre charmant*" que descansa na sala de pórfiro do Louvre. Passado algum tempo, todavia, o livro lhe caiu das mãos em razão do nervosismo e de um horrível terror. E se Alan Campbell não estivesse na Inglaterra? Dias se passariam antes que ele voltasse. Talvez se recusasse a vir. Nesse caso, o que ele faria? Cada momento era de vital importância.

Eles tinham sido grandes amigos um dia, cinco anos antes – quase inseparáveis, na verdade. Depois, a intimidade acabara de repente e, quando se encontravam socialmente, apenas Dorian Gray sorria. Alan Campbell nunca sorria de volta.

Era um jovem bastante inteligente, embora não nutrisse apreço verdadeiro pelas artes visuais e tivesse uma percepção limitada da beleza da poesia, a qual se devia inteiramente a Dorian. Sua paixão intelectual dominante centrava-se na ciência. Em Cambridge, passara grande parte do tempo trabalhando no laboratório, e havia tirado uma boa nota no exame de ciências naturais no último ano do curso. Na verdade, ainda continuava dedicado ao estudo da química, mantendo o próprio laboratório, onde costumava passar o dia todo enfurnado, para grande incômodo da mãe, que se empenhara para que o filho se candidatasse ao Parlamento, com apenas uma ideia vaga de que o químico era responsável por preparar prescrições. No entanto, era também um excelente músico, e tocava violino e piano melhor do que a maioria dos amadores. A música fizera com que ele e Dorian Gray se aproximassem – a música e aquela atração indefinível que Dorian parecia ser capaz de exercer sempre que desejava – e que exercia muitas vezes sem perceber. Tinham se conhecido na casa de lady Berkshire na noite em que Rubinstein tocara lá e, depois disso, eram frequentemente vistos juntos na ópera, e em qualquer lugar com boa música. A amizade entre eles durou dezoito meses. Campbell estava sempre em Selby Royal ou em Grosvenor Square. Para ele, assim como para muitos outros, Dorian Gray personificava tudo de maravilhoso e fascinante na vida. Se houvera ou não um desentendimento entre eles, ninguém jamais soube. Contudo, de uma hora para a outra, as pessoas perceberam que ambos mal se falavam, e que Campbell sempre ia embora mais cedo de qualquer festa onde Dorian Gray estivesse presente. Ele também mudara – às vezes, ficava estranhamente melancólico, parecia quase não gostar de ouvir música, e nunca tocava. Quando questionado, dava como desculpa que estava tão absorto na ciência que não tinha mais tempo para praticar. E isso era mesmo verdade. A cada dia ele parecia se interessar mais por biologia, e, em razão de experimentos peculiares, seu nome figurara uma ou duas vezes em periódicos científicos.

Esse era o homem que Dorian Gray esperava. Consultava o relógio de segundo em segundo. À medida que os minutos se passavam, ficava cada vez mais agitado. Por fim, levantou-se e começou a andar de um lado para o outro no cômodo, semelhante a uma bela criatura enjaulada. Dava passos largos e furtivos, as mãos estranhamente frias.

O suspense se tornou insuportável. O tempo parecia se arrastar com pés de chumbo, conforme era varrido por ventos monstruosos para a borda irregular de alguma fenda obscura de um precipício. Sabia o que o aguardava por lá; na verdade, podia até ver… e, estremecendo, esmagava com as mãos úmidas as pálpebras chamejantes, como se pudesse roubar do próprio cérebro a visão e empurrar os globos oculares de volta às cavidades. Em vão. O cérebro tinha o próprio nutriente, e a imaginação, transformada pelo pavor, retorcida e desfigurada como um ser vivo em sofrimento, dançava como um títere vil sobre um palco e sorria através de máscaras em movimento. Então, de súbito, o tempo parou para ele. Sim: aquela coisa cega, de respiração lenta, interrompera seu rastejo, e os pensamentos horríveis, em razão do tempo morto, lançaram-se correndo para a frente e arrastaram um futuro terrível do túmulo e o exibiram a ele. Dorian o encarou, petrificado com o próprio terror.

Por fim, a porta se abriu, e o criado entrou. O rapaz o fitou com olhos vidrados.

– O senhor Campbell – anunciou o homem.

Um suspiro de alívio escapou dos lábios ressequidos, e a cor retornou ao semblante.

— Peça-lhe que entre imediatamente, Francis.

Sentia que recobrava o autodomínio. Seu estado de espírito covarde se desvanecera.

O homem fez uma mesura e saiu. Pouco depois, Alan Campbell entrou, austero e muito pálido, o que se intensificava pelos cabelos pretos como carvão e pelas sobrancelhas escuras.

— Alan! Que gentil de sua parte. Agradeço por ter vindo.

— Eu pretendia não entrar na sua casa nunca mais, Gray. Mas você disse que era uma questão de vida ou morte. — A voz estava severa e fria, e falava com deliberação lenta. Uma expressão de desprezo transparecia no olhar firme e perscrutador que dirigiu a Dorian. Mantinha as mãos enfiadas nos bolsos do casaco de astracã e parecia não ter notado o gesto com que fora saudado.

— Sim, é uma questão de vida ou morte, Alan, e para mais de uma pessoa. Sente-se.

Campbell acomodou-se em uma cadeira ao lado da mesa, e Dorian sentou-se de frente para ele. Os olhos dos dois homens se encontraram. Nos de Dorian, transluzia uma piedade infinita. Sabia que estava prestes a fazer algo terrível.

Depois de um momento prolongado de silêncio, ele se inclinou para a frente e disse, quase em um sussurro, mas com o cuidado de observar o efeito de cada palavra no rosto de quem havia mandado chamar:

— Alan, em um cômodo trancado no topo desta casa, um espaço ao qual ninguém além de mim tem acesso, há um homem morto sentado a uma mesa. Já está morto há dez horas. Não se agite, e não me olhe deste jeito. Quem é o homem, por que morreu e como morreu, isso tudo não lhe diz respeito. O que você tem a fazer é...

— Pare, Gray. Não quero saber de mais nada. Nem sequer é da minha conta se o que me disse é verdade ou não. Recuso-me terminantemente a me envolver com a sua vida. Guarde seus segredos horríveis para si. Eles não me interessam mais.

— Alan, terão que interessá-lo, sobretudo este. Sinto muitíssimo por você, Alan, mas não posso evitar. Só você é capaz de me salvar. Sou obrigado a envolvê-lo no assunto. Não tenho escolha. Alan, você é um cientista. Conhece química e esse tipo de coisa. Faz experimentos. Destrua a coisa que está lá em cima... Destrua de modo que não sobre vestígio algum dela. Ninguém viu aquela pessoa entrar aqui. Na verdade, no momento deveria estar em Paris. Ninguém dará pela falta dele durante meses, e, quando perceberem, não deverá haver qualquer vestígio do homem por aqui. Alan, transforme-o, e tudo o que pertence a ele, em um punhado de cinzas que eu possa espalhar pelo ar.

— Você está louco, Dorian.

— Ah! Estava esperando você me chamar de Dorian.

— Você está louco, acredite em mim... louco de imaginar que eu moveria um dedo para ajudá-lo, louco por essa confissão monstruosa. Não terei relação alguma com esse assunto, seja qual for. Acha mesmo que vou arriscar a minha reputação por você? O que me interessa a obra diabólica em que está metido?

— Foi suicídio, Alan.

— Fico feliz por saber disso. Mas quem o levou a cometê-lo? Você, imagino.

— Vai mesmo se recusar a fazer isso por mim?

— É claro que sim. Não terei absolutamente nada a ver com isso. Não me importo com a desgraça que talvez recaia sobre você. Merece tudo isso. Eu não me lamentaria se o visse desonrado, publicamente desonrado. Como se atreve a me pedir, considerando todos os homens do mundo, que me envolva nesse horror? Pensei que você fosse melhor em julgar o caráter das pessoas. Lorde Henry, seu amigo, com certeza lhe ensinou muita coisa, mas quase nada sobre psicologia. Você não vai me induzir a dar um único passo para ajudá-lo. Procurou o homem errado. Vá atrás de algum de seus amigos, não de mim.

– Alan, foi homicídio. Eu o matei. Você nem imagina o sofrimento que ele me causou. Seja como for a minha vida, ele teve mais a ver com a criação ou a ruína dela do que o pobre Harry. Talvez não tenha sido um ato voluntário, mas o resultado foi o mesmo.

– Homicídio! Por Deus, Dorian, para isso me procurou? Não vou denunciá-lo. Não é da minha conta. Além disso, mesmo que eu não me envolva no assunto, você certamente será preso. Ninguém jamais comete um crime sem fazer alguma estupidez. E não terei nada a ver com isso.

– Você precisa ter algo a ver com isso. Espere, espere um instante; ouça-me. Apenas ouça, Alan. Apenas lhe peço que realize um experimento científico. Você frequenta hospitais e necrotérios, e os horrores que faz por lá não o afetam. Se em uma sala de dissecação hedionda ou em um laboratório fétido você encontrasse um homem estirado sobre uma mesa de chumbo, com canaletas vermelhas talhadas para que o sangue pudesse escorrer, simplesmente o encararia como um objeto de estudo digno de admiração. Permaneceria impassível. Não acharia que estava fazendo algo errado. Pelo contrário, provavelmente sentiria fazer um ato benéfico à raça humana, ou uma contribuição ao conhecimento do mundo, ou a satisfação da curiosidade intelectual, ou algo do gênero. Quero apenas que repita aqui algo que já fez muitas vezes antes. Na verdade, destruir um corpo deve ser bem menos horrível do que o trabalho que você costuma fazer. E, lembre-se, é a única prova contra mim. Se for encontrada, estou perdido, e certamente será encontrada por alguém, a menos que me ajude.

– Não tenho interesse algum em ajudá-lo. Você está se esquecendo disso. Este assunto me é indiferente. Não tem nada a ver comigo.

– Alan, eu lhe imploro. Pense na minha situação. Pouco antes de você chegar, quase desmaiei de terror. Talvez você mesmo conheça o terror um dia. Não! Não pense nisso. Encare a questão sob um ponto de vista puramente científico. Você não questiona a origem das coisas mortas que lhe servem de experimentos.

Não pergunte agora. Já contei muito a você. Mas imploro-lhe que me atenda. Fomos amigos um dia, Alan.

– Não fale sobre aqueles dias, Dorian. Estão mortos.

– Os mortos às vezes se perpetuam. O homem no andar de cima não irá embora. Está sentado à mesa com a cabeça curvada e os braços estendidos. Alan! Alan! Se você não me ajudar, estarei arruinado. Serei enforcado, Alan! Você não entende? Serei enforcado pelo que fiz.

– Não há motivo para prolongar esta cena. Recuso-me terminantemente a me envolver no assunto. É uma loucura me pedir algo assim.

– Você se recusa?

– Sim.

– Eu lhe imploro, Alan.

– É inútil.

A mesma expressão de piedade surgiu nos olhos de Dorian Gray. Em seguida, ele estendeu a mão e pegou um pedaço de papel onde escreveu algo. Releu duas vezes, dobrou-o cuidadosamente e o empurrou por sobre a mesa. Feito isso, levantou-se e foi até a janela.

Campbell, depois de fitá-lo com surpresa, pegou o papel e o abriu. À medida que lia, seu rosto ia empalidecendo e ele despencou na cadeira, invadido por uma sensação horrível de mal-estar. Sentiu como se o coração pulsasse em uma cavidade vazia, rumo à morte.

Depois de dois ou três minutos de um silêncio terrível, Dorian se virou e se aproximou; parou atrás dele e pôs a mão no ombro do homem.

– Lamento muito, Alan – murmurou ele –, mas você não me deixa nenhuma alternativa. Já escrevi uma carta. Aqui está. Veja o endereço. Se não me ajudar, terei de enviá-la. Se não me ajudar, vou enviá-la. Você sabe qual será o resultado. Mas vai me ajudar. Impossível que se recuse agora. Tentei poupá-lo. Reconheça que tentei. Você foi severo, duro, ofensivo. Tratou-me como nenhum homem jamais se atreveu a me tratar... ao menos, nenhum homem vivo. Suportei tudo. Agora cabe a mim ditar os termos.

Campbell afundou o rosto entre as mãos, o corpo sacudido por um tremor.

– Sim, é a minha vez de ditar os termos, Alan. E você sabe quais são. É tudo bem simples. Venha, não sucumba a essa preocupação. A coisa tem que ser feita. Encare-a e faça.

Um gemido irrompeu dos lábios de Campbell, e seu corpo inteiro estremeceu. O tiquetaquear do relógio sobre a cornija da lareira parecia dividir o tempo em átomos de agonia, cada um deles terrível demais para ser suportado. Tinha a sensação de que um anel de ferro comprimia lentamente sua fronte, como se já atingido pela desgraça com que Dorian o ameaçava. A mão em seu ombro pesava como chumbo. Era insuportável. Parecia esmagá-lo.

– Vamos, Alan, decida de uma vez.

– Não posso fazer isso – declarou ele mecanicamente, como se as palavras tivessem a capacidade de alterar a situação.

– Você precisa. Não tem escolha. Não demore.

Ele hesitou por um momento.

– Há alguma fonte de fogo no cômodo lá de cima?

– Sim, há um fogareiro a gás com asbesto.

– Terei de ir para casa e pegar algumas coisas no laboratório.

– Não, Alan, você não sairá daqui. Anote as coisas de que precisa em uma folha de papel e o meu criado irá buscá-las em um cabriolé.

Campbell rabiscou algumas linhas, passou o mata-borrão e endereçou o envelope a seu assistente. Dorian pegou a mensagem e a leu com atenção. Em seguida, tocou a sineta e a entregou ao valete, com ordens de que voltasse o mais rápido possível e trouxesse os instrumentos solicitados.

Quando a porta do vestíbulo se fechou, Campbell teve um sobressalto nervoso e, levantando-se do assento, foi até a lareira. O corpo todo estremecia com calafrios, como se acometido por febre. Durante quase vinte minutos, nenhum dos homens se pronunciou.

Uma mosca zumbia ruidosamente pelo cômodo, e o tiquetaquear do relógio soava como os golpes de um martelo.

Quando o carrilhão bateu uma hora, Campbell se virou e, fitando Dorian Gray, notou que os olhos dele estavam cheios de lágrimas. Alguma coisa na pureza e no refinamento daquele rosto triste parecia enfurecê-lo.

– Você é infame, completamente infame! – murmurou.

– Acalme-se, Alan. Você salvou a minha vida – declarou Dorian.

– A sua vida? Deus do céu! Que vida? Você passou de depravação a depravação, e agora culminou em um crime. Ao fazer o que pretendo fazer, o que você me obriga a fazer, não estou pensando na sua vida.

– Ah, Alan – murmurou Dorian, com um suspiro. – Queria que você tivesse por mim um milésimo da piedade que tenho por você – falou, o rosto virado contemplando o jardim. Campbell não respondeu.

Cerca de dez minutos depois, ouviu-se uma batida à porta, e o criado entrou com uma grande caixa de mogno cheia de produtos químicos, uma longa bobina de fios de aço e de platina e duas pinças de ferro de formato peculiar.

– Devo deixar os objetos aqui, senhor? – perguntou o homem a Campbell.

– Sim – respondeu Dorian. – E receio, Francis, que ainda tenha outra tarefa para você. Como se chama o homem em Richmond que fornece orquídeas para Selby?

– Harden, senhor.

– Isso, Harden. Vá a Richmond agora mesmo, encontre Harden e peça-lhe que envie o dobro das orquídeas que encomendei, e que coloque o mínimo possível de orquídeas brancas. Na verdade, não quero nenhuma das brancas. Está um dia lindo, Francis, e Richmond é um lugar muito bonito, caso contrário, eu não o incomodaria com isso.

– Sem problemas, senhor. A que horas devo estar de volta?

Dorian olhou para Campbell.

– Quanto tempo levará para concluir seu experimento, Alan? – perguntou em um tom calmo e indiferente. A presença de uma terceira pessoa no cômodo parecia lhe provocar uma coragem extraordinária.

Campbell franziu o cenho e mordeu o lábio.

– Cerca de cinco horas – respondeu.

– Nesse caso, haverá tempo de sobra se você voltar às sete e meia, Francis. Ou melhor, fique por lá, apenas deixe minhas roupas separadas antes de ir. Tire a noite de folga. Não vou jantar em casa, de modo que você não será necessário.

– Obrigado, senhor – agradeceu o homem, saindo do cômodo.

– Ora, Alan, não temos um instante a perder. Como esta caixa é pesada! Vou carregá-la para você. Traga as outras coisas – falou rápido e em tom autoritário. Campbell se sentiu dominado por ele. Os dois saíram do cômodo juntos.

Quando chegaram ao andar de cima, Dorian pegou a chave e a girou na fechadura. Em seguida, deteve-se, nos olhos, uma expressão preocupada. Então, estremeceu.

– Acho que não consigo entrar, Alan – murmurou.

– Pouco me importa. Não preciso de você – declarou Campbell com frieza.

Dorian entreabriu a porta. Ao fazê-lo, à luz do sol, viu um olhar malicioso no rosto do retrato. No piso à frente dele se estendia a cortina rasgada. Então percebeu que na noite anterior havia esquecido, pela primeira vez na vida, de esconder a tela fatal, e estava prestes a correr porta adentro quando recuou, arrepiado.

O que seria aquela seiva vermelha e asquerosa que brilhava, úmida e reluzente, em uma das mãos, como se a tela tivesse transpirado sangue? Que horrível! Naquele momento, o detalhe pareceu-lhe mais horrível do que a coisa silenciosa que ele sabia estar estendida sobre a mesa, a coisa cuja sombra grotesca e distorcida no tapete manchado indicava que não se movimentara, continuando exatamente como ele a deixara.

Respirou fundo, abriu um pouco mais a porta e, com os olhos semicerrados e a cabeça virada para o lado, entrou depressa, decidido a não olhar uma única vez para o morto. Em seguida, abaixou-se, apanhou o pano dourado e púrpura e o jogou sobre o retrato.

Nesse momento, ele estancou, temendo se virar, e seus olhos se fixaram na estampa intrincada à sua frente. Ouviu Campbell entrando com a caixa pesada, os aparatos de metal e as outras coisas que pedira para o trabalho medonho. Dorian começou a se perguntar se ele e Basil Hallward tinham se conhecido no passado e, nesse caso, o que pensavam um do outro.

– Deixe-me sozinho agora – disse uma voz austera atrás dele.

Dorian se virou e saiu apressado, com a vaga percepção de que o homem morto fora empurrado de volta para a cadeira e que Campbell fitava um rosto amarelo e reluzente. Enquanto descia as escadas, ouviu o ruído da chave na fechadura.

Já passava muito das sete horas quando Campbell voltou para a biblioteca. Apesar de pálido, estava completamente calmo.

– Fiz o que você me pediu – murmurou. – E agora, adeus. Espero que não nos vejamos nunca mais.

– Você me salvou da ruína, Alan. Jamais me esquecerei disso – declarou Dorian simplesmente.

Assim que Campbell partiu, Dorian subiu as escadas. Um cheiro horrível de ácido nítrico pairava no cômodo. A coisa que estivera sentada à mesa, contudo, sumira.

Capítulo quinze

Às oito e meia daquela noite, elegantemente vestido e com um grande ramalhete de violetas de Parma na lapela, Dorian Gray foi conduzido ao salão de lady Narborough por criados em reverência. Sentia não apenas a testa latejar por conta dos nervos perturbados, mas também uma incessante agitação, mas seus modos, ao se curvar diante da mão da anfitriã, continuavam suaves e graciosos como sempre. Talvez seja impossível se sentir tão à vontade quando como se tem um papel a desempenhar. Certamente, ninguém que olhasse para Dorian Gray naquela noite acreditaria que ele vivera uma tragédia tão terrível quanto as grandes tragédias de nossa época. Aqueles dedos de formato delicado jamais teriam empunhado uma faca para dar vazão a um pecado, nem aqueles lábios sorridentes teriam clamado por Deus e por piedade. Ele mesmo não conseguia evitar a admiração pelo temperamento calmo e, por um momento, sentiu intensamente o prazer terrível de levar uma vida dupla.

Tratava-se de uma reunião pequena, organizada às pressas por lady Narborough, uma mulher muito inteligente e dotada daquilo que lorde Henry descrevia como os resquícios de uma feiura extremamente notável. Revelara-se uma esposa magnífica para um de nossos embaixadores mais maçantes, e depois de ter enterrado o marido de modo apropriado, em um mausoléu de mármore projetado por ela mesma, e de ter casado as filhas com homens ricos e de idade bastante avançada, dedicara-se aos prazeres da ficção francesa, da culinária francesa e do *esprit* francês, quando possível.

Dorian era um de seus favoritos especiais, e ela sempre lhe dizia se sentir extremamente feliz por não o ter conhecido quando era jovem. "Eu sei, meu caro, que me apaixonaria perdidamente por você", costumava dizer. "Teria mandado o bom senso para longe por sua causa, e atiraria o meu chapéu diretamente em um moinho de vento. É muita sorte você não ter estado por perto na época. Na verdade, nossos chapéus eram tão desagradáveis, e os moinhos estavam tão ocupados tentando apanhar o vento, que nunca consegui flertar com ninguém.[5] Isso, no entanto, foi tudo culpa de Narborough. Ele era terrivelmente míope, e não há nenhum prazer em ter um marido que nunca enxerga nada."

Os convidados daquela noite eram extremamente enfadonhos. Na verdade, como ela explicou a Dorian por trás de um leque bastante surrado, uma de suas filhas casadas aparecera de repente para passar um tempo com ela e, para piorar a situação, viera acompanhada do marido.

— Eu acho que ela agiu com muita indelicadeza, meu caro — sussurrou a dama. — Passo todos os verões com eles quando volto de Homburg, é claro, mas uma velha como eu precisa de ar fresco vez ou outra e, além disso, agito um pouco as coisas. Você nem imagina o tipo de vida que eles levam por lá. Uma vida de fato campestre, pura e inalterada. Levantam-se cedo, porque têm muito a fazer, e vão para a cama cedo, porque têm muito pouco em que pensar. Nem um único escândalo abalou a vizinhança desde a época da rainha Isabel e, por causa disso, todos vão dormir logo

---

5 No original, *to throw one's bonnet over the windmill*, uma expressão idiomática que significa "fazer loucuras", "se comportar de forma impensada", e tem origem no livro *Dom Quixote de La Mancha*, de Miguel de Cervantes, em que o protagonista, tomando um moinho de vento por um gigante, atira um chapéu naquela direção em um gesto de desafio. (N. T.)

depois do jantar. Não se sente perto deles. Sente-se ao meu lado e me entretenha.

Dorian murmurou um elogio gracioso e olhou ao redor do cômodo. Sim, certamente era um grupo bastante enfadonho. Duas pessoas ele nunca vira antes, e as demais consistiam em Ernest Harrowden, um daqueles homens medíocres de meia-idade tão comuns nos clubes de Londres, sem inimigos, mas de quem nenhum dos amigos gosta; lady Ruxton, uma mulher de quarenta e sete anos, nariz adunco e vestida de maneira espalhafatosa, que, apesar de sempre tentar ser acusada de algo, era tão peculiarmente simplória que, para sua grande decepção, ninguém jamais acreditaria em nada dito contra ela; senhora Erlynne, uma nulidade obstinada, com um ceceio adorável e cabelos ruivos venezianos; lady Alice Chapman, filha da anfitriã, uma garota desleixada e maçante, com um daqueles rostos tipicamente britânicos que, uma vez vistos, nunca são lembrados; e o marido dela, uma criatura de bochechas vermelhas e suíças brancas que, como muitos de sua classe, pensava que a jovialidade exagerada compensaria a total falta de ideias.

Dorian começava a se arrepender por ter comparecido quando lady Narborough, fitando o grande relógio de ouropel dourado que se estendia em curvas chamativas sobre a tapeçaria malva da cornija da lareira, exclamou:

– Que coisa feia da parte de Henry Wotton estar tão atrasado! Eu lhe enviei um convite esta manhã, e ele jurou que não me decepcionaria.

Consolava um pouco saber que em breve Harry se juntaria a eles, e quando a porta se abriu e Dorian ouviu a voz lenta e musical do amigo instilando encanto em algum pedido de desculpas fajuto, deixou de sentir tédio.

Durante o jantar, contudo, não conseguiu comer. Pratos e mais pratos lhe foram servidos, mas todos permaneceram intocados. lady Narborough não parava de repreendê-lo pelo que chamava de "um insulto ao pobre Adolphe, que preparou o menu especialmente para você", e vez ou outra lorde Henry olhava para ele, ponderando sobre seu silêncio e modos distraídos. De tempos em tempos, o mordomo enchia sua taça de champanhe. Mesmo Dorian sorvendo o líquido com sofreguidão, a sede só parecia aumentar.

– Dorian – disse lorde Henry por fim, enquanto o *chaud-froid* estava sendo servido –, o que deu em você esta noite? Parece bastante indisposto.

– Acho que ele está apaixonado! – exclamou lady Narborough. – E está com medo de me contar, pois receia que eu fique com ciúmes. Ele tem razão. Eu certamente ficaria.

– Querida lady Narborough – murmurou Dorian, sorrindo. – Faz uma semana inteira que não me apaixono... Não, na verdade, desde que madame de Ferrol saiu da cidade.

– Como vocês, homens, podem se apaixonar por aquela mulher?! – perguntou a velha dama. – Não consigo entender.

– Apenas porque ela se lembra de quando você era uma garotinha, lady Narborough – declarou lorde Henry. – A mulher é a única ligação entre nós e os seus vestidinhos curtos.

– Ela não lembra nem um pouco os meus vestidos curtos, lorde Henry. Mas lembro-me muito bem dela em Viena, trinta anos atrás, e de como ela era *décolletée* à época.

– Ainda é *décolletée* – retrucou ele, pegando uma azeitona com os dedos longos. – E quando usa um vestido muito elegante, parece uma *édition de luxe* de um romance francês péssimo. Ela é maravilhosa, cheia de surpresas, com uma capacidade extraordinária de demonstrar afeto familiar. Quando o terceiro marido morreu, o cabelo dela ficou dourado com o luto.

– Como você ousa, Harry! – exclamou Dorian.

– Sem dúvida uma explicação muito romântica – comentou a anfitriã, aos risos. – Mas o terceiro marido, lorde Henry! Não está querendo me dizer que Ferrol é o quarto?

– Certamente, lady Narborough.

– Não acredito.

– Bem, pergunte ao senhor Gray. Ambos são muito amigos.

— É verdade, senhor Gray?

— Ela me garante que sim, lady Narborough — respondeu Dorian Gray. — Eu lhe perguntei se, assim como Margarida de Navarra, ela mandara embalsamar o coração dos maridos e os usava pendurados na cintura. Ela negou, explicando que nenhum deles tinha coração.

— Quatro maridos! Por Deus, isso é *trop de zêle*.

— Eu diria *trop d'audace* — acrescentou Dorian.

— Oh! Ela é audaciosa a ponto de enfrentar qualquer coisa, meu caro. E como é Ferrol? Não o conheço.

— Os maridos de mulheres muito bonitas pertencem à classe dos criminosos — declarou lorde Henry, sorvendo um gole de vinho.

Lady Narborough bateu nele com o leque.

— Lorde Henry, não me surpreende nem um pouco o mundo dizer que você é extremamente perverso.

— Mas que mundo diz isso? — perguntou lorde Henry, arqueando as sobrancelhas. — Só pode ser o mundo do além. Este mundo e eu nos damos muito bem.

— Todo mundo que conheço diz que você é muito perverso! — exclamou a dama, meneando a cabeça.

Lorde Henry pareceu sério por alguns instantes.

— É completamente monstruoso — disse por fim — como nesta época as pessoas fazem pelas costas afirmações absoluta e inteiramente verdadeiras.

— Ele não é incorrigível? — perguntou Dorian, inclinando-se para a frente na cadeira.

— Espero que seja — declarou a anfitriã, rindo. — Mas, de fato, se vocês todos veneram madame de Ferrol tanto assim, terei de me casar de novo para entrar na moda.

— Você nunca vai se casar de novo, lady Narborough — interrompeu lorde Henry. — Está muito feliz. Quando uma mulher se casa de novo, isso significa que detestava o primeiro marido. Quando um homem se casa de novo, significa que adorava a primeira esposa. As mulheres tentam a sorte; os homens arriscam a deles.

— Narborough não era perfeito! – exclamou a velha dama.

— Se tivesse sido, você não o amaria, minha cara dama – foi a resposta. – As mulheres nos amam por nossos defeitos. Se os tivermos em quantidade suficiente, elas nos perdoarão por tudo, até mesmo pelo intelecto. Receio que nunca mais me convide para jantar depois de eu ter dito isso, lady Narborough, mas é a mais pura verdade.

— Claro que é verdade, lorde Henry. Se nós, mulheres, não os amássemos por seus defeitos, o que seria de vocês? Nenhum se casaria. Viveriam como um bando de solteirões infelizes. Não que isso os mudasse muito, a bem da verdade. Hoje, todos os homens casados vivem como solteiros, e todos os solteiros vivem como homens casados.

— *Fin de siècle* – murmurou lorde Henry.

— *Fin du globe* – rebateu a anfitriã.

— Gostaria que fosse mesmo *fin du globe* – declarou Dorian, com um suspiro. – A vida é uma grande decepção.

— Ah, meu querido! – exclamou lady Narborough, calçando as luvas. – Não me diga que você exauriu a vida. Quando um homem diz isso, sabemos que a vida o exauriu. Lorde Henry é muito perverso, e eu às vezes também gostaria de ter sido, mas você foi criado para ser bom... você parece bom. Tenho de encontrar uma boa esposa para você. Lorde Henry, não acha que o senhor Gray deveria se casar?

— Sempre lhe digo isso, lady Narborough – respondeu lorde Henry, com uma mesura.

— Bem, precisamos encontrar uma mulher adequada para ele. Vou examinar o Debrett com atenção esta noite e listar todas as jovens elegíveis.

— Com as idades de cada uma, lady Narborough? – perguntou Dorian.

— Com as idades, é claro, ligeiramente editadas. Mas sem pressa. Quero que seja o que o *The Morning Post* chama de uma união adequada, e quero que vocês dois sejam felizes.

— Quanta tolice se fala sobre casamentos felizes! – exclamou lorde Henry. – Um homem pode ser feliz com qualquer mulher, contanto que não a ame.

— Ah! Como você é cínico! – exclamou a velha dama, arrastando a cadeira para trás e assentindo para lady Ruxton. – Precisa vir jantar comigo de novo em breve. Você é um tônico admirável, muito melhor do que aquele prescrito a mim por sir Andrew. Terá de me dizer, no entanto, quais pessoas gostaria de encontrar. Quero que seja uma reunião agradável.

— Gosto de homens que tenham um futuro e de mulheres que tenham um passado – respondeu ele. – Ou você acha que isso transformaria a reunião em uma festa de anáguas?

— Receio que sim – declarou ela, rindo, enquanto se levantava. – Mil perdões, minha cara lady Ruxton – acrescentou. – Não vi que ainda não tinha terminado o cigarro.

— Não se preocupe, lady Narborough. Fumo demais. Vou tentar moderar no futuro.

— Por favor, não faça isso, lady Ruxton – pediu lorde Henry. – A moderação é sempre fatal. O suficiente é tão ruim quanto uma refeição frugal. Mais do que o suficiente é tão bom quanto um banquete.

Lady Ruxton o observou com curiosidade.

— Você precisa vir me explicar mais sobre isso qualquer dia desses, lorde Henry. Parece uma teoria fascinante – murmurou ela, enquanto deslizava para fora do cômodo.

— Vejam bem! Cuidado para não se perderem em políticas e escândalos! – gritou Lady Narborough da porta. – Se o fizerem, com certeza brigaremos lá em cima.

Os homens riram, e o senhor Chapman levantou-se solenemente da extremidade da mesa e foi para a outra ponta. Dorian Gray também mudou de lugar, sentando-se ao lado de lorde Henry. O senhor Chapman se pôs a falar sobre a situação na Câmara dos Comuns em um tom de voz elevado. Gargalhou dos adversários. A palavra "doutrinário" – que enchia a mente britânica de terror – volta e meia reaparecia entre as explosões do homem, um prefixo aliterativo servindo como ornamento retórico. Ele içou a Union Jack – a bandeira nacional – aos pináculos do pensamento. Expunha a estupidez hereditária da espécie – que ele denominou jovialmente de "profundo bom senso inglês" – como o baluarte apropriado para a sociedade.

Um sorriso curvou os lábios de lorde Henry, que se virou para fitar Dorian.

– Você está melhor, meu caro amigo? – perguntou. – Parecia bastante indisposto durante o jantar.

– Estou ótimo, Harry. Apenas cansado. Só isso.

– Estava encantador ontem à noite. A jovem duquesa está muito devotada a você. Disse que dará uma passada em Selby.

– Ela prometeu vir no dia vinte.

– Monmouth também vai estar lá?

– Oh, sim, Harry.

– Ele me entedia profundamente, quase tanto quanto a entedia. Ela é muito inteligente, inteligente demais para uma mulher. Não é dotada do charme indefinível da fragilidade. São os pés de barro que tornam o ouro das estátuas tão precioso. Os pés dela são muito bonitos, mas não são de barro. Pés de porcelana branca, se quiser. Atravessaram o fogo, e o que o fogo não destrói, ele endurece. Ela passou por provações.

– Está casada há quanto tempo? – perguntou Dorian.

– Segundo me contou, há uma eternidade. Acredito que, de acordo com o pariato, há dez anos, mas dez anos com Monmouth devem parecer uma eternidade, talvez até mais. Quem mais estará lá?

– Oh, os Willoughby, lorde Rugby e a esposa, a nossa anfitriã, Geoffrey Clouston... o grupo de sempre. Convidei lorde Grotrian.

– Gosto dele – comentou lorde Henry. – Muita gente não gosta, mas eu o acho encantador. O homem compensa o fato de sempre se vestir com roupas exageradas sendo exageradamente educado. É um sujeito muito moderno.

— Não sei se ele comparecerá, Harry. Talvez precise ir até Monte Carlo com o pai.

— Ah! Que estorvo são os parentes! Tente convencê-lo a ir. A propósito, Dorian, você foi embora muito cedo ontem à noite, ainda antes das onze. O que fez depois? Foi direto para casa?

Dorian lançou-lhe um olhar apressado e franziu o cenho.

— Não, Harry — respondeu por fim. — Não cheguei em casa antes das três.

— Foi ao clube?

— Fui — afirmou ele. Em seguida, mordeu o lábio. — Não, eu não quis dizer isso. Não fui ao clube. Perambulei por aí. Esqueci o que fiz. Como você é bisbilhoteiro, Harry! Sempre quer saber o que as pessoas estão fazendo. E eu sempre quero esquecer o que andei fazendo. Cheguei às duas e meia, se quiser a hora exata. Tinha esquecido minha chave em casa, e meu criado precisou abrir a porta para mim. Se quiser alguma prova comprobatória sobre o assunto, pergunte a ele.

Lorde Henry encolheu os ombros.

— Meu caro amigo, como se eu me importasse! Venha, vamos subir para a sala de visitas. Não quero xerez, senhor Chapman, obrigado. Aconteceu alguma coisa com você, Dorian. Diga-me o quê. Não está agindo com naturalidade mesmo esta noite.

— Não se preocupe comigo, Harry. Sinto-me irritadiço e mal-humorado. Vou visitá-lo amanhã ou depois de amanhã. Peça desculpas a lady Narborough por mim. Não subirei. Vou para casa. Preciso ir para casa.

— Tudo bem, Dorian. Arrisco dizer que o encontrarei amanhã para o chá. A duquesa também estará lá.

— Tentarei ir, Harry — disse ele, saindo do cômodo.

Enquanto seguia de volta para sua casa, percebeu a volta daquela sensação de terror que pensava ter sufocado. O interrogatório casual de lorde Henry o levara a perder o controle temporariamente, e ele queria manter-se no comando. As coisas perigosas tinham de ser destruídas. Estremeceu. Odiava até mesmo a ideia de tocá-las.

No entanto, deu-se conta de que teria de fazê-lo. Depois de trancar a porta da biblioteca, abriu o armário secreto onde havia enfiado o casaco e a valise de Basil Hallward. O fogo ardia intenso. Empilhou mais uma tora sobre ele. O odor das roupas chamuscadas e do couro queimado era horrível, e só após três quartos de hora o fogo consumiu tudo. Ele se sentia tonto e nauseado e, depois de acender algumas pastilhas argelinas em um braseiro de cobre perfurado, lavou as mãos e a testa com vinagre frio aromatizado com almíscar.

De repente, assustou-se, os olhos estranhamente brilhantes, e mordiscou o lábio inferior com nervosismo. Entre duas janelas se acomodava um grande armário florentino, feito de ébano e incrustado com marfim e lápis-lazúli. Ele o observou como se fosse fascinante ou amedrontador, como se armazenasse algo pelo qual ansiasse e, no entanto, quase chegasse a abominar. A respiração acelerou-se. Um desejo insano apoderou-se dele. Acendeu um cigarro e em seguida o jogou fora. As pálpebras caíram até que os longos cílios franjados quase tocassem as bochechas. Mas continuou a observar o armário. Por fim, levantou-se do sofá onde se deitara, aproximou-se do móvel e, destrancando-o, tocou em uma mola oculta. Uma gaveta triangular se abriu lentamente. Os dedos de Dorian se moveram instintivamente em direção a ela, imergiram e se fecharam em torno de algo. Tratava-se de uma caixinha chinesa de laca preta e ouro em pó, repleta de detalhes intrincados, as laterais adornadas com ondas sinuosas, e os cordões de seda decorados com cristais redondos e franjas em fios de metal trançados. Abriu-a. Dentro, havia uma pasta verde, com brilho ceroso, e um odor peculiarmente denso e persistente.

Hesitou por alguns instantes, com um sorriso estranhamente imóvel no rosto. Em seguida, tremendo, embora o cômodo estivesse terrivelmente abafado, consultou o relógio. Faltavam vinte minutos para a meia-noite. Guardou a caixa de volta na gaveta, fechou as portas do armário e caminhou para o quarto.

Quando a meia-noite foi anunciada com badaladas de bronze no ar sombrio, Dorian Gray, com trajes simples e um cachecol enrolado no pescoço, esgueirou-se em silêncio para fora de casa. Na Bond Street, encontrou um cabriolé com um bom cavalo. Fez sinal para chamá-lo e, em voz baixa, forneceu um endereço ao cocheiro.

O homem meneou a cabeça.

– É longe demais para mim – murmurou.

– Aqui está um soberano para você – disse Dorian. – Ganhará outro se formos depressa.

– Está bem, senhor – concordou o homem. – Chegaremos lá em uma hora.

E, assim que o passageiro entrou, o cocheiro fez o cavalo dar meia-volta e seguiu velozmente em direção ao rio.

Capítulo dezesseis

Uma chuva fria começou a cair, e os postes de luz turvados pareciam fantasmagóricos em meio à névoa gotejante. As tavernas tinham acabado de fechar, e homens e mulheres obscuros se aglomeravam em grupos separados. De alguns bares, vinha o som de risadas horrendas. Em outros, bêbados brigavam e discutiam.

Recostado no cabriolé, com o chapéu puxado sobre a testa, Dorian Gray olhava com indiferença para a vergonha sórdida da grande cidade e, vez ou outra, repetia para si mesmo as palavras que lorde Henry lhe dissera no dia em que se conheceram: "Curar a alma por meio dos sentidos, e os sentidos por meio da alma". Sim, esse era o segredo. Ele havia tentado várias vezes, e tentaria mais uma. Em antros de ópio, podia-se comprar o esquecimento, antros de horror onde a recordação de velhos pecados poderia ser destruída para ceder lugar à loucura de pecados novos.

A lua estava baixa no céu, semelhante a um crânio amarelado. De tempos em tempos, uma enorme nuvem disforme estendia um longo braço e a escondia. Os lampiões a gás ficaram mais espaçados, e as ruas, mais estreitas e sombrias. A certa altura, o cocheiro se perdeu e precisou voltar oitocentos metros. Espirais de vapor se desprendiam do cavalo quando chapinhava nas poças. As janelas laterais do cabriolé estavam cobertas por uma névoa cinza flanelada.

"Curar a alma por meio dos sentidos, e os sentidos por meio da alma!" Como as palavras ecoavam em seus ouvidos! Sua alma, com certeza, estava mortalmente adoecida. Seria verdade que os sentidos poderiam curá-la? Sangue inocente fora derramado. Como redimir tal ato? Ah! Para isso não havia redenção, mas, embora o perdão fosse impossível, o esquecimento ainda era possível, e Dorian estava determinado a esquecer, a erradicar a coisa, a esmagá-la como alguém esmagaria a víbora que o atacou. Na verdade, que direito teria Basil de falar com ele de tal jeito? Quem o tornara juiz em relação aos outros? Ele dissera palavras terríveis, horrendas, impossíveis de suportar.

O cabriolé avançava com esforço, parecia-lhe que a cada minuto mais devagar. Ele abriu a portinhola e pediu ao homem que andasse mais depressa. A avidez terrível por ópio começava a atormentá-lo. A garganta queimava, e as mãos delicadas se contorciam nervosamente. Golpeou o cavalo loucamente com a bengala. O cocheiro riu e disparou em frente. Ele riu também, e o homem ficou em silêncio.

O caminho parecia interminável, e as ruas eram uma teia negra de aranha alastrando-se. A monotonia se tornou insuportável e, à medida que o nevoeiro se adensava, ele se encheu de medo.

Em seguida, passaram por olarias solitárias. O nevoeiro estava menos cerrado, e ele vislumbrava os estranhos fornos em formato de garrafa, com línguas de fogo como leques alaranjados. Um cachorro latiu enquanto passavam e, ao longe, em meio à penumbra, uma gaivota errante gritou. O cavalo tropeçou em uma vala, desviou para o lado e se pôs a galope.

Depois de algum tempo, eles saíram da estrada de terra e chacoalharam de novo sobre ruas de pavimento irregular. A maioria das janelas estava às escuras, mas, vez ou outra, sombras fantásticas lançavam silhuetas contra alguma cortina iluminada. Ele as observou com curiosidade. Moviam-se como marionetes monstruosas e gesticulavam como criaturas vivas. Odiava-as. Uma raiva sombria irrompeu em seu coração. Quando dobraram a esquina, uma mulher gritou alguma coisa para eles de uma porta aberta, e dois homens correram atrás do cabriolé por cerca de cem metros. O cocheiro os fustigou com o chicote.

Dizem que a paixão nos faz revolver os mesmos pensamentos. Certamente, com uma iteração horrenda, os lábios mordidos de Dorian Gray moldavam e remoldavam as palavras sutis referentes à alma e aos sentidos, até que ele encontrou nelas a expressão plena, por assim dizer, de seu estado de espírito, e justificou, por meio da aprovação intelectual, as paixões que, sem tal justificativa, ainda dominariam seu temperamento. De célula em célula de seu cérebro, rastejava um único pensamento; e o desejo desenfreado de viver, o mais terrível de todos os apetites do homem, instilou força em cada nervo trêmulo e fibra oscilante. A feiura, antes tão odiosa por colorir de realidade as coisas, passou a ser apreciada por ele exatamente por esse motivo. Só a feiura era real. A briga grosseira, o antro repugnante, a violência crua da vida desregrada, a própria vileza do ladrão e do marginal, tudo se avivava mais em sua intensa imitação de realidade do que todas as formas artísticas graciosas, as sombras oníricas da canção. Precisava disso para esquecer. Em três dias estaria livre.

De súbito, o homem parou o cabriolé com um solavanco no meio de uma viela escura. Por sobre os telhados baixos e as chaminés serrilhadas das casas, erguiam-se os mastros negros dos navios, e grinaldas de névoa branca agarravam-se nas vergas como velas fantasmagóricas.

— Em algum lugar por aqui, não é, senhor? — perguntou o cocheiro com voz rouca pela portinhola.

Dorian teve um sobressalto e fitou os arredores.

— Aqui está bom — respondeu, e saiu apressado. Em seguida, entregou ao cocheiro a tarifa extra que lhe prometera e caminhou rapidamente na direção do cais.

Aqui e ali, um farolete brilhava na popa de um grande navio mercante. A luz bruxuleava e se fragmentava nas poças. Um clarão vermelho veio de um navio a vapor sendo abastecido com carvão. O pavimento luzidio parecia uma gabardina molhada.

Ele correu para a esquerda, olhando para trás de vez em quando para ver se o seguiam. Em cerca de sete ou oito minutos, chegou a uma casinha decrépita espremida entre duas fábricas lúgubres. Havia uma lamparina em uma das janelas superiores. Ele parou e deu uma batida peculiar.

Um tempo depois, ouviu passos no corredor e a corrente sendo desenganchada. A porta se abriu silenciosamente, e ele entrou sem dizer uma palavra para a figura atarracada e disforme que recuou para as sombras a fim de lhe dar passagem. No fim do vestíbulo, pendia uma cortina verde andrajosa esvoaçando ao sabor das rajadas de vento que o seguiram da rua. Ele a puxou para o lado e entrou em um cômodo comprido e baixo que parecia ter sido, outrora, um salão de baile de terceira categoria. Lamparinas a gás, com seu sibilar chamejante, espalhavam-se pelas paredes, parecendo embotadas e distorcidas nos espelhos imundos e manchados diante delas. Refletores engordurados de estanho estriado as rodeavam, formando discos trêmulos de luz. O piso estava coberto de serragem ocre, pisoteada aqui e ali até virar lama, e manchada com anéis escuros de álcool derramado. Alguns malaios se agachavam junto de um pequeno fogareiro a carvão, brincando com fichas de ossos e exibindo dentes brancos enquanto tagarelavam. Em um dos cantos, com a cabeça enterrada nos braços, um marinheiro estirado sobre uma mesa, e ao lado do bar, adornado com uma pintura de mau gosto que se estendia de uma parede à outra, duas mulheres de aparência cansada zombavam de um velho que esfregava as mangas do casaco com uma expressão de repulsa.

— Ele acha que o próprio corpo está cheio de formigas vermelhas — comentou uma delas, aos risos, quando Dorian passou. O homem a encarou aterrorizado e começou a choramingar.

Na extremidade do cômodo, uma escadinha levava a um aposento escuro. Enquanto Dorian galgava os três degraus frágeis às pressas, o odor denso de ópio o atingiu. Inspirou profundamente, e suas narinas estremeceram de prazer. Quando entrou, um jovem de cabelos lisos e loiros, curvado sobre uma lamparina para acender um cachimbo longo e delgado, olhou para ele e acenou com a cabeça, hesitante.

– Você aqui, Adrian? – murmurou Dorian.

– Onde mais eu poderia estar? – retrucou ele, apático. – Ninguém mais fala comigo agora.

– Pensei que você tivesse saído da Inglaterra.

– Darlington não vai fazer nada. Afinal, o meu irmão pagou a conta. George também não está falando comigo, mas não me importo – acrescentou ele, com um suspiro. – Contanto que tenha esta substância, ninguém quer amigos. Acho que tive amigos demais.

Dorian estremeceu e olhou em volta para as coisas grotescas estiradas em posições tão surreais nos colchões esfarrapados. Os membros retorcidos, as bocas escancaradas, os olhos vidrados e opacos o fascinavam. Ele sabia em que paraísos estranhos eles padeciam, e em que infernos maçantes aprendiam o segredo de uma nova exultação. Estavam melhor do que ele, ainda prisioneiro dos pensamentos. A lembrança, como uma doença horrível, corroía-lhe a alma. De tempos em tempos, parecia ver os olhos de Basil Hallward fitando-o. No entanto, sentiu que não podia permanecer ali. A presença de Adrian Singleton o perturbava. Queria ir a um lugar onde ninguém o conhecesse. Queria escapar de si mesmo.

– Vou para o outro ponto – disse ele depois de uma pausa.

– No cais?

– Sim.

– Aquela maluca certamente estará lá. Eles não a deixam mais entrar aqui.

Dorian deu de ombros.

– Estou farto de mulheres que nos amam. Mulheres que nos odeiam são muito mais interessantes. Além disso, lá a substância é melhor.

– É praticamente igual.

– Gosto mais da de lá. Venha e tome alguma coisa. Preciso beber algo.

– Não quero nada – murmurou o jovem.

– Deixe disso.

Adrian Singleton se levantou meio cambaleante e seguiu Dorian até o bar. Um mestiço usando um turbante esfarrapado e um casaco surrado saudou-os com um sorriso horrendo enquanto colocava uma garrafa de conhaque e dois copos na frente deles. As mulheres se aproximaram e começaram a tagarelar. Dorian lhes deu as costas e disse alguma coisa em voz baixa para Adrian Singleton.

Um sorriso torto, como uma adaga *kris* malaia, curvou o rosto de uma das mulheres.

– Estamos muito orgulhosas esta noite – zombou ela.

– Pelo amor de Deus, não fale comigo! – gritou Dorian Gray, batendo o pé no chão. – O que você quer? Dinheiro? Aqui está. Nunca mais fale comigo.

Duas faíscas vermelhas cintilaram por um instante nos olhos empapados da mulher, depois se apagaram e os deixaram opacos e vidrados. Ela jogou a cabeça para trás e apanhou as moedas sobre o balcão com dedos sequiosos. A mulher ao lado a observou com inveja.

– Não adianta – disse Adrian Singleton, com um suspiro. – Não quero voltar. Que diferença faz? Estou muito feliz aqui.

– Você vai me escrever se precisar de alguma coisa, não é? – perguntou Dorian, após uma pausa.

– Talvez.

– Então, boa noite.

– Boa noite – falou o jovem, subindo as escadas e enxugando a boca ressecada com um lenço.

Dorian caminhou até a porta com uma expressão facial de sofrimento. Quando afastou a cortina, uma risada horripilante irrompeu dos lábios pintados da mulher que antes pegara o dinheiro.

– Lá se vai o que fez pacto com o diabo! – disse ela, em uma voz rouca e soluçante.

– Maldita seja! – praguejou ele. – Não fale de mim desse jeito.
Ela estalou os dedos.

– Gosta de ser chamado de Príncipe Encantado, não é? – gritou a mulher atrás dele.

O marinheiro sonolento levantou-se de um salto enquanto ela falava e lançou um olhar frenético pelo ambiente. O som da porta do vestíbulo fechando-se chegou a seus ouvidos. Ele correu para fora como se estivesse à caça.

Dorian Gray andou apressado ao longo do cais sob a garoa fina. O encontro com Adrian Singleton o comovera estranhamente, e conjecturava se a degradação do jovem realmente deveria ser atribuída a ele, como Basil Hallward lhe dissera com toda a infâmia de um insulto. Mordeu o lábio e, por alguns segundos, em seus olhos aflorou uma expressão tristonha. No entanto, afinal, o que isso lhe importava? Os dias são demasiado curtos para carregar o fardo dos erros alheios sobre os próprios ombros. Cada homem vivia sua vida e pagava o preço por vivê-la. A única comiseração era ter de pagar tantas vezes por um único erro. Na verdade, pagavam-se várias e várias vezes. Em suas transações com o homem, o destino nunca encerrava as contas.

Há momentos, dizem os psicólogos, em que a paixão pelo pecado, ou pelo que o mundo chama de pecado, domina a natureza de tal modo que cada fibra do corpo, assim como cada célula do cérebro, parece embebida por impulsos assustadores. Em tais momentos, homens e mulheres perdem a liberdade de seu próprio desejo. Caminham rumo ao terrível fim como autômatos. O poder da escolha lhes é tirado, e a consciência é morta, ou, se chegar a viver, o faz apenas para fornecer à rebeldia o seu fascínio e à desobediência o seu encanto. Pois todos os pecados, como os teólogos não se cansam de nos lembrar, se originam da desobediência. Quando aquele espírito elevado, a estrela d'alva do mal, caiu do céu, agiu como um rebelde.

Insensível, concentrado no mal, a mente maculada e a alma ávida por rebeldia, Dorian Gray apressou-se, apertando o passo à medida que avançava, mas, quando saltou de lado para uma arcada escura, que muitas vezes lhe servira como atalho para o lugar infame a que se dirigia, sentiu-se subitamente agarrado por trás e, antes que conseguisse se defender, foi arremessado contra a parede com uma mão brutal agarrada a seu pescoço.

Lutou desesperadamente pela vida e, com um esforço terrível, desvencilhou-se dos dedos retesados. Em um segundo ouviu o estalido de um revólver e relanceou para o brilho de um cano polido apontado diretamente para sua cabeça, e a silhueta escura de um homem baixo e atarracado à sua frente.

– O que você quer? – perguntou ele, ofegante.

– Fique quieto – ordenou o homem. – Caso se mexa, eu atiro.

– Você é louco. O que eu lhe fiz?

– Você acabou com a vida de Sibyl Vane – foi a resposta. – E Sibyl Vane era minha irmã. Tenho certeza de que ela se matou. E você é o culpado. Jurei que o mataria se isso acontecesse. Passei anos procurando-o, sem qualquer pista, sem rastro algum. As duas pessoas que poderiam descrevê-lo estavam mortas. Nada sabia a seu respeito, exceto o apelido pelo qual ela o chamava. Eu o ouvi hoje à noite por acaso. Reconcilie-se com Deus, pois morrerá.

Dorian Gray ficou nauseado de medo.

– Eu não a conheço – gaguejou ele. – Nunca ouvi falar dela. Você é louco.

– É melhor confessar o seu pecado, pois, assim como é certo que sou James Vane, é certo que você vai morrer. – Seguiu-se um momento horrível. Dorian não sabia o que dizer ou fazer. – Ajoelhe-se! – rosnou o homem. – Eu lhe dou um minuto para fazer as suas preces, nada além disso. Hoje embarco para a Índia, mas antes preciso cumprir o meu dever. Um minuto. E nada mais.

Os braços de Dorian penderam. Paralisado de terror, ele não sabia o que fazer. De súbito, uma esperança insana lhe veio à cabeça.

– Pare! – gritou. – Faz quanto tempo que sua irmã morreu? Ande, diga-me!

– Dezoito anos – respondeu o homem. – Por que a pergunta? Que diferença faz?

– Dezoito anos – repetiu Dorian Gray aos risos, na voz, um toque de triunfo. – Dezoito anos! Leve-me para debaixo da luz e olhe para o meu rosto!

James Vane hesitou por um momento, sem entender o significado do pedido. Em seguida, agarrou Dorian Gray e o arrastou para fora da arcada.

Embora estivesse tênue e bruxuleante por conta do vento, a luz serviu para mostrar que cometera um erro terrível, pois o rosto do homem que pretendia matar exalava todo o viço da mocidade, toda a pureza imaculada da juventude. Parecia um rapaz com pouco mais de vinte verões, um tanto mais velho, se tanto, do que a irmã de quem se despedira tantos anos antes. Aquele não era o homem que acabara com a vida dela.

Ele afrouxou o aperto e cambaleou para trás.

– Meu Deus! Meu Deus! – gritou. – E eu ia matá-lo!

Dorian Gray respirou fundo.

– Você estava prestes a cometer um crime terrível, meu caro – disse, lançando um olhar severo para o homem. – Que isso lhe sirva de aviso para não tentar fazer justiça com as próprias mãos.

– Perdoe-me, senhor – murmurou James Vane. – Eu me enganei. Uma palavra que ouvi ao acaso naquele antro maldito me colocou na pista errada.

– É melhor que volte para casa e guarde essa pistola, ou pode se meter em apuros – aconselhou Dorian, dando meia-volta e descendo a rua lentamente.

James Vane ficou parado na calçada, horrorizado. Tremia da cabeça aos pés. Depois de um tempo, uma sombra negra esgueirando-se ao longo da parede gotejante saiu para a luz e se aproximou dele com passos furtivos. Sentiu uma mão tocar-lhe o e fitou os arredores, assustado. Era uma das mulheres que estivera bebendo no bar.

– Por que não o matou? – sibilou ela, colocando o rosto desvairado bem perto do dele. – Eu sabia que o tinha perseguido quando saiu correndo do Daly's. Idiota! Você devia tê-lo matado. Ele tem muito dinheiro e é tão mau quanto alguém pode ser.

– Não é ele o homem que procuro – explicou –, e não quero o dinheiro de ninguém. Quero a vida de um homem. O homem cuja vida quero tirar deve ter uns quarenta anos hoje. Aquele não passa de um garoto. Graças a Deus, não carrego o sangue dele em minhas mãos.

A mulher soltou uma risada amarga.

– Não passa de um garoto! – zombou. – Ora, homem, já se passaram quase dezoito anos desde que o Príncipe Encantado fez de mim o que sou.

– Está mentindo! – gritou James Vane.

A mulher ergueu a mão para o céu.

– Deus é testemunha de que estou dizendo a verdade! – exclamou ela.

– Deus é testemunha?

– Que os raios me partam se não for verdade! Ele é o pior dos que vêm até aqui. Dizem que se vendeu ao diabo em troca de um rosto bonito. Faz quase dezoito anos que o conheci, e pouco mudou desde então. Eu, por outro lado... – acrescentou ela, com um olhar doentio.

– Jura que é verdade?

– Juro – veio a resposta, um eco rouco saído da boca rígida. – Mas não me denuncie – pediu, choramingando. – Tenho medo dele. Preciso de um pouco de dinheiro para ter onde dormir esta noite.

Ele se afastou dela com uma praga e correu até a esquina, mas Dorian Gray havia desaparecido. Quando olhou para trás, a mulher também já não estava mais lá.

Capítulo dezessete

Uma semana depois, Dorian Gray, sentado na estufa em Selby Royal, conversava com a bela duquesa de Monmouth, que figurava entre os convidados junto ao marido, um homem de sessenta anos e aparência cansada. Estava na hora do chá, e a luz suave da enorme lamparina coberta de rendas sobre a mesa iluminava as louças de porcelana delicadas e a prataria trabalhada da reunião que a duquesa presidia. Suas mãos brancas se movimentavam delicadamente entre as xícaras, e os lábios vermelhos e carnudos sorriam por alguma coisa que Dorian havia cochichado para ela. Lorde Henry, recostado em uma cadeira de vime forrada de seda, observava os dois. Em um divã cor de pêssego se sentava lady Narborough, simulando atenção ao relato do duque sobre o besouro brasileiro que acabara de adicionar à sua coleção. Três rapazes em paletós requintados serviam bolinhos para algumas das mulheres. O grupo consistia em doze pessoas, e esperavam-se outras mais no dia seguinte.

– Sobre o que vocês dois estão conversando? – perguntou lorde Henry, aproximando-se da mesa sobre a qual pousou a xícara. – Espero que Dorian lhe tenha contado o meu plano de rebatizar tudo, Gladys. É uma ideia encantadora.

– Mas não quero ser rebatizada, Harry – comentou a duquesa, erguendo os lindos olhos para fitá-lo. – Estou bastante satisfeita com o meu nome, e tenho certeza de que o senhor Gray também está satisfeito com o dele.

– Minha cara Gladys, eu não mudaria nenhum dos nomes por nada neste mundo. Os dois são perfeitos. Estava pensando principalmente nas flores. Ontem colhi uma orquídea para a minha lapela, uma coisa pontilhada e maravilhosa, tão eficaz quanto os sete pecados capitais. Em um momento impensado, perguntei a um dos jardineiros como se chamava a flor. Ele me disse que era um belo espécime de *Robinsoniana*, ou algo terrível do gênero. É uma verdade trágica, mas perdemos a capacidade de dar nomes adoráveis às coisas. Nomes são tudo. Não tenho desavenças com ações. Minha única desavença se concentra nas palavras. Por essa razão detesto o realismo vulgar na literatura. O homem que chama uma pá de pá deveria ser obrigado a usar uma. É a única coisa que lhe convém.

– Então, como devemos chamá-lo, Harry? – perguntou ela.

– O nome dele é Príncipe Paradoxo – sugeriu Dorian.

– Eu o reconheceria em um piscar de olhos! – exclamou a duquesa.

– Não quero mais ouvir falar nisso – declarou lorde Henry, aos risos, enquanto se afundava em uma cadeira. – Não há como escapar de rótulos! Recuso o título.

– A realeza não pode abdicar – os belos lábios disseram como um aviso.

– Então você quer que eu defenda o meu trono?

– Quero.

– Eu ofereço as verdades de amanhã.

– Prefiro os erros de hoje – rebateu a mulher.

– Você me desarma, Gladys! – exclamou ele, percebendo a obstinação do estado de espírito da duquesa.

– De seu escudo, Harry, não de sua lança.

– Eu nunca enristo contra a beleza – declarou ele, gesticulando.

– Aí está o seu erro, Harry, acredite em mim. Você valoriza demais a beleza.

— Como pode dizer isso? Admito que acho melhor ser bonito do que ser bom. Por outro lado, ninguém está mais disposto do que eu a reconhecer que é melhor ser bom do que feio.

— Então a feiura é um dos sete pecados capitais? — perguntou a duquesa. — O que aconteceu com a sua analogia das orquídeas?

— A feiura é uma das sete virtudes capitais, Gladys. Você, como boa *tory*, não deve subestimá-las. A cerveja, a Bíblia e as sete virtudes capitais fizeram da Inglaterra o que ela é.

— Então não gosta do seu país? — quis saber ela.

— Eu moro nele.

— Para censurá-lo melhor.

— Quer saber o veredito da Europa sobre nosso país? — propôs lorde Henry.

— O que eles dizem de nós?

— Que Tartufo[6] emigrou para a Inglaterra e aqui abriu uma loja.

— Essa frase é sua, Harry?

— Eu a dou para você.

— Eu não poderia usá-la. É verdadeira demais.

— Não tenha medo. Nossos compatriotas nunca reconhecem uma descrição.

— Eles são práticos.

— Na verdade, mais astutos do que práticos. Quando fazem a contabilidade de si próprios, equilibram a estupidez com a riqueza, e o vício, com a hipocrisia.

— Ainda assim, fizemos coisas grandiosas.

— Coisas grandiosas nos foram impostas, Gladys.

— Carregamos o fardo delas.

— Somente até a Bolsa de Valores.

A duquesa meneou a cabeça.

— Eu acredito na raça — declarou ela.

---

6 O protagonista de *Le Tartuffe*, peça francesa de Molière. No Brasil e em outros países, "tartufo" passou a ter a acepção de uma pessoa hipócrita, ou de alguém que esconde seus vícios sob a capa da religião. (N. T.)

— Representa a sobrevivência dos persistentes.
— Tem evolução.
— A decadência me fascina mais.
— E a arte? – perguntou ela.
— É uma doença.
— O amor?
— Uma ilusão.
— A religião?
— O substituto da moda para a crença.
— Você é um cético.
— Jamais! O ceticismo é o princípio da fé.
— O que você é, então?
— Definir é limitar.
— Dê-me uma pista.
— Os fios se arrebentam. Acabaria perdida no labirinto.
— Você me confunde. Vamos falar de outra pessoa.
— Nosso anfitrião é um assunto maravilhoso. Anos atrás, batizaram-no de Príncipe Encantado.
— Ah! Não me lembre disso! – exclamou Dorian Gray.
— Nosso anfitrião está bastante desagradável esta noite – afirmou a duquesa, corando. – Acho que ele pensa que Monmouth se casou comigo embasado em princípios puramente científicos, como o melhor espécime que ele poderia encontrar de uma borboleta moderna.
— Bem, espero que ele não a espete com alfinetes, duquesa – comentou Dorian, rindo.
— Oh! A minha criada já faz isso, senhor Gray, quando está irritada comigo.
— E por que ela se irrita com você, duquesa?
— Pelos motivos mais triviais, senhor Gray, eu lhe asseguro. Normalmente porque chego às dez para as nove e digo-lhe que preciso estar vestida antes das oito e meia.
— Que insensatez da parte dela! Deveria demiti-la.
— Não me atrevo, senhor Gray. Ora, ela faz meus chapéus. Lembra-se daquele que usei na festa no jardim de lady Hilstone? Claro,

não se lembra, mas seria gentil fingir que sim. Bem, ela o fez a partir do nada. Todos os bons chapéus são feitos partindo do nada.

— Assim como todas as boas reputações, Gladys — interrompeu lorde Henry. — Todo efeito que causamos nos rende um inimigo. A popularidade implica ser medíocre.

— Não com as mulheres — declarou a duquesa, meneando a cabeça. — E as mulheres governam o mundo. Garanto-lhe que não toleramos mediocridades. Como dizem por aí, nós, mulheres, amamos com os ouvidos, exatamente como vocês, homens, amam com os olhos, se é que chegam a amar um dia.

— Parece-me que não fazemos outra coisa — murmurou Dorian.

— Ah! Então vocês nunca amam de verdade, senhor Gray — retrucou a duquesa, com falsa tristeza.

— Minha cara Gladys! — exclamou lorde Henry. — Como diz isso? O romance vive pela repetição, e a repetição transforma o apetite em arte. Além disso, cada vez que se ama é a única vez que se ama. A diferença de alvo não altera a excepcionalidade da paixão. Apenas a intensifica. Na melhor das hipóteses, só somos capazes de viver uma única experiência grandiosa ao longo da vida, e o segredo da vida é reproduzir essa experiência com frequência.

— Mesmo quando ela nos fere, Harry? — perguntou a duquesa após uma pausa.

— Especialmente nesses casos — respondeu lorde Henry.

A duquesa se virou e fitou Dorian Gray com uma expressão curiosa nos olhos.

— O que tem a dizer sobre isso, senhor Gray? — quis saber.

Dorian hesitou por um momento. Em seguida, pendeu a cabeça para trás e riu.

— Sempre concordo com Harry, duquesa.

— Mesmo quando ele está errado?

— Harry nunca está errado, duquesa.

— E a filosofia dele o deixa feliz?

— Nunca busquei a felicidade. Quem quer felicidade? Sempre busquei o prazer.

– E o encontrou, senhor Gray?

– Muitas vezes. Até demais.

A duquesa suspirou.

– Eu busco a paz – declarou ela. – E se não for me vestir, não terei nenhuma esta noite.

– Vou colher algumas orquídeas para você, duquesa! – exclamou Dorian, pondo-se de pé e andando pela estufa.

– Você está flertando descaradamente com ele – comentou lorde Henry com a prima. – Tome cuidado. Ele é fascinante demais.

– Se não fosse, não haveria batalha.

– Grego contra grego, então?

– Estou do lado dos troianos. Eles lutaram por uma mulher.

– E foram derrotados.

– Existem coisas piores do que a prisão – afirmou ela.

– Você está galopando com as rédeas soltas.

– O ritmo cria a vida – foi a *riposte*.

– Escreverei isso em meu diário hoje à noite.

– O quê?

– Que a criança queimada adora o fogo.

– Eu não estou nem chamuscada. As minhas asas continuam incólumes.

– Você as usa para tudo, exceto para voar.

– A coragem passou dos homens para as mulheres. É uma experiência nova para nós.

– Você tem uma rival.

– Quem?

Ele riu.

– Lady Narborough – sussurrou. – Ela simplesmente o adora.

– Você me enche de apreensão. O apelo à Antiguidade é fatal para nós, românticas.

– Românticas! Vocês incorporam todos os métodos da ciência.

– Os homens nos instruíram.

– Mas não lhes explicaram.

– Descreva-nos como mulheres – desafiou a duquesa.

– Esfinges sem segredos.

Sorrindo, ela o fitou.

– Como o senhor Gray está demorando! – comentou. – Vamos ajudá-lo. Eu ainda não disse a ele a cor do meu vestido.

– Ah, você é que precisa escolher o vestido certo para combinar com as flores dele, Gladys.

– Isso seria uma rendição prematura.

– A arte romântica começa com o clímax.

– Preciso manter uma brecha para bater em retirada.

– À maneira dos pártias?

– Eles encontraram segurança no deserto. Eu não conseguiria.

– As mulheres nem sempre têm uma escolha – elucidou ele, mas mal tinha terminado a frase quando, da extremidade oposta da estufa, veio um gemido abafado, seguido pelo baque surdo da queda de algo pesado. Todos se sobressaltaram. A duquesa ficou paralisada de terror. E, nos olhos reluzindo o medo, lorde Henry correu ao longo das palmas agitadas e encontrou Dorian Gray estirado de bruços sobre o piso de ladrilhos, desmaiado como se estivesse morto.

Levaram-no imediatamente para a sala de estar azulada, onde o acomodaram em um dos sofás. Passado algum tempo, voltou a si e olhou ao redor com uma expressão atordoada.

– O que aconteceu? – perguntou. – Oh! Eu lembro. Estou em segurança aqui, Harry? – Ele começou a tremer.

– Meu caro Dorian – respondeu lorde Henry –, você apenas desmaiou. Só isso. Talvez de fadiga. É melhor que não desça para jantar. Eu assumirei o seu lugar.

– Não, vou descer – protestou ele, esforçando-se para ficar de pé. – Prefiro descer. Não devo ficar sozinho.

Ele caminhou até o quarto e se vestiu. Ao se sentar à mesa, comportava-se de modo intrépido e alegre, mas vez ou outra tomado por um arrepio de horror quando se lembrava de que, pressionado contra a janela da estufa como um lenço branco, vira o rosto de James Vane observando-o.

Capítulo dezoito

No dia seguinte, Dorian não saiu de casa, ficando na maior parte do tempo recolhido no quarto, com um medo descontrolado de morrer, ainda que indiferente à vida. A consciência de estar sendo caçado, encurralado, rastreado, começava a dominá-lo. O mero esvoaçar da tapeçaria ao sabor do vento o fazia estremecer. As folhas mortas sopradas contra as vidraças chumbadas pareciam-lhe as próprias resoluções desperdiçadas e os arrependimentos desmedidos. Quando fechava os olhos, via novamente o rosto do marinheiro à espreita através do vidro embaçado pelo nevoeiro, e o horror mais uma vez lhe pressionava o coração.

Mas talvez fossem apenas seus devaneios que evocassem a vingança em meio à noite e lançassem as formas terríveis da punição diante dele. A vida real era um caos, mas na imaginação palpitava a lógica terrível. Era a imaginação que enviava o remorso ao encalço do pecado. Era a imaginação que fazia cada crime gerar uma ninhada disforme. No mundo comum dos fatos, os maus não eram punidos, nem os bons recompensados. O sucesso era entregue aos fortes, o fracasso lançado sobre os fracos. Nada mais. Além disso, se algum estranho tivesse rondado a casa, teria sido visto pelos criados ou pelos guardas. Se pegadas fossem encontradas nos canteiros, os jardineiros as teriam relatado. Sim, tudo resultara apenas da imaginação. O irmão de Sibyl Vane não havia voltado para matá-lo. Zarpara no navio para naufragar em algum mar invernal. Dele, ao menos, estaria a salvo. Ora, o homem não sabia quem ele era, não tinha como saber. A máscara da juventude o salvara.

Entretanto, se tivesse sido mera ilusão, como era terrível pensar que a consciência podia criar fantasmas tão horripilantes, e conferir-lhes forma visível, e fazê-los se mover diante dos olhos! Que espécie de vida levaria se, dia e noite, as sombras de seu crime o espreitassem de cantos silenciosos, zombassem dele a partir de lugares secretos, sussurrassem em seu ouvido quando se sentasse para banquetear, acordassem-no com dedos gélidos enquanto dormia! À medida que o pensamento rastejava por seu cérebro, ele empalidecia de pavor, e o ar lhe parecia mais frio de repente. Oh! Em que momento de loucura desenfreada matara o próprio amigo! Como era medonha a lembrança do ato! Ele reviu toda a cena. Cada detalhe medonho voltou ainda mais horripilante. Da caverna negra do tempo, terrível e envolta em escarlate, surgia a imagem de seu pecado. Quando lorde Henry chegou, às seis horas, encontrou-o chorando como alguém cujo coração está prestes a se despedaçar.

Só no terceiro dia ele se aventurou a sair. Alguma coisa no ar límpido e cheirando a pinheiro daquela manhã invernal lhe devolvia a alegria e o ardor pela vida. Mas não apenas as condições físicas do ambiente haviam causado a mudança. A própria natureza de Dorian se rebelara contra o excesso de angústia que tentara mutilar e arruinar a perfeição de sua tranquilidade. É o que sempre acontece com temperamentos sutis e de talhe delicado, movidos por intensas paixões que ferem ou sucumbem. Ou matam, ou elas mesmas morrem. Sofrimentos e amores supérfluos sobrevivem. Amores e sofrimentos grandiosos são destruídos pela própria plenitude. Além disso, ele se convencera de que fora vítima de uma imaginação dominada pelo terror, e naquele momento recordava seus medos com certa piedade, mas também com um tanto de desprezo.

Depois do café da manhã, passou uma hora caminhando com a duquesa no jardim, e em seguida atravessou o parque para se juntar ao grupo de caça. A geada, estalando sob seus passos, espalhava-se como sal sobre a grama. O céu era uma xícara emborcada de metal azulado. Uma fina camada de gelo rodeava a superfície plácida do lago repleto de juncos.

Na extremidade do bosque de pinheiros, avistou sir Geoffrey Clouston, irmão da duquesa, removendo dois cartuchos usados da arma. Ele saltou da charrete e, depois de mandar o cavalariço levar a égua de volta para casa, abriu caminho em meio às samambaias ressequidas e à vegetação rasteira.

— A caçada está indo bem, Geoffrey? – perguntou ele.

— Não muito, Dorian. Acho que a maioria dos pássaros fugiu para o campo aberto. Acho que será melhor depois do almoço, quando estivermos em outro terreno.

Dorian caminhou ao lado dele. O ar denso e aromático, os brilhos marrons e vermelhos que cintilavam no bosque, os gritos roucos dos batedores que ressoavam de tempos em tempos e os estalidos agudos das armas que se seguiam a eles o fascinaram e o assoberbaram de uma sensação deliciosa de liberdade. Sentiu-se arrebatado pelo descuido da felicidade, pela acentuada indiferença da alegria.

De súbito, de uma touceira volumosa de grama desgastada a cerca de vinte metros deles, surgiu uma lebre, as orelhas de pontas pretas eretas e as longas patas traseiras lançadas para a frente, a qual saiu em disparada na direção de uma moita de amieiros. Sir Geoffrey posicionou a arma sobre o ombro, mas algo nos movimentos graciosos do animal despertou um fascínio estranho em Dorian Gray, e ele repentinamente gritou:

— Não atire, Geoffrey! Deixe-a viver.

— Que tolice, Dorian! – exclamou o companheiro, rindo, e quando a lebre avançou para a moita, ele atirou.

Ouviram-se dois gritos: o lamento doloroso da lebre, que foi terrível, e o de um homem agoniado, que foi ainda pior.

– Por Deus! Acertei um batedor! – exclamou sir Geoffrey. – Mas que imbecil! Onde já se viu ficar na linha de fogo? Parem de atirar! – berrou a plenos pulmões. – Tem um homem ferido.

O guarda-caças veio correndo com um bastão em punhos.

– Onde, senhor? Onde ele está? – gritou, enquanto os disparos cessavam ao longo da fileira.

– Aqui – respondeu sir Geoffrey com irritação, correndo na direção da moita. – Por que diabos não mantém seus homens atrás da linha de tiro? Estragou a minha caçada de hoje.

Dorian os observou enquanto eles se embrenhavam na moita de amieiros, afastando os ramos maleáveis e oscilantes para o lado. Passados alguns instantes, emergiram arrastando um corpo para a luz do sol. Dorian se virou, horrorizado. Pareceu-lhe que o infortúnio o acompanhava aonde quer que fosse. Ouviu sir Geoffrey perguntar se o homem estava realmente morto e a resposta afirmativa do guarda-caça. O bosque subitamente se afigurou vivo e repleto de rostos. Ouviu o pisotear de uma miríade de pés e o zumbido baixo de vozes. Um grande faisão de peito acobreado voou por ali, resvalando nos galhos acima deles.

Depois de alguns momentos, que em seu estado perturbado lhe pareceram horas intermináveis de dor, sentiu uma mão pousada em seu ombro. Com um sobressalto, olhou em volta.

– Dorian – disse lorde Henry –, é melhor eu dizer a eles que a caçada terminou por hoje. Não seria de bom-tom continuar.

– Por mim, terminaria para sempre, Harry – confessou ele com amargura. – É tudo horrível e cruel. O homem...? – Mas não conseguiu concluir a frase.

– Receio que sim – respondeu lorde Henry. – Levou um tiro direto no peito. Deve ter morrido quase instantaneamente. Venha, vamos para casa.

Caminharam lado a lado na direção da avenida por quase cinquenta metros em silêncio. Então, Dorian olhou para lorde Henry e, com um suspiro profundo, disse:

– É um mau presságio, Harry, um péssimo presságio.

— O quê? – perguntou o amigo. – Oh! Imagino que se refira ao acidente. Meu caro, não há nada a fazer. Foi culpa do homem. Por que ele ficou na frente das armas? Além disso, nada significa para nós, ainda que para Geoffrey seja um tanto incômodo, é claro. Não cai bem atirar em batedores, as pessoas pensam que a pontaria do atirador é péssima. E Geoffrey não é assim; ele atira muito bem. Mas de nada adianta falar sobre isso.

Dorian meneou a cabeça.

— É um mau presságio, Harry. Sinto como se alguma coisa horrível estivesse prestes a acontecer com algum de nós. Talvez comigo – acrescentou, passando a mão sobre os olhos em um gesto de sofrimento.

O homem mais velho riu.

— A única coisa horrível no mundo é o *ennui*, Dorian. Só para ele não existe perdão. Mas é bem improvável que padeçamos disso, a menos que aqueles sujeitos continuem trazendo o assunto à tona durante o jantar. Terei de avisar-lhes que não toquem no assunto. Quanto aos presságios, eles inexistem. O destino, por sapiência ou crueldade, não nos envia arautos. Ademais, que diabos poderia atingi-lo, Dorian? Você tem tudo que um homem pode querer. Não existe uma única pessoa no mundo que não gostaria de trocar de lugar com você.

— Não há ninguém com quem eu não trocaria de lugar, Harry. Não ria. Estou lhe dizendo a verdade. O infeliz camponês que acabou de morrer está melhor do que eu. Não tenho medo da morte. É a chegada da morte que me apavora, as asas monstruosas parecendo girar no ar plúmbeo ao meu redor. Deus do céu! Não está vendo um homem se mexer atrás das árvores logo ali, observando-me, esperando por mim?

Lorde Henry olhou na direção em que a mão trêmula e enluvada apontava.

— Sim – respondeu ele, sorrindo. – Estou vendo o jardineiro à sua espera. Imagino que ele queira lhe perguntar que flores gostaria de usar nos arranjos de mesa esta noite. Você está um poço de nervos, meu caro amigo! Precisa se consultar com o meu médico quando voltarmos para a cidade.

Dorian soltou um suspiro de alívio ao ver o jardineiro aproximando-se. O homem levou a mão ao chapéu, fitou lorde Henry com hesitação por um instante e, em seguida, entregou uma carta ao patrão.

– Sua Graça pediu que eu aguardasse uma resposta – murmurou ele.

Dorian guardou a carta no bolso.

– Diga a Sua Graça que já vou entrar – disse ele, friamente.

O homem se virou e andou apressado na direção da casa.

– Como as mulheres gostam do perigo! – comentou lorde Henry, aos risos. – É uma das qualidades que mais admiro nelas. Uma mulher é capaz de flertar com qualquer pessoa no mundo, contanto que tenha gente olhando.

– Como você gosta de dizer coisas perigosas, Harry! Nesse caso, está profundamente equivocado. Gosto muito da duquesa, mas não a amo.

– E a duquesa o ama muito, mas não gosta tanto de você, de modo que formam um par perfeito.

– Você está criando um escarcéu, Harry, e não há nenhum fundamento nisso.

– O fundamento de todo escarcéu é uma certeza imoral – declarou lorde Henry, acendendo um cigarro.

– Harry, você sacrificaria qualquer pessoa por um epigrama.

– O mundo vai para o altar por conta própria – foi a resposta.

– Eu queria tanto ser capaz de amar! – exclamou Dorian Gray, na voz, uma nota profunda de páthos. – Mas parece que perdi a paixão e me esqueci do desejo. Estou muito focado em mim mesmo. A minha própria personalidade se tornou um fardo. Quero fugir, ir embora, esquecer. Foi tolice minha ter vindo para cá. Acho que vou enviar um telegrama para Harvey e pedir-lhe que prepare o iate. Estarei a salvo em um iate.

— A salvo de quê, Dorian? Você está perturbado. Por que não me diz o que está acontecendo? Bem sabe que eu o ajudaria.

— Não posso lhe contar, Harry — retrucou ele com tristeza. — E acho que tudo não passa de um devaneio. Aquele acidente infeliz me perturbou. Pressinto que algo do gênero poderá acontecer comigo.

— Que tolice!

— Espero que seja, mas não consigo evitar esse sentimento. Ah! Aqui está a duquesa, parecendo Ártemis em um vestido feito sob medida. Como vê, duquesa, estamos de volta.

— Fiquei sabendo de tudo, senhor Gray — disse ela. — O pobre Geoffrey está muito chateado. E ouvi que você lhe pediu que não atirasse na lebre. Que curioso!

— Sim, muito curioso. Não sei o que me levou a dizer isso. Algum capricho, suponho. Parecia a mais adorável das criaturinhas. Mas lamento que tenham lhe contado sobre o homem. É um assunto terrível.

— Na verdade, um assunto incômodo — interrompeu lorde Henry. — Sem valor psicológico algum. Ora, se Geoffrey tivesse agido de propósito, ele seria um homem muito interessante! Eu gostaria de conhecer um assassino.

— Que coisa horrível, Harry! — exclamou a duquesa. — Não acha, senhor Gray? Harry, o senhor Gray está indisposto de novo. Vai desmaiar.

Dorian se recuperou com esforço e abriu um sorriso.

— Não é nada, duquesa — murmurou. — Meus nervos estão à flor da pele. Só isso. Receio que eu tenha caminhado demais esta manhã. Não ouvi o que Harry falou. Foi muito ruim? É melhor me contar em outro momento. Acho que preciso me deitar. Vocês me dão licença?

Eles haviam chegado ao grande lance de degraus que levava da estufa ao terraço. Quando a porta de vidro se fechou atrás de Dorian, lorde Henry se virou e fitou, com olhos entorpecidos, a duquesa.

– Está muito apaixonada por ele? – perguntou.

Por algum tempo, ela não respondeu, apenas contemplando a paisagem.

– Eu adoraria saber – disse por fim.

Ele meneou a cabeça.

– Saber seria fatal. É a incerteza que nos encanta. Uma névoa torna as coisas maravilhosas.

– É possível se perder no caminho.

– Todos os caminhos conduzem ao mesmo lugar, minha cara Gladys.

– E qual é ele?

– Desilusão.

– Foi o meu *début* na vida – comentou ela, com um suspiro.

– Chegou a você com uma coroa.

– Estou farta das folhas de morango.[7]

– Elas lhe caem bem.

– Apenas em público.

– Sentiria falta delas – declarou lorde Henry.

– Não vou abrir mão de nenhuma pétala.

– Monmouth tem ouvidos.

– A velhice enfraquece a audição.

– Ele nunca foi ciumento?

– Gostaria que tivesse sido.

Lorde Henry olhou em volta como se procurasse alguma coisa.

– O que está procurando? – quis saber a duquesa.

– A ponta do seu florete – respondeu ele. – Você o derrubou.

Ela deu risada.

– Ainda tenho a máscara.

– Ela deixa seus olhos ainda mais adoráveis – ele comentou.

A mulher riu de novo, os dentes à mostra como sementes brancas de uma fruta escarlate.

---

7   No Reino Unido, as coroas ducais são dotadas de oito ornamentos no formato de folhas de morango. (N. T.)

No andar de cima, em seu quarto, Dorian Gray estava deitado em um sofá, o terror formigando cada fibra de seu corpo. De uma hora para a outra, a vida se tornara um fardo horrível demais para suportar. A morte pavorosa do infeliz batedor, alvejado em uma moita como um animal selvagem, parecia-lhe prenunciar a morte dele mesmo. Quase desmaiara diante das palavras de lorde Henry, proferidas em um estado de espírito casual de zombaria cínica.

Às cinco horas, ele tocou a sineta para chamar o criado e ordenou-lhe que arrumasse as malas para o expresso noturno para a cidade, e que a cabriolé o esperasse na porta às oito e meia. Estava determinado a não passar mais uma única noite em Selby Royal, um lugar de mau agouro. Ali, a morte caminhava em plena luz do dia. A grama do bosque se maculara de sangue.

Em seguida, escreveu um bilhete a lorde Henry explicando que iria à cidade para se consultar com seu médico e pedindo-lhe que divertisse os convidados em sua ausência. Enquanto colocava o papel no envelope, ouviu uma batida à porta e o valete informou que o guarda-caça queria vê-lo. Dorian franziu o cenho e mordeu o lábio.

— Mande-o entrar — murmurou, após um instante de hesitação.

Assim que o homem o fez, Dorian pegou o talão de cheques em uma das gavetas e o abriu.

— Imagino que esteja aqui por conta do infeliz acidente desta manhã, Thornton? — perguntou ele, apanhando uma caneta.

— Sim, senhor — respondeu o guarda-caça.

— O pobre rapaz era casado? Alguém dependia dele? — perguntou Dorian, parecendo entediado. — Se for o caso, não quero que fiquem na miséria, e enviarei a eles qualquer quantia que julgue suficiente.

— Não sabemos quem ele era, senhor. Por isso tomei a liberdade de vir lhe falar.

— Não sabem quem ele é? — repetiu Dorian, de forma apática. — O que quer dizer com isso? Não era um de seus homens?

— Não, senhor. Nunca o vi antes. Parece um marinheiro, senhor.

A caneta caiu da mão de Dorian Gray, que sentiu como se as batidas do coração repentinamente parassem.

– Um marinheiro? – repetiu em voz alta. – Você disse "um marinheiro"?

– Sim, senhor. Parece ter sido algum tipo de marinheiro, com os dois braços tatuados, esse tipo de coisa.

– Encontraram algo nele? – perguntou Dorian, curvando-se para a frente e fitando o homem com um olhar assustado. – Qualquer indício que revele o nome?

– Um pouco de dinheiro, senhor... não muito, e um revólver de seis tiros. Não havia nome algum. O homem tinha uma aparência decente, senhor, mas meio grosseira. Achamos que devia ser mesmo uma espécie de marinheiro...

Dorian levantou-se de um salto. Uma esperança terrível o invadiu, e agarrou-se exaltado a ela.

– Onde está o corpo? – perguntou. – Depressa! Preciso vê-lo agora mesmo.

– Está em um estábulo vazio na fazenda, senhor. As pessoas não gostam desse tipo de coisa em suas casas. Dizem que cadáveres trazem azar.

– Na fazenda! Vá para lá imediatamente e espere por mim. Diga a um dos cavalariços que traga o meu cavalo. Não. Esqueça isso. Eu mesmo irei aos estábulos. Vai poupar tempo.

Em menos de quinze minutos, Dorian Gray estava galopando célere pela longa avenida. As árvores pareciam passar por ele em uma procissão espectral, e teve a impressão de que sombras selvagens se lançavam em seu caminho. A certa altura, a égua deu uma guinada em direção a um portão branco e quase o derrubou. Ele a fustigou no pescoço com o chicote. O animal perfurava o ar escuro como uma flecha, e as pedras voavam debaixo de seus cascos.

Por fim, chegou à fazenda, em cujo pátio dois homens perambulavam. Dorian saltou da sela e jogou as rédeas para um deles. Uma luz brilhava no estábulo mais distante. Alguma coisa lhe dizia que o corpo estava lá, e ele correu até porta e levou a mão ao trinco.

Nesse momento, deteve-se, sentindo que logo faria uma descoberta que lhe salvaria ou arruinaria a vida. Então, empurrou a porta e entrou.

Sobre uma pilha de sacos na parede oposta, jazia o cadáver de um homem vestido com uma camisa grosseira e calças azuis, o rosto coberto por um lenço manchado. Uma vela rústica, enfiada no gargalo de uma garrafa, crepitava ao lado dele.

Dorian Gray estremeceu. Sentiu que não poderia ser a sua mão a responsável por tirar o lenço, então chamou um dos empregados da fazenda.

– Tire aquela coisa do rosto do morto. Quero vê-lo – instruiu, agarrando-se ao batente da porta para se manter de pé.

O empregado lhe obedeceu; Dorian deu um passo para a frente, um grito de alegria irrompendo dos lábios. O morto baleado na moita era James Vane.

Ficou parado ali por alguns minutos, olhando para o cadáver. No caminho de volta para casa, seus olhos se encheram de lágrimas; sabia que estava a salvo.

Capítulo dezenove

— Não há por que você me dizer que será um bom homem! – exclamou lorde Henry, mergulhando os dedos em uma tigela de cobre vermelho cheia de água de rosas. – Você já é perfeito. Não mude, imploro.

Dorian Gray meneou a cabeça.

— Não, Harry, fiz muitas coisas terríveis na minha vida. Não vou continuar assim. Comecei minhas boas ações ontem.

— Onde esteve ontem?

— No campo, sozinho em uma pequena hospedaria.

— Meu caro rapaz – disse lorde Henry, sorrindo –, qualquer um pode ser bom no campo. Não existem tentações por lá. Por esse motivo as pessoas que moram fora da cidade não são civilizadas. A civilização não é, de forma alguma, uma coisa fácil de se conquistar. Um homem pode alcançá-la de duas maneiras: uma é pela cultura, a outra, pela corrupção. Quem vive no campo não tem acesso a nenhuma delas, por isso fica inerte na vida.

— Cultura e corrupção – ecoou Dorian. – Vi uma boa parcela de ambas. Agora me parece terrível que se juntem um dia. Tenho um novo ideal, Harry. Vou mudar. Acho que já mudei.

— Você ainda não me contou a sua boa ação. Ou disse que tinha feito mais de uma? – perguntou o amigo enquanto derramava no prato uma pequena pirâmide carmesim de morangos e, com uma colher em forma de concha, fazia nevar grãos alvos de açúcar sobre eles.

— Vou lhe contar, Harry, e só o faria a você. Eu poupei alguém. Parece presunçoso, mas entende o que quero dizer. Ela era muito bonita, e maravilhosamente parecida com Sibyl Vane, talvez a primeira coisa que tenha me atraído. Você se lembra de Sibyl, não é? Parece que foi há tanto tempo! Bem, Hetty não pertencia à nossa classe social, naturalmente. Era apenas uma garota em um vilarejo. Mas realmente a amei. Tenho certeza de que a amei. Durante todo este maravilhoso mês de maio, fui visitá-la duas ou três vezes por semana. Ontem ela me encontrou em um pequeno pomar. As flores da macieira não paravam de cair em seus cabelos, e ela ria. Partiríamos juntos hoje, ao amanhecer. De súbito, decidi deixá-la para trás; deixá-la flórea, exatamente como a havia encontrado.

— Imagino que o ineditismo da emoção deve ter lhe proporcionado um verdadeiro arrepio de prazer, Dorian — interrompeu lorde Henry. — Mas sou capaz de terminar o idílio no seu lugar. Você lhe deu bons conselhos e partiu o coração dela. Aí está o início da sua mudança.

— Harry, você é horrível! Não deveria me dizer essas coisas tão desagradáveis. O coração de Hetty não está partido. Claro, ela chorou e tudo o mais. Mas não ocorreu desgraça alguma. Poderá viver, como Perdita, em seu jardim de hortelã e calêndula.

— E chorar por um Florizel infiel — acrescentou lorde Henry, rindo, enquanto se recostava na cadeira. — Meu caro Dorian, você às vezes é curiosamente infantil. Acha mesmo que, depois de conhecê-lo, a garota se sentirá satisfeita com alguém da classe dela? Imagino que um dia ela vá se casar com um carroceiro rude ou um lavrador sorridente. Bem, o fato de ter conhecido você, e de tê-lo amado, vai ensiná-la a desprezar o marido, e ela levará uma vida miserável. De um ponto de vista moral, não aprecio sua grande renúncia. Mesmo como um começo, é pouco. Além disso, como pode saber que, neste momento, Hetty não está flutuando em uma lagoa de moinho iluminada pelas estrelas, rodeada de nenúfares adoráveis, como Ofélia?

– Não suporto isso, Harry! Você zomba de tudo e depois sugere as mais horríveis das tragédias. Arrependo-me de ter lhe contado. Pouco me importa o que você me diz. Sei que agi certo. Pobre Hetty! Quando passei pela fazenda esta manhã, vi seu rosto pálido na janela, como um ramalhete de jasmins. Não vamos mais falar disso, e não tente me convencer de que minha primeira boa ação em anos, meu primeiro pequeno sacrifício, na verdade seja uma espécie de pecado. Quero ser melhor. Vou ser melhor. Conte-me sobre você. Como andam as coisas na cidade? Faz dias que não vou ao clube.

– As pessoas ainda estão comentando o desaparecimento do pobre Basil.

– Pensei que já teriam se cansado disso a esta altura – disse Dorian, servindo-se de um pouco de vinho e franzindo ligeiramente o cenho.

– Meu caro rapaz, só faz seis semanas que falam sobre o sumiço, e o britânico realmente não é capaz de despender o esforço mental de explorar mais de um assunto a cada três meses. No entanto, eles andam com muita sorte nos últimos tempos: a história do meu próprio divórcio e o suicídio de Alan Campbell. E agora o misterioso desaparecimento de um artista. A Scotland Yard ainda insiste que o homem de casaco cinza que partiu para Paris no trem da meia-noite em 9 de novembro era o pobre Basil, e a polícia francesa alega que Basil jamais chegou a Paris. Suponho que dentro de quinze dias nos informarão que ele foi visto em São Francisco. Estranho; parece que todo mundo que desaparece é visto em São Francisco. Deve ser uma cidade encantadora, dotada de todas as atrações do outro mundo...

– O que você acha que aconteceu a Basil? – perguntou Dorian, erguendo o vinho de Borgonha contra a luz e perguntando-se como conseguia discutir o assunto com tanta calma.

– Não tenho a menor ideia. Se Basil decidiu se esconder, não é da minha conta. Se está morto, não quero pensar nele. A morte é a única coisa que sempre me apavorou. Eu a odeio.

– Por quê? – quis saber o homem mais jovem, extenuado.

– Porque – começou lorde Henry, passando por baixo das narinas a treliça dourada de uma caixinha *vinaigrette* aberta – é possível sobreviver a tudo hoje em dia, menos a ela. No século XIX, só não conseguimos explicar a morte e a vulgaridade. Vamos tomar nosso café na sala de música, Dorian. Você precisa tocar Chopin para mim. O homem com quem a minha esposa fugiu tocava Chopin primorosamente. Pobre Victoria! Eu gostava muito dela. A casa fica bastante solitária sem a sua presença. A vida de casado é apenas um hábito, naturalmente... um mau hábito, mas, afinal, lamentamos a perda até mesmo dos nossos piores hábitos. Talvez sejam os que mais nos façam lamentar. São uma parte essencial da nossa personalidade.

Dorian não disse nada. Levantou-se da mesa e, passando para o cômodo seguinte, sentou-se ao piano e deixou que os dedos percorressem o marfim branco e preto das teclas. Depois que o café foi servido, ele parou e, olhando para lorde Henry, disse:

– Harry, já lhe ocorreu que Basil talvez tenha sido assassinado?

Lorde Henry bocejou.

– Basil era muito popular e sempre usava um relógio Waterbury. Por que seria assassinado? Nem mesmo era inteligente o bastante para cultivar inimizades. Tinha um talento maravilhoso para a pintura, é claro. Mas um homem pode pintar como Velásquez e ainda assim ser o mais enfadonho dos seres. Basil era de fato um tanto enfadonho. Ele me interessou apenas uma vez, anos atrás, quando me disse não só que nutria uma adoração insana por você, mas também que a motivação dominante da arte dele era você.

– Eu gostava muito de Basil – disse Dorian, com uma nota de tristeza na voz. – Mas as pessoas não estão dizendo que ele foi assassinado?

– Oh, alguns dos jornais sim. Mas não me parece nada provável. Sei que há lugares horríveis em Paris, mas Basil não era o tipo de homem que os frequentaria. Ele não tinha curiosidade... Esse era o seu principal defeito.

– O que você diria, Harry, se eu lhe contasse que assassinei Basil? – perguntou o homem mais jovem, observando atentamente o amigo.

– Eu diria, meu caro, que estaria tentando representar um papel que não combina com você. Todo crime é vulgar, assim como toda vulgaridade é um crime. Não seria do seu feitio, Dorian, cometer um assassinato. Lamento se feri o seu orgulho com a minha verdade, mas lhe asseguro que é fato. O crime pertence exclusivamente às classes mais baixas. E não as culpo nem um pouco. Imagino que o crime seja para elas o que a arte é para nós: um método de vivenciarem sensações extraordinárias.

– Um método de vivenciar sensações? Nesse caso, você acha que um homem que matou outro uma vez poderia cometer o mesmo crime de novo? Não me diga isso.

– Oh! Tudo se torna um prazer quando realizado com muita frequência! – exclamou lorde Henry, rindo. – Esse é um dos segredos mais importantes da vida. Penso, contudo, que o assassinato seja sempre um equívoco. Nunca se deve fazer qualquer coisa sobre a qual não se possa discutir depois do jantar. Mas deixemos de lado o pobre Basil. Queria acreditar que ele teve um fim tão romântico quanto o que você sugere, mas não consigo. Acho até que ele caiu no Sena enquanto andava de ônibus, e que o motorista abafou o escândalo. Sim, imagino que esse seria o seu fim. Eu o vejo estirado de costas sob aquelas águas verdes e opacas, com as barcaças pesadas flutuando acima dele, e longas algas enroscando-se em seus cabelos. Sabe, não acho que produziria mais muitos trabalhos bons. Nos últimos dez anos, a qualidade da pintura dele decaiu muito.

Dorian soltou um suspiro, e lorde Henry atravessou o cômodo e se pôs a afagar a cabeça de um curioso papagaio de Java, um grande pássaro de plumagem cinza com a crista e o rabo cor-de-rosa, que se equilibrava sobre um poleiro de bambu. Quando os dedos pontiagudos o tocaram, a ave fechou as cascas brancas das pálpebras enrugadas sobre os olhos negros e vítreos e começou a balançar para a frente e para trás.

– Sim – prosseguiu ele, virando-se e tirando o lenço do bolso. – Sua pintura tinha decaído muito. Parecia-me ter perdido alguma coisa. Perdido um ideal. Quando você e ele deixaram de ser grandes amigos, ele deixou de ser um grande artista. O que os separou? Suponho que ele o tenha entediado. Nesse caso, Basil nunca lhe perdoou. É um hábito dos enfadonhos. A propósito, o que aconteceu com aquele retrato maravilhoso que ele fez de você? Acho que não o vejo desde que foi concluído. Oh! Lembro-me de você ter me dito, anos atrás, que o enviara para Selby, e que ele se extraviara ou fora roubado no caminho. Nunca o recuperou? Que pena! Era de fato uma obra-prima. Lembro-me de que eu quis comprá-lo. Agora queria tê-lo feito. Pertencia à melhor fase de Basil. A partir daquela época, o trabalho dele passou a apresentar aquela mistura peculiar de pintura ruim e intenções boas que sempre confere a um homem o direito de ser chamado de representante da arte britânica. Você publicou algum anúncio procurando o quadro? Deveria fazê-lo.

– Não me lembro – comentou Dorian. – Acho que sim. Mas nunca apreciei muito o retrato. Arrependo-me de ter posado para ele. A lembrança da coisa me desperta ódio. Por que o trouxe à tona? Costumava me lembrar daqueles versos curiosos de alguma peça... acho que *Hamlet*... como eram mesmo? "Ou você é apenas a pintura de uma dor, rosto sem coração?" Sim, era isso.

Lorde Henry riu.

– Se um homem vislumbra a vida de modo artístico, seu cérebro está no coração – respondeu ele, afundando-se em uma poltrona.

Dorian Gray meneou a cabeça e tocou algumas notas suaves no piano.

– "Ou você é apenas a pintura de uma dor" – repetiu ele –, "rosto sem coração?"

O homem mais velho recostou-se e o fitou com olhos semicerrados.

– A propósito, Dorian – começou depois de uma pausa –, "pois de que adianta a um homem ganhar o mundo inteiro e perder"... como é mesmo a citação?... "perder-se ou destruir a si mesmo"?

As notas do piano desafinaram. Dorian Gray teve um sobressalto e encarou o amigo.

– Por que está me perguntando isso, Harry?

– Meu caro amigo – disse lorde Henry, arqueando as sobrancelhas em um gesto surpreso –, perguntei-lhe porque pensei que pudesse me responder. Só isso. Eu estava andando pelo parque no domingo passado e, perto do Marble Arch, uma pequena multidão com aparência miserável ouvia um pregador vulgar de rua. Ao passar por eles, ouvi o homem gritar essa pergunta para todos ali. Julguei a cena bastante dramática. Londres é repleta de efeitos curiosos desse tipo. Um domingo úmido, um cristão grosseiro metido em uma gabardina, um círculo de rostos doentiamente pálidos sob uma cobertura fragmentada de guarda-chuvas gotejantes, e uma frase maravilhosa lançada ao ar por lábios histéricos e estridentes... Foi de fato muito bom à sua maneira, bastante sugestivo. Cogitei dizer ao profeta que a arte tem alma, mas o homem, não. Receio, contudo, que ele não teria me entendido.

– Não diga isso, Harry. A alma é uma realidade terrível. Pode ser comprada, vendida e negociada; envenenada ou aprimorada. Existe uma alma em cada um de nós. Sei disso.

– Tem certeza, Dorian?

– Absoluta.

– Ah! Então não deve passar de ilusão. As coisas das quais temos certeza absoluta nunca são verdadeiras. Aí está a fatalidade da fé e a lição do romance. Que austeridade, meu caro! Não fique assim tão sério. O que você ou eu temos a ver com as superstições de nossa época? Não, nós abandonamos a nossa crença na alma. Toque alguma coisa para mim. Toque-me um *nocturne*, Dorian, e, enquanto toca, diga-me, em voz baixa, como conservou a sua juventude. Você deve guardar algum segredo. Sou apenas dez anos mais velho e estou enrugado, gasto e amarelado. Você continua realmente esplendoroso, Dorian. Nunca esteve tão encantador como esta noite. Lembra-me do dia em que o vi pela primeira vez. Você era bastante atrevido, muito tímido, absolutamente extraordinário. Está mudado, é claro, mas não na aparência. Conte-me o segredo. Para recuperar a minha juventude, eu faria qualquer coisa no mundo, a não ser exercitar-me, acordar cedo ou ser respeitável. Juventude! Nada se iguala a ela. É um absurdo falar da ignorância da juventude. As únicas pessoas cujas opiniões ouço com algum respeito são muito mais novas do que eu. Parecem estar à minha frente. A vida lhes revelou sua última maravilha. Quanto aos mais velhos, por princípio, sempre os contradigo. Se você lhes pedir que opinem sobre algo que aconteceu ontem, eles solenemente emitem as opiniões vigentes em 1820, quando as pessoas usavam meias altas, acreditavam em tudo e não sabiam absolutamente nada. Que adorável essa música, Dorian! Será que Chopin a compôs em Maiorca, com o mar pranteando ao redor da mansão e o borrifo salino salpicando contra as vidraças? É maravilhosamente romântica. Que bênção nos restar uma arte que não seja imitativa! Não pare. Quero música esta noite. Parece-me que você é o jovem Apolo, e eu sou Mársias a escutá-lo. Tenho sofrimentos, Dorian, dos quais nem mesmo você sabe. A tragédia da velhice não é ser velho, e sim ser jovem. Às vezes a minha própria sinceridade me surpreende. Ah, Dorian, como você é feliz! Que vida extraordinária teve! Sorveu todas as coisas profundamente. Esmagou as uvas contra o palato. Nada lhe foi oculto. E tudo isso lhe tem sido como o som da música. Não o arruinou. Você ainda continua o mesmo.

— Não sou o mesmo, Harry.

— É o mesmo, sim. Eu me pergunto como será o resto de sua vida. Não a estrague com renúncias. No momento, você encarna a perfeição, sem qualquer defeito. Não se torne incompleto. Não adianta menear a cabeça, bem sabe que é verdade. Além disso,

Dorian, não engane a si mesmo. Vontade ou intenção não governam a vida, pois ela envolve nervos, fibras, células lentamente construídas, nas quais o pensamento se esconde e a paixão deposita seus sonhos. Você pode se imaginar seguro e forte. Mas um tom colorido casual em um cômodo ou um céu matinal, um perfume específico que você amou um dia e que lhe traz lembranças sutis, o verso de um poema esquecido com que você se depara outra vez, a cadência de uma composição musical que você tinha parado de tocar... Eu lhe digo, Dorian, que nossa vida depende de coisas assim. Browning escreveu sobre isso em algum lugar, mas os nossos próprios sentidos podem imaginá-las. Há momentos em que o aroma de *lilas blanc* passa de repente diante de mim, e vejo-me obrigado a reviver o mês mais estranho da minha vida. Gostaria de poder trocar de lugar com você, Dorian. O mundo se manifestou contra nós dois, mas sempre venerou você. Sempre o venerará. Você é a materialização daquilo que a nossa época busca, e que ela teme ter encontrado. Fico feliz que nunca tenha produzido nada: nunca esculpiu uma estátua, nunca pintou um quadro, nuncar realizou nada fora de si mesmo! A vida tem sido a sua arte. Você mesmo se pôs à música. Os seus dias são os seus sonetos.

Dorian se levantou do piano e passou a mão pelos cabelos.

– Sim, a vida tem sido maravilhosa – murmurou –, mas não vou levar a mesma vida, Harry. E não diga essas coisas extravagantes para mim. Não sabe tudo a meu respeito. Acho que, se soubesse, mesmo você se afastaria de mim. E ainda ri. Não ria.

– Por que você parou de tocar, Dorian? Volte e me dê o *nocturne* de novo. Veja a grande lua cor de mel no céu escuro. Está esperando que você a encante, e se tocar, ela vai se aproximar mais da Terra. Não quer? Então, vamos ao clube. Foi uma noite encantadora e devemos encerrá-la do mesmo modo. Há uma pessoa no White's que quer muito conhecê-lo: o jovem lorde Poole, filho mais velho de Bournemouth. O rapaz já copiou as suas gravatas e me implorou que o apresentasse a ele. É adorável e me lembra bastante você.

— Espero que não — declarou Dorian com uma expressão triste nos olhos. — Estou cansado esta noite, Harry. Não irei ao clube. São quase onze horas e quero dormir cedo.

— Pois fique. Você nunca tocou tão bem quanto hoje. Seu dedilhar foi deslumbrante, com a mais expressão do que qualquer coisa que já ouvi antes.

— É porque agora serei bom — afirmou ele, sorrindo. — Já estou um pouco mudado.

— Você jamais vai mudar para mim, Dorian — declarou lorde Henry. — Nós dois sempre seremos amigos.

— E, no entanto, você me envenenou com um livro certa vez. Eu não deveria perdoar-lhe. Harry, prometa-me que nunca vai emprestar aquele livro a alguém. É uma obra funesta.

— Meu caro rapaz, você está mesmo começando a ser moralista. Daqui a pouco, vai andar por aí agindo como os convertidos e os avivalistas, advertindo as pessoas contra todos os pecados dos quais eles próprios já se cansaram. Você é encantador demais para isso. Ademais, seria inútil. Você e eu somos o que somos, e seremos o que seremos. Quanto a um livro envenenar, isso não existe. A arte não exerce influência alguma sobre a ação. Ela aniquila o desejo de agir. É soberbamente estéril. Os livros que o mundo chama de imorais são aqueles que mostram a todos a própria vergonha. Isso é tudo. Mas não vamos discutir literatura. Venha me visitar amanhã. Cavalgarei às onze. Podemos ir juntos, e depois o levarei para almoçar com Lady Branksome. É uma mulher encantadora e quer consultá-lo a respeito de algumas tapeçarias que está cogitando comprar. Venha mesmo. Ou vamos almoçar com a nossa duquesita? Ela disse que mal o vê. Talvez você esteja cansado de Gladys? Pensei mesmo que sim... A língua sagaz da jovem dá nos nervos. Bem, seja como for, esteja aqui às onze.

— Tenho mesmo de vir, Harry?

– Com certeza. O parque está adorável agora. Não acho que tenham aflorado tantos lilases desde o ano em que o conheci.

– Muito bem. Estarei aqui às onze – concordou Dorian. – Boa noite, Harry.

Quando chegou à porta, ele se deteve por um instante, como se tivesse mais alguma coisa a dizer. Em seguida, suspirou e partiu.

Capítulo vinte

Era uma noite muito agradável, tão cálida que ele jogou o casaco sobre o braço e nem chegou a enrolar o cachecol de seda em volta do pescoço. Enquanto caminhava para casa, fumando um cigarro, dois jovens em trajes de gala passaram por ele. Ouviu um sussurrar para o outro: "Aquele é Dorian Gray". Lembrou-se de como costumava ficar feliz quando as pessoas o reconheciam, ou o encaravam, ou falavam sobre ele. Naquele momento da vida, porém, estava cansado de ouvir o próprio nome. Metade do encanto do pequeno vilarejo que visitara com tanta frequência nos últimos tempos estava no fato de ninguém saber quem ele era. Muitas vezes dissera à garota por quem se fizera amar que era pobre, e ela tinha acreditado. Certa vez, dissera-lhe que era mau, e ela tinha rido e respondido que as pessoas más eram sempre muito velhas e feias. E que riso! Parecia um tordo cantando. E como ficava bonita em vestidos de algodão e chapéus enormes! Ela não sabia de nada, mas agregava tudo o que ele havia perdido.

Quando chegou em casa, encontrou o criado esperando-o. Mandou-o se deitar, jogou-se no sofá da biblioteca e começou a pensar em algumas das coisas que lorde Henry lhe dissera.

Seria mesmo verdade que ninguém muda? Ele sentia um anseio desenfreado pela pureza imaculada da infância – a infância rósea e alva, como lorde Henry certa vez a definira. Sabia que tinha se maculado, degradado a própria mente e conferido horror à sua fantasia; que havia sido má influência para outros, e experimentado uma alegria terrível em ser assim; e que conduzira à vergonha as vidas mais honestas e promissoras com que cruzara. Mas seria tudo irrecuperável? Não haveria esperança para ele?

Ah! Em que momento monstruoso de orgulho e paixão havia suplicado para que o retrato carregasse o fardo de seus dias, e ele conservasse o esplendor imaculado da juventude eterna! Toda a sua desgraça se devia àquele instante. Teria sido melhor que cada pecado de sua vida viesse acompanhado de uma punição certa e imediata. A oração do homem a um Deus mais justo não deveria ser "Perdoai as nossas ofensas", e sim "Castigai-nos por nossas iniquidades".

O espelho de entalhes peculiares que lorde Henry lhe dera havia tantos anos estava sobre a mesa, e os cupidos de braços e pernas alvos sorriam em torno dele como antigamente. Ele o pegou, como fizera naquela noite de horror, quando notara pela primeira vez a mudança no retrato fatal, e, com olhos embaçados de lágrimas, mirou seu escudo polido. Certa vez, alguém que o amara profundamente lhe escrevera uma carta transtornada, que acabava com estas palavras idólatras: "O mundo está mudado porque você é feito de marfim e ouro. As curvas de seus lábios reescrevem a história." As frases voltaram-lhe à mente, e ele as repetiu diversas vezes para si mesmo. Em seguida, repudiou a própria beleza e, jogando o espelho no chão, destroçou-o em estilhaços prateados sob o calcanhar. Fora a sua beleza que o arruinara, a beleza e a juventude pela qual suplicara. Não fosse por isso, sua vida talvez tivesse permanecido íntegra. A beleza lhe fora apenas uma máscara, a juventude, apenas uma farsa. O que era a juventude, na melhor das hipóteses? Uma época inexperiente e imatura, uma época de estados de espírito superficiais e pensamentos doentios. Por que ele vestira sua libré? A juventude o arruinara.

Era melhor não pensar no passado. Nada poderia alterá-lo. Precisava pensar em si mesmo e em seu futuro. James Vane jazia oculto em um túmulo anônimo no cemitério de Selby. Alan Campbell se suicidara com um tiro certa noite no laboratório, mas não revelara o segredo de que fora obrigado a tomar conhecimento. A comoção a respeito do desaparecimento de Basil Hallward logo passaria. Já estava diminuindo. Ele estava totalmente a salvo. Não era, na verdade, nem a morte de Basil Hallward que mais lhe pesava na mente, mas a morte em vida de sua alma. Basil havia pintado o retrato que arruinara a sua vida. E jamais o perdoaria. O retrato fora o culpado de tudo. Basil lhe dissera coisas insuportáveis e, no entanto, ele as havia suportado com paciência. O assassinato não passara de uma loucura momentânea. Quanto a Alan Campbell, ele escolhera o suicídio. Não lhe dizia respeito.

Uma nova vida! Era isso que desejava. Era isso que esperava. Com certeza já havia começado. Fosse como fosse, poupara uma criatura inocente. Nunca mais levaria a tentação à inocência. Seria um homem bom.

Quando pensou em Hetty Merton, começou a se perguntar se o retrato no cômodo trancado havia mudado. Certamente não estaria tão terrível quanto antes, não é? Talvez, se sua vida se tornasse pura, ele conseguisse expulsar daquele semblante todos os sinais de paixão maligna. Talvez os sinais da maldade já tivessem desaparecido. Iria até lá para conferir.

Pegou a lamparina sobre a mesa e subiu as escadas. Quando destrancou a porta, um sorriso de alegria atravessou seu rosto estranhamente jovem e se deteve por um instante em seus lábios. Sim, ele seria bom, e a coisa horrível escondida não lhe causaria mais terror. Sentiu já retirado o fardo que pesava sobre ele.

Entrou em silêncio, trancando a porta atrás de si, como de costume, e afastou o pano púrpura pendurado diante do retrato. Um grito de dor e indignação irrompeu de seus lábios. Não viu mudança alguma, exceto por um reluzente ar de astúcia nos olhos e pela hipocrisia na curva acentuada na boca. A coisa continuava detestável – mais detestável, se fosse possível, do que antes –, e a seiva escarlate que manchava a mão parecia mais vívida, mais semelhante a sangue recém-derramado. Então, estremeceu. Teria praticado sua única boa ação apenas movido pela vaidade? Ou pelo desejo de uma nova sensação, como lorde Henry havia insinuado com sua risada zombeteira? Ou por aquela paixão de desempenhar um papel que por vezes nos leva a atos mais nobres do que somos? Ou, talvez, por tudo isso junto? E por que a nódoa vermelha estaria maior do que antes? Parecia ter se alastrado como uma doença terrível sobre os dedos enrugados. Havia sangue nos pés pintados no retrato, como se a coisa tivesse respingado... Havia sangue até mesmo na mão que não empunhara a faca... Confessar? Isso significaria que deveria se confessar? Entregar-se e ser condenado à morte? Ele riu. Sentiu a monstruosidade da ideia. Além disso, mesmo que confessasse, quem acreditaria nele? Não havia vestígio algum do homem assassinado, cujos pertences tinham sido destruídos. Ele próprio queimara o que tinha escondido no andar de baixo. O mundo simplesmente diria que estava louco. Eles o trancafiariam se insistisse na história. No entanto, era seu dever confessar, suportar a vergonha pública e passar pela expiação diante dos olhos de todos. Havia um Deus que apelava aos homens que confessassem seus pecados tanto à Terra como ao Céu. Nada que fizesse o purificaria até que confessasse o próprio pecado. Pecado? Ele encolheu os ombros. A morte de Basil Hallward lhe parecia insignificante. Estava pensando em Hetty Merton. Afinal, era injusto aquele espelho que fitava de sua alma. Vaidade? Curiosidade? Hipocrisia? Não houvera mais nada em sua renúncia a não ser isso? Existira algo mais, ao menos ele pensava que sim. Mas quem poderia dizer?... Não. Nada houvera. Por conta da vaidade, ele a poupara. Na hipocrisia, ele havia usado a máscara da bondade. Pela curiosidade, ele tentara negar a própria identidade. Reconhecia isso agora.

Mas o assassinato... iria persegui-lo pelo resto da vida? Estaria ele sempre carregando o fardo do próprio passado? Deveria mesmo se confessar? Nunca. Restava uma única prova contra ele: o retrato. Precisaria destruí-lo. Por que o havia guardado por tanto tempo?

No passado, sentira prazer em vê-lo mudando e envelhecendo. Nos últimos tempos, não mais. Aquilo o mantivera insone. Quando estava fora, aterrorizava-o a possibilidade de que outros olhos recaíssem sobre ele. Aquilo trouxera melancolia a suas paixões. A mera lembrança arruinara muitos momentos de felicidade. O retrato atuara como uma consciência para ele. Sim, uma consciência. Seria destruído.

Olhou em volta e viu a faca com que apunhalara Basil Hallward. Ele a limpara várias vezes, até que não restasse nenhuma nódoa nela. Estava brilhante e cintilava. Assim como matara o pintor, também mataria a obra dela, e tudo o que ela significava. Mataria o passado e, quando estivesse morto, enfim viveria livre. Aniquilaria a monstruosa alma viva e, sem suas advertências horríveis, encontraria paz. Agarrou a faca e apunhalou o retrato.

Ouviu-se um grito, acompanhado de um estrondo. O grito emitiu uma agonia tão lancinante que os criados, assustados, acordaram e se arrastaram para fora dos quartos. Dois cavalheiros, que passavam na praça lá embaixo, detiveram-se e ergueram os olhos para a grande casa. Caminharam até encontrar um policial e o levaram até lá. O homem tocou a campainha várias vezes, mas sem resposta. A não ser por uma luz em uma das janelas superiores, a casa mergulhava na escuridão. Passado um tempo, o policial se afastou, parou em um pórtico adjacente e observou.

– De quem é essa casa, guarda? – perguntou o mais velho dos dois cavalheiros.

– Do senhor Dorian Gray, senhor – respondeu o policial.

Os dois cavalheiros se entreolharam e, enquanto se afastavam, abriram um sorriso cínico. Um deles era o tio de Sir Henry Ashton.

Lá dentro, na área da casa reservada aos criados, os empregados semivestidos cochichavam entre si. A velha senhora Leaf chorava e torcia as mãos. Francis estava pálido como um cadáver.

Depois de cerca de quinze minutos, ele chamou o cocheiro e um dos criados e arrastou-se escada acima. Bateram à porta, em vão. Chamaram. Estava tudo silencioso. Por fim, depois de tentarem inutilmente abrir a porta à força, subiram no telhado e saltaram para o terraço. As janelas cederam com facilidade, pois os trincos eram muito velhos.

Ao entrarem, encontraram pendurado na parede um retrato esplêndido do patrão, como o tinham visto pela última vez, em toda a refulgência extraordinária da juventude e da beleza. No chão jazia um homem morto, em trajes de gala, no coração uma faca. Definhado e enrugado, tinha um semblante repulsivo. Somente depois de examinarem os anéis reconheceram quem era.

FIM